KB178923

끈질긴 땅

존 버거 소설   그들의 노동에 1

끈질긴 땅

김현우 옮김

열화당

다른 사람들이 노동하였고,
너희는 그들의 노동에 들었느니라.
—『요한복음』4장 38절.

머리말

"땅은 가치있는 이들과 어디에도 쓸모없는 이들을 밝혀낸다."
—장 피에르 베르낭의 『그리스인들의 신화와 사유(Mythe et Pensée Chez les Grecs)』(1971)에서 인용한 농부의 판단

"농민 계급이란 간단한 장비와 가족의 노동력을 활용하는 소규모 농업 생산자들을 말한다. 그들이 생산 활동에 종사하는 것은 주로 직접 소비하기 위해, 그리고 정치적 경제적 권력을 가진 사람들이 그들에게 부여한 의무를 수행하기 위해서이다."
—테오도르 샤닌, 『농민과 농민 사회(Peasants and Peasant Societies)』(1976)

농민의 삶이란 온전히 생존만을 위해 헌신하는 삶이다. 아마도 이 점이 모든 농민들이 완전히 공유하는 유일한 특징일 것이다. 각각의 농민이 사용하는 농기구, 재배하는 작물, 그들의 땅, 그들의 주인은 각각 다르겠지만, 자본주의 사회의 농민이든, 봉건사회나 쉽게 정의내릴 수 없는 사회에 속한 농민이든 상관없이, 자바에서 벼를 재배하든, 스칸디나비아에서 밀을 재배하거나 남미에서 옥수수를 재배하든 상관없이, 기후나 종교, 해당 사회의 역사가 어떻게 다르든 상관없이, 어디에서나 농민들은 생존자 계급으로 정의될 수 있다. 지난 한 세기 반 동안 농민들의 집요한 생존 능력은 정부 관리와 이론가 들을 당황하게 했다. 오늘날까지도 전 세계 인구의 다수는 농민

---

* 이 글은 1979년 원서 초판에 「역사적 맺는말(Historical Afterword)」이라는 제목으로 책끝에 수록되었고, 이후 재판과 합본에서 「서문(Introduction)」으로 제목을 바꿔 책머리로 옮겨졌다. 번역본도 이에 따라 앞에 두었다.

7

들이라고 할 수 있다. 하지만 이 사실은 더 의미심장한 또 다른 사실을 가리고 있다. 역사상 최초로, 생존자 계급이 더 이상 생존할 수 없게 될 가능성이 생긴 것이다. 한 세기쯤 후에는 더 이상 농민들이 존재하지 않을지도 모른다. 서유럽에서는, 만약 경제 계획을 세우는 사람들의 전망이 실현된다면, 이십오 년 안에 농민들이 사라질 것이다.

최근까지도, 농민 경제는 늘 큰 경제 안에 있는 또 하나의 경제였다. 그런 이유로 농민 경제는 더 큰 경제가 (봉건사회, 자본주의, 심지어 사회주의까지) 세계적으로 변모할 때에도 살아남을 수 있었다. 그러한 변모를 겪으며 농민들이 생존을 위해 치르는 투쟁의 양식이 조정되기는 했지만, 가장 결정적인 변화는 농민으로부터 잉여생산물을 착취하는 방법들과 관련이 있는 것이었다. 강제 노동, 십일조, 임대료, 세금, 물납(物納) 경작, 대출금에 대한 이자, 생산 규정 같은 것들.

다른 노동 계급이나 착취당하는 계급과 달리, 농민들은 늘 자족적이었고 그 덕분에 어느 정도는 별개의 계급으로 남을 수 있었다. 사회가 필요로 하는 잉여를 생산해내는 경우에 한해서만, 농민 계급은 역사상 존재했던 경제-문화적 체계에 흡수될 수 있었다. 또한 그 계급이 자족적인 경우에 한해서, 그들은 해당 체계의 경계를 구성하고 있었다. 나는 이 말이 심지어 농민들이 인구의 대다수를 차지했던 지역이나 시기에도 해당된다고 생각한다.

중세나 아시아 사회를 대충 피라미드 모양의 위계적 구조라고 생각한다면, 농민들은 삼각형의 맨 바닥 경계에 위치했다. 이 말은, 경계에 위치한 인구들이 언제나 그렇듯이, 정치 혹은 사회 체계가 그들에게는 최소한의 보호만을 제공했다는 것을 의미한다. 이런 상황에서 그들은 마을 공동체 내에서 혹은 확장된 가족 안에서 스스로를 돌봐야만 했다. 그들은 자신들만의 성문화(成文化)되지 않은 규칙이나 행동 양식, 그들만의 고유한 의식과 신념, 구술을 통해 전승되는 그들만의 지혜와 지식, 그들만의 의학, 그들만의 기술, 그리고 가끔은 그들만의 언어를 유지하거나 발전시켰다. 이 모든 것들이 주류 문화, 혹은 경제, 사회 혹은 기술의 발전에 영향을 받지 않고 독립적인 문화를 구성했을 거라는 가정은 오산이다. 농민들의 삶이 몇 세기 동안 정확히 같은 형태로 머물러 있었던 것은 아니다. 하지만 농민들의 자산과 가치(즉 그들의 생존 전략)는 어떤 전통에 스며들었고, 그것은 사회의 나머지 부분에서 형성되었던 전통들보다 오래 살아남았다. 농민들의 이러한 전통이, 특정 시기에 지배 계급의 문화에 대해 가지는 관계는, 비록 공식적으로 선포된 것은 아니라고 해도, 종종 이단적이고 전복적인 관계였다. '그 무엇으로부터도 도망치지 마라. 또한 아무것도 하지 마라'라는 러시아 농민들의 속담이 있다. 농민들이 보편적으로 지니고 있다고 여겨지는 교활함은, 이 은밀하지만 전복적인 경향을 알아본 결과이다.

농민들만큼 경제를 의식하는 계급은 지금까지 없었고, 현재도 없다. 농민들이 내리는 일상적인 결정들은 모두, 직접적인 경제적 이유 때문에, 혹은 거기에 영향을 받아서 이루어진다. 하지만 그들의 경제학은 상인의 경제학과 다르며, 부르주아나 마르크스주의 정치경제학과도 다르다. 농민들이 삶으로 겪는 경제학에 대해 가장 깊이 이해하고 글을 썼던 사람은 러시아의 농학자 차야노프(A. V. Chayanov)였다. 농민들을 이해해 보려는 사람이라면 그 무엇보다 먼저 차야노프의 글로 돌아가야 한다.

농민들은 자신들에게서 나온 것을 잉여로 간주하지 않았다. 정치적 의식이 없는 프롤레타리아 역시 자신들이 창출해낸 잉여가치를 의식하지 못하는 것 아니냐고 주장할 수도 있겠지만, 그러한 비교는 방향을 잘못 잡은 것이다. 왜냐하면 노동자, 화폐 경제 안에서 임금을 받기 위해 일하는 노동자들은, 자신이 생산한 것의 가치에 속아 넘어가기 쉬운 반면, 농민들이 사회의 나머지 부분과 맺는 **경제적** 관계는 언제나 투명했기 때문이다. 농민 가족은 살아가는 데 필요한 것들을 생산하거나 생산하려고 노력했다. 그리고 그는 그 생산물의 일부가, 가족의 노동력의 결과로 나온 그것들이, 노동을 하지 않았던 사람들에 의해 착복되는 광경을 목격했다. 농민들은 자신에게서 탈취되는 것이 무엇인지 완벽히 인식하고 있었지만 그것을 잉여로는 여기지 않았다. 거기에는 두 가지 이유가 있는데, 첫번째는 물질적인 이유, 두번째는 인식론적인 이유이다. 첫째, 그것이 잉여가 아니었던 이유는 그의 가족이 필요로 하는 것들이 아직 보장되지 않았기 때문이다. 둘째, 잉여란 최종 생산물, 생산에 필요한 만남과 노동이라는 긴 과정이 완결된 후에 나오는 결과물이기 때문이다. 하지만 농민들에게 강제로 부과된 사회적 의무는 일종의, **처음부터 있는 장애물**로 작용했다. 때론 이 장애물은 극복 불가능한 것이었다. 하지만 바로 그 장벽의 이면에서 농민들의 경제는 작동했고, 그 경제 안에서 농민 가족은 자신들이 필요로 하는 것을 보장받기 위해 일을 했다.

어떤 농부가 자신에게 부과된 의무를 자연스러운 의무나 피할 수 없는 불평등으로 생각할 수도 있지만, 어느 경우든, 그 의무는 생존을 위한 투쟁이 시작되기 **전부터** 감내해야만 하는 것이었다. 그는 먼저 주인을 위해 일해야 했고, 자신을 위한 일은 나중이었다. 물납을 하는 경우에도 농민 가족에게 필요한 기본적인 수요보다는 주인의 몫이 **먼저**였다. 농민에게 부과되는 노동의 부담이 상상할 수 없을 정도임을 감안하면 그 일이 결코 가볍다고는 할 수 없을 것이며, 그렇다면 그에게 강제로 부과된 의무는 영원히 불리한 조건이었다고 할 수 있다. 농민 가족은 **그런 조건에도 불구하고**, 생계를 위한 무언가를 얻어내기 위해 이미 불평등한 자연과의 투쟁에 나서야만 했다.

따라서 농민은 자신에게서 '잉여'를 따로 떼어 놓아야 한다는 영원히 불리한 조건을 견디고 살아남아야만 했다. 그는 살아남아야만 했다. 자기 경제력의 절반만으로, 그리고 농업에 따르는 그 모든 예측 불가한 상황(나쁜 절기, 폭풍, 장마, 홍수, 해충, 사고, 불모의 땅, 동식물에 닥치는 질병, 흉작)에 마주해서 말이다. 뿐만 아니라, 맨바닥 경계에서, 최소한의 보호만을 제공받으며, 그는 사회, 정치, 그리고 자연재해(전쟁, 역병, 도적 떼, 산불, 약탈 등)에도 살아남아야 했다.

생존자라는 단어에는 두 가지 의미가 담겨 있다. 먼저, 시련을 견디고 살아남은 누군가를 말한다. 또한 다른 사람들이 사라지거나 죽은 후에도 계속 살아 있는 사람을 말하기도 한다. 농민들과 관련하여 내가 생존자라는 단어를 쓸 때는 이 두번째 의미에서의 생존자를 뜻한다. 농민들이란 요절하거나, 이민을 떠나거나, 구호 대상자가 되어 버린 이들과 달리 계속 남아 일하고 있는 사람들이었다. 어떤 시기에는 생존자들이 확실히 **소수**였다. 인구통계와 관련한 수치를 보면 재앙의 규모가 어느 정도였는지 개념을 얻을 수 있을 것이다. 1320년 당시 프랑스의 인구는 천칠백만이었다. 그로부터 한 세기쯤 뒤에는 팔백만이 되었다. 1550년 다시 이천만이 되었다가, 사십년 뒤에는 다시 천팔백만으로 줄어들었다.

1789년 인구는 이천칠백만이었고, 그중 이천이백만이 시골 사람이었다. 십구세기에는 혁명과 과학의 진보 덕분에 농민들이 이전에 경험한 적 없는 땅과 물리적 보호책들을 얻을 수 있었다. 하지만 동시에 그것들 때문에 농민들은 자본과 시장경제에 노출되었다. 1848년에 이르자 농민들의 대규모 도시 이주가 시작되었고, 1900년에는 프랑스 농민이 팔백만 명밖에 남지 않았다. 시골풍경을 이야기할 때마다 버려진 마을이 빠지지 않았는데, 오늘날에도 이런 현상이 확실히 다시 나타나고 있다. 그런 마을은 생존자가 없는 곳에 대한 상징이었다.

산업혁명 초기의 프롤레타리아와 비교를 해 보면 내가 생존자 계급이라는 말로 전하고자 하는 바를 더 분명히 할 수 있을 것이다. 초기 프롤레타리아의 작업 및 생활 조건은 수백만 명을 죽음이나 불구에 이르는 질병에 걸리게 할 정도로 열악했다. 하지만 그 계급은 한 덩어리였고, 그 숫자나 능력, 권력은 증가하고 있었다. 그것은 끊임없이 변모하면서 수를 늘려 가는 과정에 관여했고, 또한 굴복했다. 프롤레타리아 계급의 본질적인 특징을 결정하는 이들은, 생존자 계급에서 그랬던 것처럼, 그러한 수난을 겪은 희생자들이 아니라, 그 계급의 요구 그리고 그 요구를 위해 싸웠던 이들이었다.

십팔세기부터 전 세계 인구는 급격히 증가했는데, 초반에는 완만한 속도로, 그리고 나중에는 극적인 속도로 증가했다. 하지만 농민들에게는, 새로운 삶의 안정성에 대한 이러한 일반적 경험이 이전 세기의 삶에 대한 집단적 기억을 덮어 버리지 못했다. 왜냐하면 새로운 조건들이, 농업 기술의 발전이 가져온 새로운 조건들까지 포함해서, 새로운 위협을 낳았기 때문이다. 농업의 대규모 상업화와 식민지화가 이루어졌고, 더 줄어든 땅 때문에 가족 전체를 먹여 살리지 못하게 된 상황이 발생했으며, 그에 따라 도시로의 대규모 이주가 발생하고 그곳에서 농민들의 아들딸은 다른 계급에 흡수되었다.

십구세기에도 농민들은 여전히 생존자 계급이었다. 차이점이 있다면 사라진 사람들이 기근이나 역병 때문에 탈출하거나 사망한 사람들이 아니라, 마을을 버리고 임금노동자가 될 수밖에 없었던 사람들이었다는 점이다. 새로운 조건 아래에서 몇몇 농민들이 부자가 되었다는 사실도 물론 덧붙여야 할 것이다. 하지만 부자가 되었던 그들은 한두 세대 만에 더 이상 농민이 아닌 존재가 되었다.

농민들이 생존자 계급이라고 말하는 것은, 도시들이 그 습관적인 오만함을 담은 채 농민들에 대해 해 왔던 평가들을 확인해 주는 것처럼 보인다. 농민들은 뒤처진, 과거의 유물이라는 평가 말이다. 당사자인 농민들은 하지만, 그러한 판단에 내재한 시간관을 공유하지 않는다.

땅을 통해 생계를 유지하기 위해 지치지 않고 헌신하고, 끝없이 이어지는 작업에 직면해야만 하는 농민들은 그럼에도 삶을 하나의 막간에 불과한 것으로 본다. 이는 그가 매일 익숙하게 마주하는 탄생과 삶, 그리고 죽음을 통해 확인된다. 그런 관점 때문에 농민들이 종교에 쉽게 빠져들 수도 있겠지만, 그러한 태도의 기원이 종교는 아니며, 설사 그렇다고 해도, 농민들의 종교는 단 한 번도 지배자나 성직자의 종교와 일치했던 적이 없었다.

농민들이 삶을 하나의 막간으로 보는 것은 시간을 지나며 겪는 그의 생각과 감정 사이의 상반된 움직임 때문이며, 이 움직임은 다시 농민 경제 자체의 이중적인 본성에서 기인한다. 그의 꿈은 불리한 조건이 없는 삶으로 돌아가는 것이다. 그는 생존의 수단들을 (가능하면 자신이 물려받았을 때보다는 더 보장된 상태로) 자식들에게 물려주려고 마음먹는다. 그의 이상은 과거에 있고, 그의 책무는 미래에, 자신은 살아서 볼 수 없는 곳에 있다. 죽음 후에 그는 미래로 옮겨 가는 것이 아니다. 그가 생각하는 불멸성은 다르다. 그는 과거로 돌아갈 것이다.

두 개의 움직임, 과거를 향한 움직임과 미래를 향한 움직임은 얼핏 보이는 것처럼 상반된 것은 아닌데, 왜냐하면 농민들은 기본적으로 순환적인 시간관을 지니고 있기 때문이다. 두 방향이란 하나의 원을 순환하는 다른 방식들일 뿐이다. 그는 지나온 세기들의 흐름을 받아들이지만, 그 흐름을 절대적인 것으로 여기지는 않는다. 단선적인 시간관을 지닌 사람들은 순환하는 시간이라는 개념을 이해할 수 없다. 그들의 도덕은 모두 인과관계에 기반을 두고 있기 때문에, 순환적 시간관은 그들에게 도덕적 현기증을 불러일으킬 것이다. 순환적 시간관을 지닌 이들은 역사적 시간이 남긴 관습을 쉽게 받아들일 수 있는데, 그들에게 그 관습이란 그저 굴러가는 바퀴가 남긴 흔적일 뿐이다.

농민들은 불리한 조건이 없는 삶, 자신과 가족들이 먹을 것을 마련하기에 앞서 잉여를 먼저 생산하지 않아도 되는 삶을 상상한다. 그건 부당함이 생기기 전에 있었던, 존재의 근원적인 상태와 같다.

먹을 것은 인간에게 가장 근원적인 욕구다. 농민들은 자신들이 먹을 것을 마련하기 위해 땅에서 일한다. 하지만 그들은 다른 사람들이 먹을 것을 먼저 마련해야만 하고, 종종 그 과정에서 정작 자신들은 굶주리기도 한다. 그들은 자신들이 경작하고 추수했던 밭(그 밭이 자신의 것이든 지주의 것이든 상관없이)에서 난 곡식이 다른 사람들의 먹을거리가 되기 위해, 혹은 다른 장사꾼의 이익을 위해 실려 가는 것을 본다. 흉작이라는 것이 어디까지 신의 뜻인지는 모르겠지만, 또한 주인(지주)의 존재가 얼마나 자연스러운 것인지도 모르겠지만, 그리고 어떤 이데올로기적인 설명이 주어지든 상관없이, 기본적인 사실은 분명하다. 스스로 먹을 것을 마련할 수 있는 사람들이 그렇게 하기 전에, 강제로 다른 이들의 먹을거리를 먼저 마련한다는 사실 말이다. 그런 부당함이 언제나 존재했을 리 없다고 농민은 추론하고, 따라서 그는 태초의 공정했던 세상을 가정한다. 인간에게 가장 근원적인 욕구를 충족시키는 근원적 일에 대한, 태초의 근원적인 공정함. 자생적으로 발생하는 농민 봉기는 모두 공정하고 평등한 농민사회를 다시 일으켜 세우려는 목표를 가지고 있다.

이 꿈은 낙원에 대한 일반적인 꿈이 아니다. 이제 우리는 낙원이란 상대적으로 여가가 많은 계급이 고안해낸 것임을 분명히 알게 되었다. 하지만 농민의 꿈에서는, 여전히 일이 필수적이다. 일이란 평등함을 위한 조건이다. 부르주아나 마르크스주의자들의 평등에 대한 이상은 공통적으로 풍족한 세상을 전제로 한다. 그 이상은 화수분 앞에서의 동등한 권리를 주장하고, 그 화수분은 과학과 지식의 발전을 통해 만들어질 것이다. 물론 동등한 권리에 대한 두 집단의 이해는 아주 다르다. 농민들이 생각하는 동등함의 이상은 결핍의 세계를 알아보고 인정하는 것이며, 그 이상에 담긴 약속이란 결핍에 맞서는 투쟁에서 형제애를 가지고 서로 돕는 것, 그리고 일의 결과물을 공정하게 나누는 것이다. 생존자로서 농민이 결핍을 인정하는 것은, 그가 인간의 상대적인 무지를 인정하는 것과 밀접한 관련이 있다. 그도 지식과, 지식의 결실을 높게 평가할 수 있겠지만, 지식이 늘어난다고 해서 알 수 없는 것의 범위가 그만큼 줄어든다고는 생각하지 않는다. 무지와 지성을 서로 상반되는 관계로 파악하지 않는다는 이 특징 때문에 농민의 지식은, 외부에서 보기에는, 어느 정도는 미신이나 마법 같은 것에나 적합하다고 여겨지기도 한다. 그의 경험 중 어떤 것도 궁극적인 이유에 대한 믿음으로 이어지지는 않는데, 이는 바로 그의 경험이 아주 광범위하기 때문이다. 미지의 것은 실험실이라는 한정된 조건에서만 제거할 수 있다. 그런 한정된 조건은 농민들이 보기에는 지나치게 순진한 것이다.

과거의 정의를 향한 농민들의 생각과 감정의 움직임과 반대되는, 미래의 후손들의 생존을 향한 또 다른 생각과 감정의 움직임이 있다. 대부분의 경우 후자가 전자보다 더 강하고 의식적이다. 이 두 움직임은 현재라는 막간이 그 자체로는 판정받을 수 없다고 농민들이 확신하는 한에서만 서로 조화를 이룰 수 있다. 도덕적으로 그 현재는 과거와의 관계 속에서 판정받고, 물질적으로는 미래와의 관계 속에서 판정받는다. 엄격히 말하면, 농민들은 그 누구보다 기회주의적이다.(눈앞의 기회라면 따지지 않고 취한다는 점에서 그렇다.)

농민들은 미래에 대해서 어떤 생각과 감정을 가지고 있을까. 농민들의 작업이라는 것이 어떤 유기적인 과정에 개입하거나 그 과정을 촉진시키는 것이기 때문에, 그들의 행동은 대부분 미래를 향한 것들이다. 나무 한 그루를 심는 것이 확실한 예라고 할 수 있겠지만, 소젖을 짜는 것도 마찬가지다. 그 젖이 나중에 치즈나 버터가 된다. 그들이 하는 일에는 모두 뭔가에 대한 기대가 담겨 있고, 그런 까닭에 절대 끝나지 않는다. 그들이 그려 보는 미래, 자신들이 전력을 다해야만 하는 이 미래는, 무언가가 잠복해 있는 시간이다. 위험과 부담이 잠복해 있는 시간. 아마도 미래의 부담이란 대부분은, 비교적 최근까지도, 굶주림이었다. 농민들이 처한 상황의 가장 근본적인 모순은, 농민 경제의 이중적 속성에 따른 결과인데, 식량을 생산하는 이들이 굶주림에 시달릴 가능성이 가장 크다는 것이었다. 생존자 계급은 안전을 보장받거나 풍족한 생활을 누리는 때가 올 것이라고 믿을 여유가 없었다. 미래에 대한 유일한, 하지만 위대한 희망은 살아남는 일이었다. 바로 그 점이 죽은 이들이 과거로 돌아가는 편이 더 낫다고 생각한 이유이다. 거기서는 더 이상 부담을 안지 않아도 되니까.

미래에 잠복해 있는 것들을 헤치며 나가는 길은 과거의 생존자들이 이미 다녀간 오래된 길의 연장선이다. 이미지로만 떠올려 보는 그 길은 쉬워 보인다. 몇 세대 동안 다녀간 사람들의 발길을 통해 만들어지고, 또 유지돼 온 그 길을 따르기만 하면 주변의 숲이나 산, 혹은 습지의 위험을 어느 정도는 피할 수 있기 때문이다. 그 길은 가르침과 선례, 혹은 조언들을 통해 전수되는 전통이다. 한 명의 농민에게 미래란, 알려진 것과 알려지지 않은 것을 모두 포함해서 광활하게 펼쳐진 위험들 사이로 난 미래의 이 좁은 길이다. 농민들이 협력을 통해 외부의 힘에 맞서 싸울 때, 이러한 싸움을 일으키는 동기는 언제나 방어적인 것인데, 그들은 게릴라 전략을 채택한다. 이는 불특정하고 적대적인 주변 환경을 가로지르는 좁은 길들이 만들어내는 그물과 정확히 일치한다.

인간의 운명에 대한 농민들의 견해, 지금 내가 대략적으로 전하고 있는 이 견해는, 현대에 이르기 전까지는 다른 계급의 견해와 본질적으로 다르지 않았다. 초서와 비용, 단테의 시만 생각해 봐도 얼른 알 수 있는 사실이다. 그들의 시에서 죽음은, 아무도 피해 갈 수 없었던 그 죽음은 미래가 지니는 불확실성과 위협이라는 일반적 감정을 대변하는 것이었다.

현대 역사는, 서로 다른 곳에서 다른 시기에, 진보의 원칙이 역사의 목적이자 추진력이 되면서 시작되었다. 이 원칙은 부르주아가 부상하는 계급으로 등장하면서 탄생했고, 현대의 모든 혁명 이론들을 통해 계승되었다. 이십세기의 자본주의와 사회주의의 대결은, 이데올로기의 관점에서 보자면, 그러한 진보의 내용에 대한 대결일 뿐이었다. 오늘날 선진국에서 대결의 주도권은, 적어도 한시적으로는, 자본주의가 쥐고 있으며, 그들은 사회주의가 후진성을 낳는다고 주장한다. 후진국에서는 자본주의의 '진보'가 신뢰를 얻지 못하고 있다.

진보의 문화는 미래의 확장을 그려 보인다. 미래는 계속 커져만 가는 희망을 주는 것이기 때문에 그 문화는 앞을 바라본다. 가장 영웅적인 모습을 취할 때 이 희망들은 '죽음'을 왜소하게 만들어 버리고(**혁명이 아니면 죽음을!**), 가장 보잘것없는 모습일 때는 그것을 외면한다.(소비지상주의) 이들이 그려 보이는 미래는 전통적인 원근법에서 길을 그릴 때의 방식과 정반대가 된다. 멀어지면서 점점 좁아지는 대신, 이 미래는 점점 더 넓어진다.

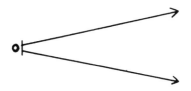

생존의 문화에서 그려 보이는 미래는, 생존을 위한 행위들이 반복되며 이어지는 모습이다. 각각의 행위를 통해 하나의 실이 바늘귀를 통과하고, 이 실은 곧 전통이다. 전반적으로 확장되는 양상은 보이지 않는다.

생존의 문화   진보의 문화

이제, 이 두 종류의 문화를 비교해 보면, 우리는 두 문화에서 미래 뿐 아니라 과거를 바라보는 견해도 거울에 비친 이미지처럼 정반대 임을 볼 수 있다.

이 비교를 통해, 생존의 문화에서 겪은 경험이 진보의 문화에서 겪은 비슷한 경험과 반대 **의미**를 가지는 이유를 설명할 수 있다. 중요한 예로, 자주 이야기되는 농민들의 보수주의인 변화에 대한 거부감을 한번 살펴보자. 그런 태도나 반응들이 복잡하게 얽혀서 종종 (반드시 그렇다고는 할 수 없지만) 농민들은 우익의 지원 세력으로 계산되기도 한다.

첫째, 우리는 그러한 계산이 도시에서 이루어지며, 도시는, 좌우의 대립을 다루는 역사적인 맥락에 따르면, 진보의 문화에 속한 공간이라는 점을 염두에 두어야 한다. 농민들은 그러한 맥락을 거부하며, 그 맥락을 따를 정도로 어리석지도 않다. 왜냐하면 그 맥락 안에서는, 좌파와 우파 어느 쪽이 이기든, 농민의 존재는 사라져 버리기 때문이다. 그의 삶의 조건, 그가 겪는 착취의 정도나 그의 고통이 아무리 절박하다고 해도, 자신이 아는 모든 것에 의미를 주는 무언가가 사라지는 상황을 상상할 수는 없다. 그 무언가가 바로, 살아남으려는 그의 의지다. 그 어떤 근로자도 그런 위치에 놓인 적은 없다. 왜냐하면 그의 삶에 의미를 주는 것은 자신의 삶을 바꿀 수 있다는 혁명적 희망이거나 임금생활자로서 자신의 삶에 대한 대가로 주어지는 돈, 소비자로서 '진짜 삶'을 살 수 있기 위해 써야 하는 돈이기 때문이다.

끈질긴 땅

농민이 꿈꾸는 변화는 한때 자신이었던 '그 농민'으로 되돌아가는 과정을 포함한다. 근로자의 정치적 꿈은 지금까지 그를 근로자로 머물러 있게 했던 것들을 모두 바꾸는 것이다. 이런 이유로 근로자와 농민 들 사이의 연대는 양쪽이 동의한 특정한 목적(외국의 적을 물리치는 일, 대규모 지주의 소유권을 박탈하는 일 등)을 위해 움직일 때에만 한시적으로 유지된다. 둘 사이의 전반적인 연대는 보통은 불가능하다.

농민들의 경험 전체와 관련이 있는 그들의 보수주의가 지닌 의미를 이해하려면, 변화라는 것을 다른 시각에서 볼 필요가 있다. 역사적으로 보면 변화나 질문, 실험 같은 것들은 도시에서 번성한 다음 외부로 퍼져 나갔던 경우가 다반사다. 종종 간과되는 것은 그런 관심사들을 파고들 수 있게 하는 도시의 일상이 지닌 특징이다. 도시는 상대적으로 시민들에게 안전과 연속성, 그리고 영속성을 제공한다. 그것들이 주어지는 정도는 개별 시민이 속한 계급에 따라 달라지지만, 시골에서의 삶과 비교하면, 모든 시민은 어느 정도의 보호를 받고 있다.

기온의 변화에 맞서는 난방이 있고, 밤과 낮의 차이를 줄여 주는 조명이 있으며, 거리를 줄여 주는 교통체계와 피로를 보상해 주는 상대적인 안락함이 있다. 외부의 공격에 대비한 성벽과 기타 방어 체계가 있고, 효율적인 법령이 있고, 환자와 노인 들을 위한 구호소와 자선 기관 들이 있고, 글로 기록된 지식들을 영원히 보관하고 있는 도서관이 있고, 제빵사나 도축업자에서부터 기술자, 건축가, 의사들까지, 일상적인 삶의 흐름에 문제가 생겼을 때면 언제든 부를 수 있는 다양한 서비스가 있다. 사회적인 행동 규범이 관습으로 정해져 있어서 낯선 사람들은 거기에 따라야만 한다.(로마에 가면…) 연속성을 약속하는, 혹은 그것을 기념하는 건물들이 있다.

지난 두 세기 동안, 변화에 대한 도시의 이론과 원칙 들은 점점 더 격렬해졌고, 거기에 맞춰 일상의 보호조치들의 수준과 효율성도 향상되었다. 최근에는 시민들에 대한 안전장치가 지나치게 총체적이라 숨이 막힐 지경이다. 시민은 서비스가 제공되는 보호소에서 홀로 살아가고 있다. 그런 상황에서 시민들은 시골에 대한 관심에 새로 눈을 뜨기도 하지만, 그것은 필연적으로 순진한 관심일 수밖에 없다.

대조적으로 농민들은 보호를 받지 못한다. 매일매일 농민은 그 어떤 계급보다 더 많은 변화를 더 가까이에서 경험한다. 이러한 변화들 중 일부는, 그러니까 계절의 변화나 나이가 들면서 기력이 떨어지는 것 같은 변화는 예측이 가능하지만, 많은 변화들은 예측할 수 없다. 오늘과 다른 내일의 날씨, 소가 감자를 먹다 목이 막혀서 죽어 버리는 사고 같은 것들, 벼락, 너무 이르게 혹은 너무 늦게 내리는 비, 꽃봉오리를 죽여 버리는 안개 같은 것들, 잉여를 요구하는 이들의 끊임없이 달라지는 요구들, 전염병, 메뚜기 떼 같은 것들.

사실 농민들이 경험하는 변화는 그 어떤 목록으로도, 아무리 길고 포괄적인 목록이라고 해도 전달할 수가 없다. 거기에는 두 가지 이유가 있는데, 첫째, 이는 그의 관찰력 때문이다. 농민은 주변에서 일어나는 변화를, 구름에서부터 수탉의 꼬리까지 거의 하나도 놓치지 않으며, 그것을 미래와의 관계 안에서 해석한다. 그의 능동적인 관찰은 한시도 멈추지 않으며, 그는 그런 변화들을 쉬지 않고 기록하고 거기에 대해 생각한다. 둘째, 그가 처한 경제적 상황 때문이다. 경제적 상황과 관련하여 나쁜 방향으로 아주 작은 변화라도 일어나면 (지난해보다 이십오 퍼센트 낮은 수확량, 농작물 시장가격의 하락, 예상치 못했던 비용) 재앙, 혹은 거의 재앙에 가까운 사태가 벌어진다. 그의 관찰력은 아주 작은 변화의 조짐도 놓치지 않고, 그렇게 관찰한 것이 내포하고 있는 위협은, 실제적인 위협이든 상상의 위협이든 상관없이, 그가 지고 있는 빚 때문에 더 크게 느껴진다.

농민들은 시간 단위로, 하루 단위로, 일 년 단위로, 그리고 세대를 거쳐 가며 변화를 살고 있다. 일을 해야만 한다는 필요성을 제외하

　　　　　　　　　끈질긴 땅

고, 그들의 삶에서 변하지 않는 것은 거의 없다. 그리고 그 일과, 절기를 중심으로 그들은 의식(儀式), 관습, 개인적 습관 등을 만들어내며 무자비한 변화의 순환으로부터 얼마간의 의미와 연속성을 힘들게 확보했다. 그 순환은 부분적으로는 자연적인 것이었고, 부분적으로는 그들의 삶의 조건이 되는 경제에 끊임없이 이정표를 세워 나간 결과였다.

일과 관련해서, 그리고 일을 하는 삶의 다양한 단계들(출생, 결혼, 사망)과 관련해서 농민들이 만들어낸 다양한 관습과 의식들은, 끊임없는 불확실성으로부터 스스로를 지키려는 시도였다. 일과 관련한 관습은 전통적이고 순환적이다. 그것들은 해마다, 혹은 매일매일 반복된다. 농민들의 전통이 지켜지는 것은, 그 전통이 일이 가장 잘될 수 있는 기회를 보장해 주기 때문이지만, 한편으로는 관습을 반복함으로써, 아버지나 이웃의 아버지들이 했던 것과 같은 방식으로 일을 함으로써, 농민이 자신을 위한 어떤 연속성을 확보하고, 그를 통해 스스로의 생존을 의식적으로 경험하기 때문이다.

하지만 그 반복은 본질적으로, 그리고 단지 형식적일 뿐이다. 일에 관한 농민들의 관습은 도시에서의 작업 관습과는 아주 다르다. 매번 농민들이 같은 일을 할 때마다, 일을 하고 있는 순간의 자연 요소들은 다르다. 농민은 끊임없이 임기응변을 해야 한다. 그가 신뢰하는 전통은 절대 근사치 이상은 될 수 없다. 전통적 관습은 특정 작업을 행하는 의식만을 결정할 뿐이다. 그 내용은, 그가 하는 다른 모든 일과 마찬가지로, 변하게 마련이다.

농민이 일과 관련한 새로운 기술이나 작업 방식을 거부하는 것은, 그것들이 지닌 이점을 보지 못해서가 아니라(농민의 보수주의는 맹목적이지도 게으르지도 않다) 그러한 이점들이, 사물의 본성상, 보장할 수 없는 것이라고 믿기 때문이며, 만약 그 방식이 실패할 경우 그는 혼자 남게 되고, 생존을 위한 관습으로부터 고립되기 때문이다. (생산성 향상을 위해 농민들과 함께 일하는 사람들은 이 점을 고려해야만 한다. 농민들은 놀라운 재간으로 변화에 열려 있지만, 그의 상상력은 연속성을 필요로 한다. 도시에서 변화에 대한 호소는 보통은 반대를 가정한다. 그러한 변화는 사람들의 재간을 무시하는데, 그런 재간은 노동이 극단적으로 분화되면서 점차 사라지고 있다. 도시에서 변화에의 호소는 새로운 삶에 대한 상상을 약속한다.)

농민들의 보수주의는, 농민들의 경험이라는 맥락에서 보면, 특권을 지닌 지배층의 보수주의나 아첨하기 좋아하는 프티부르주아의 보수주의와는 아무런 공통점이 없다. 지배층의 보수주의는 자신들의 특권을 절대적인 것으로 만들려는 시도이다. 프티부르주아의 보수주의는 나머지 계급에 대한 권력을 대신 행사할 수 있는 대가로 권력자의 편에 설 때 택하는 방법이다. 농민들의 보수주의에서는 방어해야 할 특권이 거의 없다. 바로 그 점이, 도시의 정치 사회 이론가들을 놀라게 하는, 소농들이 부농들을 지키기 위한 시위에 종종 나서는 이유들 중 하나이다. 그것은 권력의 보수주의가 아니라 수단의 보수주의다. 그것은 끊임없는, 그리고 가혹한 변화라는 위협에 맞서 온 삶들과 세대들을 거치며 보존된 의미들이 보관되는 저장소(곡물 창고)를 나타낸다.

농민들의 다른 태도들 역시 자주 오해받고, 종종 정반대로 받아들여진다. 이는 앞의 거울 이미지에서 이미 암시되고 있었다. 예를 들어, 농민들은 늘 돈만 생각한다고 여겨지지만, 사실 그런 오해를 낳은 농민들의 행동은 돈에 대한 깊은 불신에서 비롯된 것이다. 예를 들어, 농민들은 용서를 잘 하지 않는다고들 말하지만, 이런 특징은, 만약 그것이 사실이라면, 정의가 없는 삶은 의미가 없다는 믿음에 따른 결과이다. 어떤 농민이든 죽기 전에 용서를 받지 못하는 경우는 드물다.

이제 우리는 다음과 같은 질문을 던져야 한다. '오늘날 농민들과 그들이 속해 있는 경제 체계 사이의 관계는 어떠한가.' 혹은, 농민들의 경험에 대한 우리의 관심에 따라 질문을 해 보자면 이렇게 될 것이다. '농민들의 경험은 현재 전 세계적인 맥락에서 어떤 의미를 지니는가.'

농업이 반드시 농민을 필요로 하는 것은 아니다. 영국의 농민사회는 (아일랜드와 스코틀랜드의 일부 지역을 제외하고는) 이미 한 세기 전에 파괴되었다. 미국 현대사에서는 농민들이 아예 없었는데, 이는 화폐 교환에 기반한 경제 개발이 지나치게 빠르게, 또한 지나치게 총체적으로 이루어졌기 때문이다. 프랑스에서는 해마다 십오만 명의 농민들이 땅을 버리고 떠나고 있다. 유럽경제공동체(EEC) 경제계획 담당자들은 이십세기 말이면 농민들이 완전히 제거될 것으로 예상하고 있다. 당분간은 정치적 이유 때문에 **제거**라는 단어 대신 **현대화**라는 단어를 쓰고 있다. 현대화란 곧 소농들(이들이 다수다)이 사라지고, 남아 있는 소수의 농민들은 사회적으로나 경제적으로 완전히 다른 존재가 되는 상황을 의미한다. 강도 높은 기계화와 화학에의 의존, 오직 시장을 위해서만 생산하는 대규모 농가, 지역별로 특화된 작물 등, 이 모든 것은 농민 가족이 더 이상 생산과 소비의 단위가 아닌 상황을, 농민들이 그들에게 돈을 지불하고 그들의 수확물을 사 가는 이윤 체계에 종속되는 상황을 의미한다. 그 계획은 농작물의 시장가치가 하락하고, 그에 따른 경제적 압력이 발생해야만 실현 가능하다. 현재(1970년대—옮긴이) 프랑스에서 밀 한 포대의 가격이 지닌 구매력은 오십 년 전에 비해 삼분의 일 수준으로 떨어졌다. 또한 소비주의의 온갖 약속들이 이념적인 설득에 나서고 있다. 아직 다치지 않은 농민들만이 태생적으로 이 소비주의에 저항할 수 있는 유일한 계급이다. 농민들이 흩어지고 나면, 시장은 더욱 확대될 것이다.

제삼세계의 많은 지역에서는 토지 소유 체계(라틴 아메리카의 많은 지역에서 일 퍼센트의 지주가 전체 경작지의 육십 퍼센트를 소유하고 있으며, 가장 좋은 땅은 백 퍼센트 그들 소유이다), 기업자본주의의 이윤을 위한 획일적인 문화의 강요, 생계형 농업의 주변화, 그리고 이런 요소들의 결과로 발생하는 인구 증가 때문에 점점 더 많은 농민들이 절대빈곤의 수준으로 몰락하고 있으며, 땅과 종자와 희망을 잃어버린 그들은 과거에 지니고 있던 사회적 정체성까지 잃어가고 있다. 농민이었던 사람들 중 많은 이들이 도시로 나가 과거에는 존재하지 않았던 수백만 명의 집단을 구성한다. 고정된 부랑자 집단, 실업 상태의 대기자 집단. 그들이 대기자인 것은 초라한 마을에서, 과거와 단절된 채 진보의 수혜를 입지도 못한 채로, 전통에서 버려지고, 어떤 역할도 맡지 못한 채 기다리고 있기 때문이다.

엥겔스와 이십세기 초 대부분의 마르크스주의자들은 자본주의식 농업이 지닌 커다란 수익성에 직면해서 농민들이 사라질 것임을 예견했다. 자본주의 생산 양식이 '증기기관이 손수레를 박살내듯이' 소규모 농민들의 생산 방식을 없애 버릴 것이라는 예언은, 농민 경제의 탄력성을 과소평가하고, 자본이 농업에 대해 느끼는 매력을 과대평가하였다. 한편으로는 농민 가족들이 이익 없이도 생존할 수가 있었다.(원가회계라는 개념은 농민 경제에는 적용되지 않았다.) 다른 한편으로 자본의 입장에서도 땅은, 다른 상품과 달리, 무한하게 재생산할 수 있는 대상이 아니었기 때문에 농업 생산물에 대한 투자는 결국 제약을 받게 되고, 이윤은 감소할 수밖에 없었다.

농민들은 예상했던 것보다 훨씬 오래 살아남았다. 하지만 지난 사십 년 동안 독점 자본이 다국적 기업들을 통해, 수익성이 매우 높은 새로운 농산물 산업을 만들어냈고, 그를 통해 생산뿐만 아니라, 농업에 투입되는 재화와 거기서 나오는 결과물의 시장, 모든 종류의 먹거리의 처리 및 포장, 판매와 관련된 시장까지 통제하게 되었다. 시장이 전 세계 구석구석까지 파고들면서 농민들을 제거해 나가고 있다. 선진국에서는 어느 정도 계획에 따른 전환이고, 저개발국에서는 재앙에 가까운 전환이다. 과거에는 도시들이 식량과 관련해서는 시골에 의존했고, 농민들은, 이런저런 방식으로, 소위 자신들의 **잉여**를 내주어야 했다. 머지않아 세계의 시골 지역은 심지어 지역 주민들에게 필요한 먹거리까지 도시에 의존하게 될지도 모른다. 만약 그런 상황이 벌어진다면, 바로 그때 농민은 더 이상 존재하지 않을 것이다.

역시 지난 사십여 년 동안 제삼세계의 다른 지역(중국, 쿠바, 베트남, 캄보디아, 알제리)에서 농민들에 의한, 혹은 농민의 이름을 빌린 혁명이 일어났다. 이런 혁명을 통해 농민들의 경험이 어떤 변화를 성취했는지, 이들 정부가 자본주의 세계 시장이 부여한 우선순위와 다른 가치 체계를 어디까지 유지할 수 있을지, 혹은 유지할 수 없을지를 말하기는 아직 이르다.

지금까지 말한 것들을 감안하면, 아무도 농민들의 전통적인 삶의 방식이 지켜지고 계속 유지될 거라고는 주장할 수 없다. 그런 주장은 농민들이 계속 착취당해야 하고, 육체노동이라는 짐이 늘 부담이 되고 종종은 파괴적일 정도로 지독한 삶을 계속 살아가야 한다는 주장에 다름 아니다. 농민들이 생존자 계급이라는 것을 받아들인다면(내가 앞에서 정의 내린 그런 의미에서) 그들의 삶을 이상화하는 것은 불가능해진다. 정의로운 세상이라면 그런 계급은 더 이상 존재해서는 안 된다.

하지만 농민들의 경험을 현대의 삶과 아무 관련이 없고 과거에만 속한 것으로 폄하하는 것, 수천 년간 이어져 온 농민 문화가 (단지 오래 유지되는 어떤 기념물을 거의 남기지 않았다는 단순한 이유 때문에) 미래를 위한 어떤 유산도 남기지 않았다고 가정하는 것, 지난 몇 세기 동안 이어져 온 주장, 그러니까 농민들의 경험은 문명에서는 주변적이었다는 주장을 계속 유지하는 것은 너무 많은 역사와 너무 많은 삶의 가치를 부정하는 일이다. 역사에서 누군가를 배제하는 선이 그렇게, 마치 잔액이 없는 대차 계정을 지우듯이 그어질 수는 없다.

논점을 더 정확히 해 보자. 농민들의 경험이 지닌 놀랄 만한 연속성과 농민들의 세계관이, 지금 사라질 위기 앞에서, 유례가 없고 예상하지도 못했던 다급한 문제가 되었다. 이 연속성은 단지 농민들의 미래에만 관련된 문제가 아니다. 세계 대부분의 지역에서 농민 문화를 제거하고 파괴해 가고 있는 힘은, 한때 역사의 진보라는 원칙에 담겨 있던 희망들의 모순을 대변한다. 생산성이 늘어났지만 희소성이 줄어들지는 않았다. 지식이 보편화되었지만 더 큰 민주주의로 확실히 이어지지 못했다. 여가가 생겼지만 (산업화된 사회에서) 개인적인 성취가 아니라 더 큰 대중 조작을 낳았을 뿐이다. 세계가 경제적으로나 군사적으로 단일화되었지만 그 결과는 평화가 아니라 대규모 학살이었다. **진보**에 대한 농민들의 의심은, 마침내 기업자본주의의 세계적인 역사에 의해, 그 역사에서 권력을 가진 이들이 대안을 찾는 과정에서 똑같은 의심을 던지고 있는 지금의 시점에서 보면, 잘못되었다거나 근거가 없는 게 전혀 아니었다.

앞으로 미래의 세계사가 어떻게 펼쳐질지를 가늠해 보자면, 그것이 기업자본주의가 그 야만성을 지닌 채 더욱더 확장되든, 아니면 그것에 맞서는 길고도 불공평한, 그리고 승리에 대한 확신도 없는 투쟁이 계속되든 상관없이, 그 길고도 험난한 전망에는 생존에 대한 농민들의 경험이 궁극적인 승리라는 진보의 희망보다는, 끊임없이 수정되고, 실망스러웠으며, 안절부절못했던 그 희망보다는 더 적합할 것이다.

마지막으로 자본주의 자체에도 역사적인 역할이 있다. 그것은 애덤 스미스나 마르크스도 예견하지 못했던 것으로, 바로 역사를 파괴하는 역할, 과거와의 모든 연관을 끊고 모든 노력을 앞으로 일어날 일을 상상해 보는 활동에 투여하는 것이다. 자본은 그렇게 자신을 끊임없이 재생산하는 한에서만 존재할 수 있다. 현재 시점에서 자본이 가지는 실재성은 미래에 그것이 성취할 것에 의존한다. 그것이 자본의 형이상학이다. **신용**이라는 단어는 과거의 성취가 아니라 미래의 기대를 말하는 것이다. 그런 형이상학이 세계 체제에 도입되었고 소비주의 행태로 행해졌다. 똑같은 형이상학이 똑같은 논리로, 그 체계에 의해 가난으로 내몰린 사람들을 **뒤처진** 사람들(즉 과거의 오점과 수치를 지닌 사람들)로 규정했다. 이 삼부작은 소위 **뒤처진** 사람들, 여전히 시골 마을에 살고 있는 사람들과 대도시로 떠나야만 했던 사람들과의 연대를 위해 씌어졌다. 연대의 이유는, 그런 여성들과 남성들이 그나마 내가 알고 있는 이 작은 것들을 가르쳐준 사람들이기 때문이다.

우리를 가르쳐 준 다섯 명의 친구들,

테오필 조라
안젤린 쿠뒤리에
앙드레 쿠뒤리에
테오필 게이
마리 레이몽

그리고 우리가 배우는 것을 도와준 친구들,

레이몽 베르티에, 뤽과 마리 테레자 베르트랑, 제르베와 멜리나 베송, 장 폴 베송, 드니 베송, 미셸 베송, 제라르 베송, 크리스티앙 베송, 마리우스 샤반, 로제와 노엘 쿠뒤리에, 미셸 쿠뒤리에, 라 도시, 레지 뒤레, 가스통 포레스티에, 마게리트 게이, 노엘과 엘렌 게이, 마르셀 게이, 잔 조라, 아르망 조라, 다니엘과 이브 조라, 노르베르 조라, 모리스와 클레어 조라, 프랑수아와 제르멩 말그랑, 프란시스와 조엘 말그랑, 마르셀 니쿠, 앙드레 페레, 이브와 바베트 페테르, 장 마리와 조세핀 피테, 로저와 롤랑드 피테, 베르나데트 피테, 프랑수아 라멜, 프랑수아와 레오니 레이몽, 바실 레이몽, 기와 안 마리 루, 르 비올론, 발터,

그리고 나와 함께 가르침을 받은 베벌리에게 이 책을 바친다.

일러두기

- 이 책 『끈질긴 땅(Pig Earth)』(1979)은 존 버거가 1974년부터 집필을 시작해 1990년에 완성한 삼부작 소설 '그들의 노동에(Into Their Labours)'의 첫번째권으로, 산간 마을의 전통적인 삶을 배경으로 한다. 두번째권 『한때 유로파에서(Once in Europa)』(1987)는 그런 마을의 삶이 사라지고 현대화하는 과정에서 펼쳐지는 사랑 이야기들이다. 세번째권 『라일락과 깃발(Lilac and Flag)』(1990)은 자신들의 마을을 떠나 대도시에 영원히 정착한 농민들의 사랑 이야기다.

- 소설 앞부분에는 대화문이 따옴표로 구분되다가 이후 사라지는데, 번역본에서도 작가가 쓴 방식 그대로를 살렸다.

차례

자리의 문제

암소의 눈 위로 아들은 검은색 가죽 가리개를 씌우고 뿔에 묶었다. 자주 사용하면서 가죽은 검은색이 되었다. 암소는 아무것도 볼 수 없다. 난생처음으로, 암소의 눈앞이 갑자기 한밤처럼 캄캄해졌다. 가리개는 일 분 후에, 암소가 죽고 나면 벗겨질 것이다. 일 년 동안 이 가죽 가리개는, 임시 축사에서 도축장까지 열 걸음 정도 걷는 동안 약 스무 시간의 그런 밤을 만들어낸다.

도축장은 노인과 열다섯 살 어린 아내, 그리고 스물여덟 살의 아들이 운영하고 있다.

아무것도 볼 수 없는 암소는 머뭇거리지만, 아들이 뿔에 감은 밧줄을 당기고 어머니가 소의 꼬리를 잡은 채 뒤따른다.

"계속 데리고 있으면" 농민이 혼잣말을 한다. "두 달 후에 새끼를 낳겠지. 이제 젖도 안 나오고, 또 새끼를 낳고 나면 몸이 줄 테니까. 지금이 제일 좋은 때야."

도축장 문 앞에서 소는 다시 한번 머뭇거리지만, 잠시 후 순순히 끌려 들어간다.

도축장 안의 천장에는, 레일이 복잡하게 얽혀 있다. 레일 위로 바퀴가 굴러다니고 각각의 바퀴에는 갈고리가 달린 쇠막대가 붙어 있다. 이 갈고리에 끼우면 열네 살 소년도 사백 킬로그램짜리 말의 도살된 몸통을 밀거나 당길 수 있다.

아들이 암소의 머리에 전기 충격을 가한다. 도축장에서 가리개를 씌우는 것은 도살되는 동물을 더 수동적으로 만들어 주고, 도축을 하는 사람이 동물의 마지막 눈빛을 보지 않도록 해 준다. 게다가 이곳에서는, 가리개 덕분에 암소가 전기 충격을 받기 전에 고개를 돌리지 않는다.

암소의 다리가 접히면서 그 자리에 쓰러진다. 고가도로가 쓰러질 때, 그 기둥들은 멀리서 보면 천천히 도로 아래 계곡으로 꺼지는 것처럼 보인다. 폭격을 받은 건물의 벽도 마찬가지다. 하지만 암소는 벼락처럼 순식간에 쓰러진다. 녀석의 몸을 지탱하는 건 바닥의 시멘트가 아니라, 에너지다.

"왜 어제 잡지 않은 거야?" 농민이 혼잣말을 한다.

아들이 두개골 안으로 스프링을 밀어 넣어 골을 건드린다. 스프링은 거의 이십 센티미터나 들어간다. 그렇게 골을 헤집어서 짐승의 근육이 모두 풀리게 한 다음, 스프링을 꺼낸다. 어머니는 양쪽 앞발의 발굽 뒤 관절을 쥐고 있다. 아들이 목을 따면 피가 바닥에 쏟아진다. 잠시, 피는 거대한 벨벳 치마 모양을 이루고, 치마의 가는 허리 부분에는 목의 갈라진 상처가 있다. 피가 더 흘러나오면 아무것도 닮지 않은 모양이 된다.

생명은 액체다. 생명의 본질이 숨이라고 생각한 중국인들은 틀렸다. 어쩌면 영혼은 숨일지도 모르겠다. 암소의 분홍색 콧등은 아직도 떨고 있다. 눈은 아무것도 바라보지 않고, 혀가 입 한쪽으로 비어져 나왔다.

잘라낸 혀는 머리와 간 옆에 걸어 둔다. 그렇게 자른 머리와 혀, 간들은 모두 나란히 걸어 둔다. 턱을 벌리면, 혀는 잘려 나가 없고, 가지런한 이에는 피가 스며 있다. 육식을 하지 않는 동물이 막 살코기라도 먹어 치운 것만 같다. 간을 놓아둔 콘크리트 바닥에는 밝은 주홍색 핏자국이 여기저기 보인다. 이제 막 피기 시작한 양귀비꽃의 색, 아직 선홍색으로 짙어지기 전의 그 주홍색이다.

피와 골을 모두 잃어버린 것에 항의라도 하듯이, 소의 몸통이 크게 출렁이며 뒷다리가 허공으로 치솟는다. 커다란 짐승도 작은 짐승만큼이나 빨리 죽어 버린다는 건 놀라운 일이다.

어머니가 앞발을 내려놓으면 (이제 암소의 떨림이 무시해도 좋을 만큼 약해졌다는 듯이) 두 발은 절뚝거리듯 몸통에 가서 붙는다. 아들은 뿔 주위의 가죽을 벗기기 시작한다. 아들은 아버지에게 가죽을 빨리 벗기는 기술을 배웠고, 이제 아버지는 동작이 느려졌다. 생각에 잠긴 아버지는 도축장 뒤에서 말의 몸통을 두 동강으로 가르고 있다.

어머니와 아들 사이에 협업이 이루어진다. 함께 일하는 동안 두 사람은 한마디도 하지 않는다. 가끔 눈이 마주치지만, 미소를 띠지는 않고 그저 이해의 눈빛만 주고받는다. 어머니가 바퀴 넷 달린 손수레를 끌고 온다. 덮개 없는 커다란 유모차를 길게 늘려 놓은 것처럼 생긴 수레다. 아들은 작은 칼을 단 한 번씩 그어 뒷다리를 떼어낸 뒤 몸통에 갈고리를 끼운다. 어머니가 스위치를 눌러 전기 도르래를 작동시킨다. 암소의 몸통이 두 사람 위로 들어 올려졌다가 등을 바닥 쪽으로 향한 채 수레에 실린다. 두 사람이 함께 수레를 민다.

그들은 마치 재단사처럼 작업한다. 가죽 바로 아래의 살은 흰색이다. 두 사람은 목 아래에서 꼬리까지 한 번에 가죽을 벗기는데, 그 모양이 마치 단추를 채우지 않은 코트 같다.

암소를 키우던 농민이 수레로 다가와 왜 녀석을 잡아야만 했는지 이유를 말해 준다. 젖꼭지 두 개가 썩어 버려서 더 이상 젖을 짤 수가 없었던 것이다. 그는 손으로 젖꼭지를 쥐어 본다. 축사에서 젖을 짤 때처럼 따뜻하다. 어머니와 아들은 그의 말에 귀 기울이고 고개를 끄덕이지만, 대답은 하지 않고 작업을 멈추지도 않는다.

아들이 네 개의 발굽을 자른 다음 비틀어 빼서 외바퀴 수레에 던져 넣는다. 어머니가 젖샘을 제거한다. 그런 다음 아들이 가죽을 벗겨낸 틈 사이로 도끼질을 해서 갈비뼈를 자른다. 나무가 쓰러지기 전 마지막 도끼질과 유사한데, 왜냐하면 이제부터 암소는 짐승이 아니라 고기로 취급되기 때문이다. 마치 쓰러진 나무가 목재가 되듯이 말이다.

아버지가 잠시 말고기 손질을 멈추고 도축장을 가로질러 오줌을 누러 나간다. 매일 오전 서너 번씩 그렇게 지나간다. 다른 목적으로 움직일 때는 좀 더 부산하게 걸어간다. 지금 그렇게 도축장을 어슬

자리의 문제

렁거리며 지나가는 것이 방광에 신호가 와서인지, 아니면 비록 나이가 들어 안쓰러워 보이기는 하지만, 아직 자신의 권위는 전혀 흔들림이 없음을 젊은 아내에게 과시하기 위해서인지는 알 수 없다.

아내는 남편이 출입구에 이를 때까지 무표정한 얼굴로 지켜본다. 그런 다음 굳은 얼굴로 다시 고기 쪽으로 고개를 돌리고는 그것들을 씻어내고 천으로 두드려 가며 말린다. 주변이 온통 짐승 사체지만 이제 긴장은 거의 사라지고 없다. 그냥 식료품 저장고를 정리하는 것과 다를 바 없다. 다만 도축 당시의 충격 때문에 아직도 고기 안의 섬유들이 떨리고 있다. 한여름 파리 떼를 쫓기 위해 소의 목이 움찔거릴 때와 똑같다.

아들은 정확히 대칭이 되게 소고기를 절반으로 가른다. 이제 그것들은 굶주린 사람들이 수십만 년 동안 꿈꿔 왔던 고깃덩어리가 된다. 어머니는 다시 레일을 움직여 덩어리들을 저울 위로 옮긴다. 모두 합해서 이백오십칠 킬로그램이다.

농민이 저울 눈금을 확인한다. 킬로그램당 구 프랑에 합의한다. 혀와 간, 발굽, 머리, 내장은 한 푼도 못 받는다. 그런 부위는 가난한 도시 사람들에게 팔려 나가지만, 가난한 시골 사람들은 그 값을 받을 수 없다. 마찬가지로 가죽 값도 받지 못한다.

집에 돌아오면 축사에, 도축당한 소가 있던 자리는 비어 있다. 그 자리에 암송아지 한 마리를 넣는다. 다음 여름쯤이면 녀석도 그 자리를 기억할 테고, 매일 저녁과 아침 젖을 짜기 위해 벌판에서 축사로 들어올 때, 자기 자리가 어디인지를 알게 될 것이다.

끈질긴 땅

하나의 설명

독자는 이렇게 물을 것이다. 작가가 쓰고 있는 장소와 사람들은 작가와 어떤 관계인가?

올해 여름 어느 날 오후, 나는 말이나 짐차가 들어가기에 너무 가파른 경사지에서 건초를 옮기고 있었다. 평지가 나오는 경사면 맨 아래까지 계속 건초를 옮겨야 했다. 시간은 네시쯤이었지만, 해만 보면 아직 두시밖에 안 된 것 같았다. 날씨는 가혹했고, 가파른 언덕에서는 건초처럼 보이는 마른 그루터기를 밟고 미끄러질 위험이 아주 컸다. 나는 조끼를 걸치고, 단단히 땅을 딛기 위해 무거운 장화를 신은 채 작업을 하는 중이었다. 이웃 농가의 아버지는 말을 데리러 농장에 내려갔다. 어머니는 이미 건초를 다 베어낸 경사지 꼭대기 부근에서 가래질을 하고 있었다. 나는 경사지 중간쯤으로 올라가 건초 한 더미를 떠서 내려왔다. 그렇게 백 번쯤 옮긴 다음에 잠시 쉬었다. 한 손에 갈퀴의 나무 손잡이를 쥔 채, 다른 손으로 먼지가 묻고 땀에 젖어 지저분한 손수건으로 얼굴의 땀을 닦았다. 땀이 눈으로 흘러 들어가 욱신거리고, 앞을 제대로 볼 수가 없었다. 내 나이 또래의 다른 일꾼들처럼 모자를 쓰면 도움이 되겠지만, 나는 모자가 익숙하지 않았다. 내년에는 모자를 사야할지도 모르겠다. 그날 오후에는, 한 달 동안의 건초 작업을 끝내고 마지막 경사지에서 건초를 가져오고 있었다. 하루를 쓰겠다고 모자를 살 수는 없는 노릇이었다. 그렇게 잠시 서서 얼굴의 땀을 닦았다. 대기는 바람 한 점 없고 햇빛이 경사면을 불판처럼 달구었다. 건초를 뜨고, 뒤집고, 들어 올리는 일은 놀이 같기도

---

* 이 글은 1979년 『끈질긴 땅』 원서 초판에 수록되었다가 이후 재판과 합본에서 생략되었는데, 존 버거의 생각을 온전히 전하기 위해 유족의 확인을 거쳐 번역본에 포함했다.

하지만, 그날처럼 가혹하고, 불안정하고, 말벌들이 돌아다니는 오후에 건초를 옮기는 일은 새는 자루를 옮기는 일과 비슷하다. 나는 더위를 저주했다. 그런 열기는 작업의 조건이라기보다는, 일종의 형벌이 된다. 나는 그런 형벌을 내린 이를 저주했다. 경사지를 저주하고 아직 남은 일감들을 저주했다. 태양과 태양이 내뿜는 열기를 한 대칠 수만 있다면 그렇게 했을 것이다. 아랫마을 농가 지붕들의 기와를 한 번 내려다보고, 하늘을 올려다보며 욕을 했다. 삼십 분쯤 후, 아직 건초를 들이려면 한참이 남았는데, 벼락이 치며 비가 내렸다. 나는 한편으로는 시원함이 반가웠지만, 비도 저주했다.

그날 오후에는 그 분노가 나를 벌판과 경사지와 건초를 하나로 묶어 주었다. 다른 때라면 내가 그 장소나 그곳에 살고 있는 사람들과 맺는 관계는 그렇게 간단하지 않다. 나는 농부가 아니다. 나는 작가다. 나의 글쓰기는 하나의 연결고리이면서 동시에 하나의 장벽이다.

나는 글쓰기를 직업으로 생각해 본 적이 한 번도 없다. 글쓰기는 홀로 하는 독립된 작업이며, 오래 했다고 해서 저절로 연공(年功)이 주어지는 것도 아니다. 다행스럽게도 누구나 글쓰기를 할 수 있다. 나로 하여금 어떤 글을 쓰게 한 동기가 정치적이든 개인적이든 상관없이, 글쓰기는, 일단 시작하고 나면, 경험에 의미를 주려는 투쟁이 된다. 모든 직업에는 그 직업을 통해 성취할 수 있는 것의 한계가 있지만, 그 직업만의 영역도 있다. 글쓰기는, 내가 아는 한, 그 자체의 한계가 없다. 글을 쓰는 행위는 글로 씌어지는 경험에 다가가는 행위 외에 아무것도 아니다. 희망하자면, 텍스트를 읽는 행위가 그런 다가감과 유사한 행위인 것처럼 말이다.

하지만 경험에 다가간다는 것은, 집 한 채에 다가가는 것과는 다르다. "삶은 탁 트인 평원을 걸어서 건너는 것과는 다르다"는 러시아 속담이 있다. 경험은 나눌 수 없고 계속 이어지는 것이다. 적어도 한 사람의 일생에서는 그렇고, 아마 수많은 세대에 걸쳐서도 마찬가지일 것이다. 나는 나의 경험이 온전히 나만의 것이라고 생각해

끈질긴 땅

본 적이 한 번도 없고, 가끔 어떤 경험은 나보다 훨씬 이전부터 있어 왔던 것 같은 인상을 받곤 한다. 어떤 경우든 경험은 자기 위에 다시 펼쳐지고, 희망이나 두려움에 의해, 이전의 경험 혹은 앞으로의 경험을 소환한다. 그리고 경험은 언어의 기원이라고 할 수 있는 은유를 동원해서, 유사한 것과 유사하지 않은 것, 작은 것과 큰 것, 가까이 있는 것과 멀리 있는 것을 끊임없이 비교한다. 따라서 어떤 경험의 순간에 다가가는 행위는 정밀함(가까운 것)과 연결하는 능력(멀리 있는 것)을 둘 다 포함한다. 글쓰기의 움직임은 베틀의 북과 비슷해서, 다가가고 멀어지는 것, 가까이 접근하고 거리를 두는 것을 반복한다. 하지만 북과 다른 점은, 글쓰기는 틀에 고정되어 있지 않다는 것이다. 글쓰기의 움직임이 반복될수록, 경험과의 친밀함이 커진다. 마침내, 운이 좋다면, 그 친밀함의 결실처럼 의미가 생겨난다.

농민들에 대한 글쓰기는 나를 그들에게서 떼어놓았고, 그들에게 더 가까이 데려다주었다. 하지만 나는 그저 작가이기만 한 것은 아니다. 나는 또한 어린아이의 아버지이고, 필요할 때면 돕는 일손이고, 이야기의 **글감**이며, 손님이고, 주인이다. 그렇다면 우리의 삶은, 우리가 그 안에서 함께 지내고 있는 농민 가족들의 삶과 어떤 식으로 비교될 수 있을까? 두 개의 목록이 어쩌면 지침이 되어 줄 것이다.

공통점	차이점
출산/육아	모국어
기본적인 육체노동 경험	종교
서로를 도우려는 자세	경제적 전망
집안에서의 안락함/불편함에 대한 기준	뿌리 깊은 가부장제
장례식, 결혼식 등 마을 행사에 참여	평생 한곳에서만 지냄
날씨/계절	신체적인 강인함의 정도
일에 대한 경외심	혈육 사이의 유대

우리 가족은 따로 떨어져 지내지 않고, 주변 이웃과 많은 것을 함께하고 있다. 그럼에도 위의 두 목록은 동등하지 않다. 우리는 이곳에서 살기로 선택한 이방인으로 남아 있다. 우리는 마을 사람들 대부분의 삶을 결정한 어떤 필연성에서 벗어나 있다. 무언가를 선택하거나 고를 수 있다는 것이 이미 특권이었다. 하지만 우리가 이 공동체의 활동과 생활 안에서 살기로 선택했다는 것, 따로 떨어져 살지 않기로 했다는 것은, 또한 어떤 불리함을 안겠다는 것이기도 하다. 마을의 관점에서 보자면 그것은 특권이 없는 상태이다. 그 불리함이란, 우리가 실제 활동과 관련한 부분이나 사교적인 면에서 상대적으로 무지하다는 것이다. 이곳에서의 삶에 관해서라면 초등학생에서 할아버지 할머니까지 누구나 우리보다는 더 잘 알고 있다. 본인들이 하려고만 하면, 누구나 우리의 선생님이 될 수 있고, 우리에게 정보와, 도움과, 보호를 줄 수 있다. 많은 사람들이 실제로 그렇게 해 주었다.

이 사제관계는 복잡하다. 우리 가족에게 가르침을 주는 사람들은, 우리가 해당 지역에 대해서는 무지하지만, 다른 종류의 지식, 마을을 둘러싼 먼 세상의 지식은 알고 있다는 사실을 의식하고 있다. 그 세상, 때론 위협하고 때론 약속하지만 의문의 여지는 없는(질문에 답하지 않는) 그 세상의 어딘가에서는 우리가 가진 지식이, 그들이 이곳에서의 삶에 대해 알고 있는 지식과 마찬가지로, 더 정통한 지식일 거라고 그들은 가정하고 있다. 그 가정이, 정당한 것인지 여부를 떠나서, 우리 가족에 대한 경의의 뜻은 아니다. 그것은 하나의 논리적 결론이며, 그 논리 때문에, 우리 가족은 마을로부터 독립된 인생관을 가진 것이 된다. 그런 식으로, 무지하기 때문에 우리는 신참이 되고, 우리가 가지고 있다고 여겨지는 지식 때문에 독립적인 증인이 된다.

이 마지막 용어에 대해서는 설명이 필요하다. 마을 사람들은 모두 이야기를 한다. 과거의 이야기, 심지어 아주 먼 과거의 이야기다. 한

번은 칠십대인 친구와 산길을 걷고 있었다. 높은 절벽 아래를 지날 때, 그가 그 절벽에서 떨어져 죽었다는 젊은 여자 이야기를 해 주었다. 절벽 위의 고지대에서 건초 작업을 하다 벌어진 사고였다. 전쟁전의 일인가요? 내가 물었다. 1833년이었지, 그가 말했다. 그리고같은 날 일어난 다른 이들도 이야기해 주었다. 하루 동안 일어나는일은 대부분 그날이 끝나기 전에 누군가에 의해 이야기된다. 그 이야기들은 사실적이어서, 관찰과 당사자의 설명에 기반하고 있다. 그런 예민한 관찰, 그날 있었던 일들이나 만남에 대한 매일매일의 이야기, 그리고 평생 계속되어 온 어떤 익숙함이 한데 뭉치면 소위 마을의 **소문**이 된다.

종종 이야기에 도덕적인 판단이 내포되어 있기도 하지만, 이 판단은(그것이 온당하든 온당하지 않든) 세부적인 것에 불과하다. **하나의 전체로서** 이야기는 어느 정도의 관용적인 분위기에서 전달되는데, 이는 그 이야기 안에 이야기를 하는 이와 듣는 이가 계속 함께살아가야 할 누군가도 포함되어 있기 때문이다. 이상화하거나 저주를 내리는 이야기는 거의 없다. 그 이야기들은 어떤 가능성들 안에서 이루어지고, 그 가능성의 범위는 언제나 조금은 놀라울 정도다. 매일매일의 일들과 관련이 있는 이야기지만, 그것들은 수수께끼 같기도 하다. 늘 빈틈없이 일을 처리하던 C가 어쩌다 건초 수레를 엎어 버린 걸까? L은 어떻게 애인이던 J의 전 재산을 옮아낼 수 있었을까? 다른 사람에게 뭔가를 내주는 일이 없었던 J가 어떻게 그렇게당하고만 있었던 걸까?

이야기에는 평가가 따른다. 이야기 자체가 평가를 낳는 것이고, 심지어 완벽한 침묵도 하나의 평가로 간주된다. 악의적이거나 편협한 평가도 있지만, 그럼에도, 그 평가들이 또 하나의 이야기가 되고, 그 역시, 평가의 대상이 된다. F는 어떻게 틈만 나면 오빠 흉을 보는걸까? 일반적으로 이야기에 더해지는 그 평가들(해당 이야기를 통해 드러나는)은 존재라는 수수께끼에 대한 평가자들의 개인적인 반

하나의 설명

응에서 나오고, 또 그렇게 받아들여진다. 각각의 이야기는 모든 이가 스스로를 규정하게 만든다.

과연 이 소문들, 매우 가깝고, 구전되며, 하루하루의 역사라고 할 수 있는 이 소문들의 역할은 마을 전체가 스스로를 규정할 수 있게 하는 것이다. 한 마을의 삶은, 그 환경적 혹은 지역적 특징과 달리, 그 마을 안에서 이루어지는 사회적인, 또는 개인적인 관계들의 총합이며, 거기에 그 마을을 세상의 나머지 부분과 이어 주는 사회적, 경제적 관계(보통은 억압적인 관계이다)가 더해진다. 하지만 규모가 큰 도시에서의 삶에 대해서도 유사한 이야기를 할 수 있다. 시골 마을의 삶이 대도시의 삶과 다른 것은, 그 삶은 또한 **마을 자체에 대한 살아 있는 초상**이 된다는 점이다. 하나의 공동 초상, 모두가 그림의 대상이 되고, 모두가 그림을 그리기도 하는 그런 초상이다. 로마네스크 양식 교회의 기둥머리에 있는 부조처럼, 거기에는 보이는 대상과 보이는 방식의 일치가 있다. 마치 초상으로 남은 인물이 또한 조각가 본인인 것만 같다. 하지만 모든 마을이 스스로 만들어가는 그 마을의 초상은, 돌이 아니라 말들, 이야기되고 기억되는 말들로 이루어지고, 의견들, 이야기들, 직접 목격한 증언들, 전설들, 평가와 풍문 들로 이루어진다. 또한 그것은 계속 이어지는 초상이며, 그 작업은 절대 멈추지 않는다.

최근까지 한 마을과 거기에 사는 농민들이 스스로를 규정할 수 있는 방법은 자신들의 구술밖에 없었다. 그 마을이 스스로 만들어내는 초상만이, 그들의 활동이 만들어낸 구체적인 성과와는 별도로, 그들의 존재가 지니는 의미를 반영했다. 그 어떤 것도, 그 누구도 그 의미를 인정하지 않았다. 그런 초상이 없었다면, 그리고 그 원재료인 **소문**이 없었다면, 마을은 스스로의 존재를 의심할 수밖에 없었을 것이다. 각각의 이야기가, 그리고 그 이야기에 대한 각각의 평가가(이러한 평가는 그 이야기에 **목격자가 있음**을 나타내는 증거이다) 초상에 기여를 했고, 마을의 존재를 확인해 주었다.

이렇게 계속 이어지는 초상은, 다른 대부분의 초상과 달리, 대단히 현실적이며, 정보가 있고, 거드름 피우지 않는다. 다른 사람들과 마찬가지로, 어쩌면 그들의 삶이 지닌 불안정성 때문에 더욱 더, 농민들은 격식을 필요로 하고, 이 격식은 기념식이나 의식(儀式)으로 표현된다. 하지만 자신들의 공동 초상을 만들 때의 농민들은 격식이 없으며, 이 격식 없음이 훨씬 더 진실에 가깝다. 기념식이나 의식은 부분적으로만 통제할 수 있는 진실이다. 결혼식은 모두 비슷하지만 각각의 결혼은 다르다. 죽음은 모두에게 찾아오지만, 개인은 홀로 애도한다. 이런 것들이 진실이다.

마을에서는 한 인물에 대해 알려진 것과 알려지지 않은 것 사이의 차이가 크지 않다. 잘 지켜지고 있는 비밀들이 어느 정도 있을 수도 있지만, 일반적으로는 속임수가 드물고, 이는 그런 일이 불가능하기 때문이다. 어떤 개인에 대해 마을이 알고 있는 것은 신이 알고 있는 것보다 그리 적지 않다.(그 심판은 다를 수 있겠지만 말이다.) 따라서 호기심이 강하다는 의미에서의 '궁금함'은 거의 없다. 그럴 필요가 없기 때문이다.

신비한 영역으로 남아 있는 것은 의도적으로 숨긴 무엇이 아니라, 이미 말했듯이, 놀랄 만큼 다양한 가능성들의 범위이다. 그렇기 때문에 또한, 연기도 필요 없다. 농민들은 도시의 인물들처럼 **역할을 연기**하지 않는다. 이는 그들이 더 '단순'하거나, 솔직하거나, 가식이 없어서가 아니다. 단지 어떤 인물에 대해 알려지지 않은 것과 일반적으로 알려진 것 사이의 간극이(이 간극이 모든 연기의 무대가 된다) 너무 작기 때문이다.

농민들이 연기를 하는 것은, 실생활에서 장난을 칠 때이다. 어느 일요일 오전 마을에서 미사가 열릴 때였다. 남자 네 명이 축사를 청소할 때 쓰는 외바퀴수레를 가지고 와 교회 기둥 앞에 나란히 세워두었다. 남자들이 미사를 마치고 나오면, 각자 자신의 수레를 찾아서 밀면서 가야 한다. 일요일의 정장을 입은 그들이 마을의 대로를 통과해 간다!

그런 이유로, 마을이 계속 이어 가는 스스로에 대한 초상은 신랄하고, 솔직하고, 종종 과장되기도 하지만, 좀처럼 이상화되거나 위선적으로 되지는 않는다. 이는 위선과 이상화는 질문을 닫아버리고, 솔직함은 질문에 열려 있다는 사실과 관련이 있다.

계속 이어지는 마을의 초상, 모든 목격자들이 평가나 새로운 양상을 덧붙이는 그 초상에서, 또 한 명의 목격자인 이방인 또한, 특정한 상황이라면, 기여를 할 수 있다. 어떻게 그 이방인은, 여전히 열려 있는 질문에 답을 할 것인가?

농민들은 종종 마을 너머 세계에 관심을 보인다. 하지만 농민이 여전히 농민인 채로 밖으로 나가는 경우는 매우 드물다. 그는 그런 지역성을 선택할 수 없다. 따라서 농민에게는 자신이 태어난 곳을 세상의 중심으로 여기는 것이 논리적이다. 이방인이 그 중심에 속해 있지 않다는 사실은 그가 계속 이방인으로 남을 수밖에 없다는 의미이다. 하지만 그 이방인의 관심사가 이웃의 관심사와 갈등을 일으키지 않는다면(그런 갈등은 이방인이 땅을 사거나 집을 짓기 시작하면 즉시 생겨날 수 있다), 그리고 이방인이 이미 존재하고 있는 초상을 알아볼 수 있다면(이는 단순히 이름이나 얼굴을 알아보는 것 이상의 무엇이다), 그 또한 기여를 할 수 있다. 소소한 기여지만, 그 혹은 그녀만이 할 수 있는 것이기도 하다. 그리고 그렇게 계속 이어지는 공동의 초상을 만들어 가는 것은, 허영심을 채우는 활동이나 소일거리가 아님을 반드시 기억해야 한다. 그것은 마을의 삶에 유기적인 일부가 되는 것이다. 그 일을 멈추면 마을은 해체될 것이다. 이방인의 기여는 소소하지만, 그것은 본질적인 무언가에 대한 기여이다.

그런 이유로, 신참이면서 독립적인 목격자로서 우리가 지닌 이중적인 역할 사이에는, 일종의 상호의존관계가 성립한다. 종종 누군가가 내게 가르침을 주면서, 동시에 목격자이기도 한 나에게 평가 혹은 알아줌을 요구하는 경우가 있다. "T를 만나 본 적 있습니까? 없어요? 그럼 같이 갑시다. 소개해 줄게요. 혹시 나중에 그 친구를 가지고 이야기를 쓰게 될지도 모르잖아요."

이제 그는 내려갔지만, 나는 침묵 속에서 그의 목소리를 들을 수 있다. 그 목소리가 골짜기 이쪽에서 저쪽으로 건너간다. 그는 전혀 힘들이지 않고 소리를 내지만, 그것은 올가미 밧줄처럼 작용한다. 외침 소리가 듣는 이를 말하는 이 쪽으로 당겨 간다. 그 밧줄은 외치는 이를 한가운데에 두게 한다. 그가 기르는 소 떼뿐 아니라 그의 개도 그 소리에 반응한다. 어느 날 저녁, 소들을 축사에 묶어 둔 후에 보니 암소 두 마리가 사라졌다. 그는 밖으로 나가 소들을 불렀다. 그가 두 번째로 불렀을 때, 숲속 깊은 곳에서 소들이 대답했다. 몇 분 후 소들이 축사 문 앞에, 정확히 해가 떨어질 무렵에 돌아왔다.

　산을 내려갔던 바로 그날, 그는 오후 두시쯤 소 떼 전부를 골짜기에서 불러들였다. 소 떼를 향해, 그리고 나를 향해 축사 문을 열라고 외쳤다. 푸제레가 막 새끼를 낳으려던 참이었다. 두 앞발이 이미 밖으로 나와 있었다. 푸제레를 축사로 불러들이려면 소 떼 전부를 들여야만 했다. 앞발을 묶는 그의 손이 떨리고 있었다. 이 분 동안 잡아당긴 후에 송아지가 나왔다. 그는 푸제레가 핥을 수 있게 송아지를 내밀었다. 푸제레는 소리내 울었고, 나는 소들이 그런 소리를 내는 것을 다른 경우에는, 심지어 고통을 느낄 때에도, 한 번도 들어 본 적이 없었다. 높고, 허공을 관통하는, 미친 소리였다. 그건 불평보다는 힘이 세고, 환영의 인사보다는 더 다급한 소리였다. 어느 정도는 코끼리 울음 소리와 비슷했다. 그는 건초를 모아 송아지가 누울 수 있는 자리를 마련했다. 그에게 있어 그 순간은 승리의 순간, 진정 무언가를 얻은 순간이었고, 영리하고, 야망이 있고, 강인하고, 지치지 않는 목축업자가 자신을 둘러싼 우주와 하나가 되는 순간이었다.

　오전 일을 마친 우리는 함께 커피를 마셨고, 그가 마을 이야기를 해 주었다. 그는 사고가 있었던 모든 날들의 날짜와 요일을 기억하고 있었다. 모든 결혼식이 있었던 달을 기억하고 있었고, 거기에 대해 해 줄 이야기도 있었다. 이야기 주인공들의 가족관계에 대해서는 양가의 육촌까지 꿰고 있었다. 이따금씩 그의 눈에서 공모(共謀)를 바라는 표정을 알아보았다. 무엇에 대한 공모였을까? 우리 둘의 분명한 차이에도 불구하고 공유하고 있는 어떤 것? 우리 둘을 하나로 이어 주지만 직접 언급할 수는 없는 것? 내가 그에게 주었던 작은 도움이 아니었던 것은 분명하다. 오랫동안 나는 그것이 궁금했다. 그리고 어느 날, 그게 무엇인지 깨달았다. 그건 우리가 동등하다는 그의 인정이었다. 우리 둘 다 이야기꾼이었다. 이야기꾼으로서, 우리 둘은 사건들이 아귀가 맞아 들어가는 과정을 보았던 것이다. 그의 눈에서 내가 알아본 표정은 환했고, 동시에 위안이 되었다.

끈질긴 땅

이어지는 이야기들은(시는 제외하고) 1974년에서 1978년 사이에 씌어진 순서대로 배치되었다. 그 기간 동안 이야기가 전해지는 방식이 변했다. 그 변화를 발전이라고 부르고 싶지는 않다. 왜냐하면 첫번째 이야기에서는, 눈에 띄는 것들을 아주 예리하게 관찰하는 시선, 눈앞의 것에 대한 감각이 전해지는데, 지금 나는 그런 감각을 잃어버렸기 때문이다. 그럼에도 이야기가 하나씩 이어지면서, 후반으로 갈수록 이야기들은 더 길어지고, 이야기 속 인물들의 내면 역시 더욱 깊이 들여다본다. 이야기들을 지금과 같은 순서로 배치함으로써 독자들도 나와 동행할 수 있고, 그렇게 우리는 나란히 서서 함께 여정을 떠날 수 있게 되었다.

하나의 설명

라 난 엠 (La Nan M.)의 죽음

더 이상
닭들이 먹을 곤죽을 끓일 수 없고
수프에 넣을
감자를 깎을 수 없게 되었을 때
그녀는 식욕을 잃어
빵도 먹을 수 없었고
거의 굶다시피 했다

그는 나뭇가지에 앉아
자신의 몸을 검게 칠하며
까마귀들을 주시했다
더 이상 높이 날지 않고
땅 가까이에서 맴도는

화로보다도 작은 그녀는
바깥 기운이 스며드는
창가에 앉아 있었다

그녀가 언덕 비탈에서 등에 지고 왔던
장작더미 옆에
그는 웅크리고 앉아
그대로 나무토막이 되었다

며느리가
닭을 먹이고

화로에 장작을 넣었다

밤이면 그는
그녀의 침상에서 타고 있는
검은 불 옆에 누웠다
그의 맞은편엔 뭐가 있느냐고 그녀가 묻고,
우유, 그가 입맛을 다시며 대답했다

부엌에 줄지어 앉은
가족과 이웃들이
숨쉬기가 어려운 그녀의 싸움에 함께했다

산 위 높은 곳에서
그가 오줌을 누면
눈과 얼음이
녹아 시내가 되었다

그녀는 의자 팔걸이에
머리를 얹으면
조금 나았다

그의 오줌은
고드름 모양이고
고드름처럼 아무 색도 없었다

그녀는 손에
손수건을 쥐고 있었다
입을 닦아야 할 일이 생기면

라 난 엠의 죽음

쓰려고

그의 검은 거울 안에는
단 한 번도 숨결이 보이지 않았다

손님들이 떠나며
그녀의 정수리에 입을 맞추고
그녀는 목소리로
그들을 분간했다

그는 외바퀴 수레를 덜컹덜컹 밀고 가
엎었다
얼어 버린 거름 더미 위에서
수레의 두 다리는 아직 따뜻했다

일흔세번째
결혼기념식 날
그녀는 부엌에 쭈그리고 앉아
시간을 보냈다
이따금씩 아들을 불렀다
그녀는 아들의 성을 이름처럼 불렀다
그러면 아들은 슬리퍼를 신은 채
곰처럼 어슬렁거렸다

당신이 실수를 한 거야
죽는 건 술 취한 거랑 달라서 장난이 아니야
그러게 나이를 먹지 말았어야지

내가 도둑질은 안 했어, 그녀가 대답했다

그녀가 죽고
드레스와 부츠를 신은 채
침상에 누운 그녀는
신부일 때처럼 키가 커 보였다
하지만 오른쪽 어깨가
왼쪽 어깨보다 낮아 보이는 건
그동안 지고 다녔던 것들
때문이었다

그녀의 장례식에서
마을 사람들은 부드러운 눈발이
무덤 일꾼들보다 앞서
그녀를 덮어 주는 것을 지켜보았다

　　　　　라 난 엠의 죽음

기억 속의 송아지

위베르는 송아지를 트럭에 태우고 목줄을 풀었다. 목줄은 다음 송아지가 쓸 수 있게, 건초 더미 위에 걸어 둘 것이다. 그는 덩치가 크지만 아주 섬세한 사람이었다. 공장에서 나온 매입 담당자가 얼마를 받고 싶은지 물었다. 위베르는 말을 하고 싶지 않을 때면, 말처럼 들리지만 말은 아닌 소리를 내는 버릇이 있다. 그가 내는 소리는 단어가 아니지만, 어딘가 설득력이 있고 사투리처럼 들린다. 마리가 어디에서 일하고 왔냐고 물을 때, 아직 생각이 먼 곳에 머물고 있다면, 그는 그렇게 정중하지만 알아들을 수는 없는 말로 대답한다. 지금 그렇게 말을 하는 것은 매입 담당자가 생각하는 가격을 말하게 하려는 것이었다. 송아지 값은 대부분 가축들의 값을 매길 때와 달리, 무게가 아니라 겉으로 보이는 상태에 따라 결정된다. 그는 수표를 접어 작은 사각형 모양으로 만든 다음 바지 주머니 깊숙이 찔러 넣었다. 그런 다음 두 사람은 부엌으로 가서 증류주를 마셨다.

위베르가 축사를 지나갈 때마다 축사 안의 송아지는 어설픈 몸짓으로 갑자기 뒷걸음쳤다. 녀석은 벽 가까이 쇠사슬과 목줄에 묶여 있었다. 녀석이 할 수 있는 가장 큰 동작은 머리를 아래쪽 벽에 찧으며 뒷다리를 허공에 차는 것이었다. 벽 아래쪽 절반은 같은 자리에 묶여 있던 다른 송아지들이 싼 똥 때문에 갈색으로 얼룩이 졌다.

녀석에게는 이름이 없었다. 마리는 키우지 않을 송아지에게는 이름을 지어 주지 않았다. 태어난 지 열흘 된 송아지는 겁이 많았다. 때는 이월 말이었다. 암벽 사이로 흐르는 물줄기는 고드름처럼 태연하고 투명했다. 송아지는 몸이 따뜻하도록 돌바닥 위에 깔아 놓은 나무판자 위에서 잤다. 녀석은 일어서서 먹이를 기다렸다. 발길질하는 법을 배웠다. 벽에서 일정 거리 이상 멀어지면 목줄에 압박이 있다는 것을 알아차리기 시작했다. 먼 곳과 가까운 곳을 구분할 수 있

끈질긴 땅

게 되었다. 뭔가가 먼 곳에서 가까운 곳으로 다가오면 그건 위협이었다.

태어난 지 닷새가 지났을 때, 위베르는 녀석이 바닥에 깔린 짚을 먹지 못하게 주둥이에 장난감 플라스틱 양동이를 묶어 주었다. 축사에는 햇빛이 조금밖에 들지 않았다. 어쩌면 그렇게 반쯤만 밝은 것이 소들이 긴 겨울을 지내는 데는 도움이 될 것이다. 여섯 달 동안 소들은 같은 들보와 같은 여물통의 같은 지지대만 마주한다. 네 개의 위장이 서서히 음식물을 소화하는 동안 소들은 먹고, 씹고, 되새김질하고, 핥고, 천천히 고개를 숙이거나 들면서 시간을 보낸다. 소들은 절대로, 심지어 밤에도, 파충류나 박쥐처럼 잠시도 죽은 듯이 지내는 법이 없다. 그런 일이 있으면 젖이 나오지 않을 것이다.

곧장 젖을 먹을 수 있는 송아지도 있고, 그걸 배워야 하는 송아지도 있다. 녀석은 양동이 옆으로 코를 내밀어 보지만 입은 벌리지 않았다. 이제 태어난 지 이틀 된 녀석은 혀를 입 밖으로 낼 줄 몰랐다. 위베르는 손가락을 우유에 적신 다음 녀석의 입안에 넣었다. 녀석이 손가락을 빨았다. 세번째로 손가락을 입에 갖다 댔을 때, 혀가 나오며 손가락을 핥았다.

새벽이면 추위가 한층 심해진다. 하얀 안개 사이로 사과나무가 까맣게 보였다. 어디에도 색은 없고, 마당 너머론 아무 소리가 없었다. 북동풍이 불었다. 가장 두꺼운 옷을 뚫고 들어온 바람이 뼈까지 스미며 죽음을 떠올리게 했다. 바람 때문에 소들의 젖이 줄었다. 땅은 바위처럼 딱딱해졌다. "죽음보다 슬픈 건 없지만" 마리가 말했다. "그것만큼 빨리 잊히는 것도 없는 것 같아요."

바람이 직접 축사에 불어닥치는 일은 없다. 축사에는 커다란 말 한 마리, 암소 열한 마리, 송아지 다섯 마리, 토끼 열두 마리의 체온이 석 달째 쌓여 있었다. 그럼에도 위베르는 불필요한 위험은 감수하고 싶지 않았다. 새끼를 낳은 지 얼마 안 되는 모젤에게는 커다란 마직물 천을 덮어 주고, 설탕을 넣은 뜨거운 사과술도 먹였다.

　　　　　　　　　기억 속의 송아지

그 전에는 소금을 주었다. 모젤은 거대한 혀로 힘차게, 위베르의 손에 놓인 거친 갈색 소금을 핥았다. 소들의 머리가 그렇게 큰 것은 그 거대한 혀 때문이다. 소들은 혀로 풀을 모으고, 집어서 입에 넣고, 한데 뭉쳐서 위장까지 내려보낸다.

먼 옛날 빙하시대에 아우둠라라는 암소에 관한 이야기가 있다. 아우둠라는 한 남자가 갇혀 있던 빙산을 핥았다. 마치 소금 기둥이라도 되는 것처럼 그 빙산을 핥아서 결국 갇혀 있던 남자가 풀려났다. 그 뒤로 암소의 젖이 네 줄기 강이 되었다.

송아지가 태어나서 처음 맛본 것이 소금이었다. 위베르가 주둥이 주변에 소금을 문질러 주었다. 그런 다음 짚으로 덮어 주었고 녀석은 잠이 들었다.

점액은 보호막, 일종의 사랑이다. 송아지는 지친 채, 마치 막 돋아난 잎사귀처럼 누워 있었다. 털은 점액으로 축축했다. 녀석의 몸에서 나는 냄새는 (우리 모두에게) 세상의 첫 공기를 들이마시기 전에 있었던 어떤 냄새를 희미하게 떠올리게 했다. 위베르는 권투 시합의 코치처럼 녀석의 몸을 문질러 주었다. 그의 행복에는 어떤 흥분도 없었다. 그건 종종 일어나는 익숙한 어떤 일에 대한 즐거운 반응에서 나오는 행복이었다. 그건 곧바로 어떤 고요함으로 이어지는 일, 아직 트럼펫 주자의 팔이 내려오기 전 침묵 속에 떠다니는 팡파르의 마지막 음 같은 것에 대한 반응이었고, 이미 그 고요함이 자리를 잡았다.

송아지의 몸을 문질러 주기 전, 그는 뒷다리를 벌려 성별을 확인했다. 암놈. 토끼들 중 몇 마리는 수놈이었지만, 그 녀석들만 제외하면 스무 마리쯤 되는 축사의 동물들이 모두 암놈이었다.

마리가 모젤의 고개를 꼬리 쪽, 그러니까 새끼 쪽으로 돌렸다. 한 손으로 뿔을 쥔 채 다른 손으로는 암소의 커다란 콧잔등을 지그시 누르며 반복해 말했다. "봐, 모젤. 보라고, 모젤!" 그런 식으로 머리를 쥐면 암소는 다리로 일어설 수가 없다. 모젤은 몸을 왼쪽으로 눕힌 상태였다. 송아지의 발굽 두 개가 이미 밖으로 나와 있었다. 위베르는 밧줄 양쪽 끝에 헐거운 매듭을 만들고 송아지의 발굽을 묶었다. 그런 다음, 배수구에 두 발을 단단히 받친 채 뒤로 누우며 밧줄을 당겼다. 송아지의 머리가 보였다. 기다란 눈썹이 달린, 아직 감겨 있는 눈이 나왔다. 몸이 바닥과 거의 수평이 될 때까지 밧줄을 더 힘껏 당겼다. 음부가 벌어지며, 송아지의 몸통이 마치 어떤 소리가 울리듯 나왔고, 두 개의 작은 핏줄기가 흘러내렸다.

위베르는 삼십분 전에 마리를 불렀다. 모젤이 앞다리를 꺾고 주저앉았다. 그런 다음 입으로 낮은 자리를 찾으며 배를 하늘로 향했다. 입 밖으로 혀를 내밀어 주변의 공기를 핥았고, 입 자체는 통증으로 쑥 들어갔다. 아랫배가 수축했다 팽창하기를 반복하는 것이, 통제할 수 없는 에너지가 배를 채웠다가 비우는 것 같았다. 그 출렁임은 대부분 가슴 부근에서 멈추고 자궁까지는 이르지 못했다. 송아지의 발굽이, 갈색과 흰색이 뒤섞인 채 마치 누군가에게 잡아먹히고 있는 것처럼 약간의 피가 묻어 있는 그 발굽이 음부 밖으로 비어져 나왔다가 다시 들어갔다.

어두웠다. 위베르는 송아지가 태어날 때를 대비해 준비해 놓은 짚단 위에 누워 있었다. 뭐게가 오줌을 눴다. 옆에 있던 마키스도 잠시 기다리다 오줌을 눴다. 나란히 서 있는 암소 네 마리가 차례대로 일을 봤다. 수탉은 아직 깨지 않고 있었다. 위베르도 자리에서 일어나 같은 배수구에 오줌을 눴다. 그는 초조했다. 일 년 전, 모젤이 송아지를 낳을 때 자궁이 돌아가 버리는 바람에 수의사를 불러야 했다. 그건 돈이 드는 일이었다.

모젤은 네 다리를 모두 움직이며 뒤로 물러났다. 배가 활처럼 휘고 꼬리가 섰다. 하지만 오줌을 눌 때처럼 위로 곧추서지는 않았다. 꼬리는 둥글게 말려, 부풀어서 커진 음부 위로 후광을 그리는 것만 같았다. 뒤로 몸을 물리는 것은 몸 안에서 뭔가를 밀어내려는 동작이 아니라, 희미하게나마, 어둠 속에서 등을 받쳐 줄 무언가를 찾으

　　　　　　　　　기억 속의 송아지

려는, 불편한 자세를 조금 고쳐 보려는 몸짓 같았다. 위베르는 불을 켜지 않았다. 어두운 곳에서 송아지가 더 빨리 나온다고 믿기 때문이었다. 축사 끝의 창으로 달빛이 비쳤다. 해 뜰 무렵 가장 짙어지는 안개는 아직 달을 가릴 만큼은 아니었다. 그는 손을 모젤 속으로 집어넣었다. 녀석은 짐 가방처럼 넉넉하게 펼쳐져 있었다. 벌어진 음부 안으로 앞다리와 머리가 있어야 할 자리에 있는 게 만져졌다. 송아지에게 손길이 닿은 것은 그때가 처음이었다.

마리는 침대에서 기다렸다. 새벽 두시. 마당을 가로지를 때 부츠에 갈라지는 얼음이 철판처럼 느껴졌다. 어쩌면 골짜기 안의 어딘가 다른 마을에서도 누군가 송아지를 받고 있을지 모른다. 하지만 무색의 밤 풍경에서 그런 기미는 느껴지지 않았다. 모젤의 음부 밖으로 끈적끈적한 양수가 흘러내렸다.

그는 어둠 속에서 젖을 짤 때 쓰는, 등받이 없는 의자에 앉았다. 손으로 머리를 감싼 그의 숨소리가 소들의 숨소리와 구분이 되지 않았다. 축사 자체가 어떤 짐승의 몸속 같았다. 숨과 물, 되새김질거리가 안으로 들어오고 바람, 오줌, 똥이 밖으로 나간다.

그는 가끔씩 졸았다. 앞으로는 한 주가 지날 때마다 건초 더미 위로 들어오는 빛이 조금씩 늘어가겠구나 하고 생각했다. 쌓아 놓은 건초 더미가 줄어들면서 판자의 갈라진 틈으로 들어오는 빛이 더 밝아질 것이다. 석 달 후면 그는 평원에, 여기저기 흰색 꽃과 파란색 꽃, 그리고 민들레가 피어 있는 녹색 평원에 소들을 풀어놓을 것이다. 소들은 축사 안에서부터 이미 평원의 풀 냄새를 맡을 수 있을 테고, 녀석들의 똥이 녹색으로 변할 것이다. 가끔씩 그는 몸을 움찔거렸고, 거의 의자에서 미끄러질 뻔했다.

아직 태어나지 않은 송아지도 이미 시력을 갖고 있다. 이 능력 덕분에, 그리고 다른 능력들과 더불어, 녀석은 결말을 예측했다. 시력을 가진 송아지는 눈앞의 어둠이 깨지기를 기다리고 있었다.

위베르는 잠이 들었다. 그의 고개가 꺾이며 볼이 가슴에 닿았다.

끈질긴 땅

어둠 속에서, 아직 어떤 풍경도 장소도 이름도 없는 그 공간에서, 인간과 송아지가 기다리고 있었다.

기억 속의 송아지

국자

백랍이 달 같은 국자 표면에
얽은 자국을 남겼지
산 위로 떠올랐다가
냄비 깊숙이 떨어지며
몇 세대를 먹여 살렸지
김을 내며
마당에 뿌린 씨앗에서 자란 것들을
감자와 섞어 걸쭉하게 만든 음식을
긁어서 퍼 주지
부엌 벽의
나무로 된 하늘에 걸린
우리 모두보다 오래된 국자

먹을 것을 주는 어머니
소금이 핏줄처럼 스미고
백랍 흔적이 있는 김이 무럭무럭 나는 가슴으로
손톱 밑 저녁 마당의 흙이 끼어 있는
굶주린 수퇘지 같은 아이들에게 젖을 먹이고
형제들에겐 빵을 먹였지
먹을 것을 주는 어머니

국자는
당근 같은 해가 김을 내고 있는 하늘과
소금 같은 별과
끈질긴 땅의 기름을 퍼 주지

펄펄 끓는 하늘을 부어 주지
국자는
우리에게 매일 수프를 부어 주고
밤에는 잠을 부어 주고
나의 아이들에게 나이를 부어 주지

위대한 흰색

만성절(萬聖節)에는 모든 죽은 이들이 기억된다. 죽은 이들이 살아 있는 이들을 심판하는 건 낮이라고, 그래서 무덤에 꽃을 두는 건 그들이 좀 덜 가혹한 심판을 내리기를 바라기 때문이라고 이야기하는 사람들도 있다.

만성절 일주일 후에 엘렌은 묘지에 가서 국화 화분 두 개를 치웠다. 하나는 남편의 무덤에, 다른 하나는 아버지의 무덤에 두었던 것이다. 지난 두 밤은 하늘이 유난히 맑았고, 별들은 손톱처럼 단단해 보였고, 서리가 꽃의 생기를 완전히 앗아가 버렸다. 지금, 그러니까 서리가 뿌리까지 망쳐 버리기 전에 가져가면, 내년 봄에 그것들을 심을 수 있고, 늦은 여름이면 다시 꽃을 피워 죽은 이들을 달랠 수 있을 것이다.

남편의 무덤 앞에서 그녀는 말했다. "이제 뼈 두세 조각밖에 안 남았겠네." 그녀는 십자가를, 자신의 검은색 외투 앞이 아니라, 웅크리고 앉은 땅 위에 그렸다.

아버지의 무덤, 비석은 없고 나무 십자가만 있는 그곳에서 그녀가 말했다. "아이고 아버지, 지금 당신 딸을 한번 보셔야 할 텐데요."

그녀는 자신의 생각을 큰소리로 주저하지 않고 말하는 사람이다.

묘지는 다른 모든 것들과 마찬가지로, 경사면에 있었고, 그녀는 집으로 가는 지름길로 가기 위해 묘지 꼭대기 쪽 출구로 나왔다. 양팔에 화분을 하나씩 끼고 있었고, 헝클어지고, 서리 때문에 끝이 갈색으로 변해 버린 꽃봉오리가 그녀의 머리 양쪽에 나란히 있었다. 그녀는 일흔다섯 살이다.

집에 돌아온 그녀는 검은색 외투를 벗고 앞치마를 두르고, 카디건을 입고, 머리에는 회색 숄을 둘렀다. "아직 시간이 좀 있구나!" 그녀는 염소들 중 한 마리에게 그렇게 말하고는, 녀석을 데리고 축사를 나섰다.

염소는 가벼운 발걸음으로 느릿느릿 그녀를 따라 숲으로 이어지는 길을 걸었다. 엘렌이 걸음을 옮길 때마다 부츠가 나뭇잎에 스치는 소리가 났고, 여기저기 회색 소금 같은 서리를 맞은 나뭇잎들도 있었다. 그녀는 한 손에 염소의 짧은 목줄을 쥐고, 다른 손에는 지팡이를 짚고 있었다. 삼십 분 후, 그녀는 참나무 아래 멈춰 서 커다란 앞치마 주머니 가득 도토리를 채웠다.

"아이고, 세상에!" 그녀가 염소에게 말했다. "부끄럽지도 않니? 이렇게 할머니가 너 먹일 도토리를 모아 준다는 게 말이야."

염소는 새까맣고 길쭉한 눈으로 그녀를 똑바로 바라본다. 눈송이가, 톱밥만 한 눈송이가 조금씩, 나무 사이로 떨어졌다.

"곧 위대한 흰색으로 뒤덮이겠구나." 그녀는 그렇게 말하고는 줄을 당겼다.

"가끔씩 기도도 해 보려고 하는데, 잡생각 때문에 산만해지거든. 원래 성격이 그래. 불쌍한 우리 아버지도 같은 이야기를 하셨지. 화덕 앞이랑 방앗간에 동시에 있고 싶어 한다고, 그래서 어떤 일에도 집중을 못 한다고 말이야. 그러면서 어떤 남자 이야기를 해 주셨지. 한 친구가 그 남자에게 이런 제안을 했대. '자네가 주기도문을 다 마칠 때까지 다른 생각을 하지 않으면 내 말을 주겠네'라고 말이야. 남자는 '좋아' 하고 그 제안을 받아들였지. 그리고 주기도문을 시작한 거야. '하늘에 계신 우리 아버지 그 이름…'."

할머니와 염소의 귀에 앞에 흐르는 개울물 소리가 들렸다. 개울물은 가득 불어 있었고, 우유처럼 거품이 가득 끼어 있었다.

"기도문을 반쯤 읊던 남자가 갑자기 멈추고 이렇게 물었던 거야. '그런데 그 말한테 씌울 굴레도 같이 주는 거지?'라고."

개울물과 염소의 목에 떨어지는 하얀 눈발을 제외하고는 모든 것이 회색이었다. 길은 숲에서 나와 평원 사이로 이어졌다. 염소가 걷는 속도를 높이며 할머니를 이끌었다. 둘 중에 힘은 할머니가 더 셌지만, 그녀는 염소를 말리는 대신 종종걸음으로 뒤따랐다. 길 중간에 완전히 얼음으로 뒤덮인 곳이 있었다.

소들은 하이힐을 신은 것처럼 조심스럽게 걸음을 옮기지만, 염소는 그와 달리 스케이트를 타는 사람 같았다. 염소가 얼음 위에서 춤을 췄고 엘렌은, 염소를 매고 있던 목줄을 놓은 채, 가장자리를 따라 조심스럽게 얼음을 확인하며, 길가에 난 풀을 잡고 걸음을 옮겼다. 그녀는 지팡이를 휘두르며 염소에게 겁을 주었다. "눈 오잖아." 그녀가 중얼거렸다. "이제 밤이 다 됐는데. 지금까지 잃은 걸로도 충분하지 않은 건가. 쳇, 쳇, 쳇, 네가 나를 가지고 놀다니."

가끔 화가 날 때면 그녀는 속임수를 썼다. 풀어놓은 닭들이 마당의 꽃을 망가뜨리면 그녀는 마치 닭들에게 먹일 곡식을 쥐고 있는 것처럼 주먹을 쥔 채 '구구' 소리를 내며 닭들을 부른 다음, 한 마리를 잡아 양손으로 사정없이 흔들었다. 닭의 깃털이 떨어지고 그녀는 닭을 머리 위로 높이 들어 올렸다. 머리가 나쁜 닭들은 벌을 받는 줄도 모르고 한 마리씩 다가왔다.

머리가 나쁘지 않은 염소는 지팡이를 휘두르는 그녀를 물끄러미 바라볼 뿐이었다. "이 아무짝에도 쓸모없는 염소 새끼야!"

잠시 후 염소는 얼음이 얼어 있던 곳을 벗어나고 둘은 가던 길을 다시 간다. 그 장면이 너무 황량해서 둘은 마치 단짝처럼 보인다. 그들 위로 보이는 암벽은 삼백오십 미터짜리 담처럼 가파르게 솟아 있었다. 어둠이 내리면서 겨우 보이는 정상의 소나무들이, 허브의 잔가지처럼 작아 보였다.

엘렌은 벽을 향해 염소를 이끌며, 동시에 숫염소를 불렀다. 그 소리는 모이를 주기 위해 닭들을 부를 때 내는 소리와는 달랐다. 숫염소를 부르는 소리는 더 날카롭고 짧았으며, 중간중간 침묵으로 끊어졌다.

몇 번을 부른 후에야 대답이 들리는데, 그 소리는 그 어떤 것으로도 흉내낼 수 없었다. 어쩌면 백파이프 정도가 그나마 가장 가까운

끈질긴 땅

소리를 낼 수 있을지 모르겠다. 가죽으로 만든 주머니를 거쳐 나오는 한숨 같은 소리. 그리스인들은 숫염소의 울음소리를 '트라고스(tragos)'라고 했는데, 거기에서 비극(tragedy)이라는 말이 파생되었다.

숫염소의 몸은 주변의 어스름보다 더 어두웠고, 네 개의 뿔은 서로 뒤엉켜 있었다. 종종 나무의 몸통이 둘로 갈라지는 부분에서 가지들이 그런 식으로 엉키기도 한다. 녀석의 걸음걸이에는 서두르는 기색이 없었다.

엘렌은 추위 때문에 왼손을 겨드랑이에 끼운 채, 오른손으로 염소의 목줄을 쥐고 있었다. 염소는 가만히 서서 기다렸다. 흩날리던 눈발이 커다란 눈송이로 바뀌었다. 어릴 때부터 그녀는 첫눈이 내릴 때면 늘 같은 행동을 했다. 그녀가 혀를 내밀었다. 눈송이가 일흔다섯이 된 그녀의 혀끝을 셔벗처럼 자극했다.

염소가 꼬리를 들고 흔들기 시작했다. 반죽을 휘젓는 숟가락처럼 꼬리가 원을 그렸다. 숫염소가 암컷의 꼬리 아래를 핥더니, 다시 고개를 들고 입맛을 다시듯 입술 가장자리를 살짝 말아 올렸다. 가늘고 끝이 빨간 성기가 털 사이로 비어져 나왔다. 녀석은 바위처럼 꼼짝도 않고 있었다. 잠시 후 성기가 다시 들어갔다. 아마도 녀석이 느끼기에도 상황이 불길했던 모양이다.

"아이고, 세상에 맙소사!" 엘렌이 중얼거렸다. "어서 해, 이놈아! 손 얼겠다. 밤이잖아."

숫염소는 코를 킁킁거리며, 암컷 꼬리가 눈썹에 스쳐도 가만히 있었다.

눈이 밤새도록 내리면, 다시는 염소를 데리고 나올 수 없을 것이고, 그러면 내년 봄에 팔 새끼 염소의 수가 한두 마리 줄어들 것이다.

숫염소는 무언가가 지나가기를 기다리는 것처럼 가만히 서 있었다. 견디다 못한 엘렌이 쪼그리고 앉았다. 그녀가 두른 숄에 눈이 하얗게 쌓였다. 이제 완전히 물 건너 간 건지 확인하려고 숫염소의 아랫도리를 살폈다. 빨간 성기 끝이 아직도 보였다.

"내가 성질대로 하자면 저 바위벽도 무너뜨릴 수 있다고. 어서 해! 얼른!"

숫염소가 한쪽 앞발로 암컷의 옆구리를 더듬었다. 몇 번 두드린 후, 다른 쪽 앞발로 반대편도 더듬었다. 암컷이 자세를 잡자 숫염소가 올라타서 안으로 들어갔다.

날리는 눈송이와 숫염소의 엉덩이를 제외하고는 암벽 아래에서 움직이는 것은 아무것도 없었다. 느긋하게 내리는 눈송이와 대조적으로 숫염소의 움직임은 다급했다. 서른 번쯤 엉덩이를 흔들던 숫염소가 온몸을 부르르 떨었다. 녀석의 앞발도 미끄러지듯 암컷의 몸에서 떨어졌다.

엘렌은 온몸으로 암컷의 등을 지그시 눌렀다. 정액을 최대한 담아두기 위해서였다. 그런 다음 할머니와 염소는 마을을 향해 걸음을 옮겼다. 내려갈 때는 좀 길지만 더 넓은 길로 걸으며, 아르토가 사는 집을 지나쳤다.

아르토의 아내 로이즈는 암벽에서 굴러떨어진 바위에 깔려 죽었다. 두 사람이 자고 있을 때였다. 굴러떨어진 바위가 처음 땅에 닿았을 때 말도 묻을 수 있을 만큼 큰 구덩이가 생겼다. 그럼에도 바위는 멈추지 않고 계속 경사면을 따라 굴렀다. 천천히. 집을 덮칠 때에도, 바위는 한 번에 박살내지 않았다. 그저 한쪽 벽을 뚫고 들어와 침대의 절반만 망가뜨렸다. 로이즈는 즉사하고 아르토는 바위 옆에서, 다치지 않은 상태로 잠이 깼다. 이십 년 전 일이다. 바위는 너무 무거워서 옮길 수도 없었다. 그래서 아르토는 나무를 쳐내고 잡석들을 치운 다음, 집 반대편에 새로 방을 하나 마련했고, 지금 거기서 자면서 지냈다.

엘렌과 염소가 지날 때 그 방의 창으로 불빛이 새어 나왔고, 바위의 한쪽 면은 이미 쌓인 눈으로 번들거렸다.

엘렌은, 손마디가 부어서 완전히 펼 수 없게 되어 버린 손으로 염소의 등을 쓰다듬으며 말했다. "이 염소야, 아무짝에도 쓸모없는 염소야. 흘리면 안 된다."

긴 여정의 전반부를 살아남은 정자는, 암컷의 몸 안을 향해 시계 반대 방향으로 회전하며 헤엄쳐 간다.

바람이 불며 눈송이가 소용돌이처럼 휘날렸고, 그녀는 미끄러지지 않기 위해 염소의 목덜미를 꼭 쥔 채 걸음을 옮겼다.

　위대한 흰색

부활절

밤 동안 고드름은
쥐새끼들의 투명한 이빨처럼
길어지고
낮 동안 눈으로 된 음식 앞에서
침을 흘리지

걷어낸 흰색 시트는
개울물에 접히고
나의 과수원은
사과나무에서 떨어진
나뭇가지들의 무덤이지

물이 조용히
산비탈을 열어젖히면
갇혀 있던 풀들이 풀려나고
써레질을 당한 생기 없는 풀들
너무 약하여 어떤 기적도 내지 못하지

수탉의 발자국
흙에 난 화살표 모양
거름더미 같은 갈색에
하늘처럼 넓은 그 화살표들이
암탉 같은 세상을 뒤덮으려 하지

끈질긴 땅

독립심 강한 여자

카트린은 두 남자를 한 명씩 꼭 붙들고 껴안았다. 기다란 팔로 그들을 자신 쪽으로 당겼다. 첫번째는 남동생 니콜라, 그다음은 이웃 장 프랑수아였다. 그녀는 두 사람의 양 볼, 입 근처에 입을 맞췄다. 일흔 넷인 그녀는 셋 중에 가장 연장자였다.

"일 미터 깊이에 묻었다고 했어." 카트린이 말했다. "마티외가 그렇게 말했던 게 지금도 들리는 것 같아. 일 미터라고."

"언덕 어디쯤을 지난다고?" 니콜라가 큰 소리로 물었다.

그녀는 어깨를 으쓱해 보이며 말했다. "오십 년 전이었다니까, 하지만 마티외가 일 미터라고 말했던 건 기억이 나."

두 달 전, 남동생이 두번째 건초 더미를 나르는 걸 도와주던 그녀는, 자신의 집 옆에 있는 작은 웅덩이가 말라 버렸다고 알렸다. 이후에 그 이야기를 다시 꺼내지는 않았다. 그녀는 그 누구에게도 의존하지는 않을 작정이었다. 하지만 그녀의 눈에 비친 표정은, 마치 두 남자가 나타나기를 바라고 있었던 것처럼 흥분해 있었다.

"수원(水源)은 아마 꼭대기에 있을 거예요." 장 프랑수아는 그렇게 말하고는 언덕을 올라 안개 속으로 사라졌다.

"장 프랑수아, 안 보이는 곳까지는 올라가지 말아요." 그녀가 소리쳤다.

다른 집에 태어났더라면 카트린은 분명 결혼을 했을 것이다. 하지만 해마다 더 많은 남자들이 골짜기를 떠났고, 물려받은 것이 거의 없었던 그녀로서는 그 남자들을 붙잡을 여력이 없었다.

그녀가 장 프랑수아의 팔을 잡으며 말했다. "하루를 통째로 공치면서 와 줄 것까지는 없었는데."

"꼭대기에서부터 정확한 각도로 일 미터씩 파면서 맨 아래까지 내려와 보죠. 그러면 파이프를 꼭 찾을 수 있을 거예요."

"파이프를 찾으면 수원도 찾을 수 있을 거야! 아이고 세상에! 정오까지는 찾아야 할 텐데."

두 남자는 땅을 파기 시작했다. 눈 아래 땅은 아직 얼어 있었다.

카트린이 유리잔과 데운 포도주, 빵, 치즈를 담은 가방을 들고 집에서 나왔을 때, 그녀는 두 남자의 모습을 보기 전에 그들의 소리부터 들을 수 있었다. 이십 미터쯤 떨어진 곳에서 하얀 안개가 역시 하얀 눈과 뒤섞여 있었다. 장 프랑수아는 허리를 굽혀 곡괭이질을 할 때마다 신음 소리를 냈다. 니콜라가 삽에 묻은 흙을 긁어내는 소리도 들렸다.

그녀는 딱 한 번, 파리의 리옹 역 근처에 있는 카페에서 종업원으로 일했던 적이 있었다. 그녀와 남동생 마티외, 파이프를 묻고, 점령 기간 중에 독일군에게 처형당한 그 마티외는 가족들 중에 처음으로 월급이라는 것을 받아 보았다. 그 일을 위해 둘은 파리로 갔다. 마티외는 짐꾼, 카트린은 카페 종업원이었다. 수도 파리에 대한 인상 중에 지워지지 않는 것은, 사람들 사이에 끊임없이 돈이 오가는 곳이라는 점이었다. 거기서는 돈이 없으면 말 그대로 아무것도 할 수 없었다. 심지어 물도 마실 수 없었다. 돈이 있으면 뭐든 할 수 있었다. 겁쟁이라고 하더라도, 돈으로 용기를 살 수 있다면 그는 용감한 사람이었다.

두 남자는 정확히 일 미터 깊이로 길쭉한 구덩이를 팠다. 중간중간에 깊이를 재 보았다. 구덩이는 곧바르고, 흠잡을 데 없이 단정하고, 깨끗했다. 구덩이 한쪽에는 풀을 다른 쪽에는 흙을 쌓아두고, 땅에서 나온 돌들은 따로 한곳에 쌓아 두었다.

니콜라가 구덩이에서 올라오고, 장 프랑수아는 들고 있던 삽을 부드러운 흙에 힘껏 내리꽂았다. 마치 삽이 흙 속으로 사라져 버리기를 바라는 것 같았다. 산모퉁이에 혼자 살고 있는 니콜라는 종종 폭력적인 행동을 하곤 했다. 고독한 생활에서는 그런 폭력도 일종의 동반자라고 할 수 있었다. 카트린은 데운 포도주를 잔에 따랐다. 남

　　　　　　　　　　　끈질긴 땅

자들은 한 모금씩 홀짝이는 중간중간에 잔을 눈앞에 들어 올리고는, 정향과 계피향이 나는 김을 코로 들이켰다.

"맹세컨대 여기 있어야 하는데." 니콜라가 투덜거리듯 말했다.

"파이프는 반드시 이 언덕에 있어. 지옥에 불이 있는 것처럼."

오후에 니콜라는 이미 파기 시작한 구덩이를 계속 파 나갔다. 장 프랑수아는 조금 높은 곳에 다른 구덩이를 파기 시작했다. 그리고 카트린도 사과나무들 근처에 세번째 구덩이를 팠다. 풀들을 쳐낸 그녀는, 그렇게 잘라낸 풀들을 집기 전 땅에 쌓인 눈을 발로 치웠다. 그녀는 손발에 찬 것이 닿는 것을 싫어했다. 밤이면 그녀는 데운 벽돌 세 장을 안고 잠자리에 들었다. 양쪽 발에 각 하나씩, 그리고 허리에 하나. 곡괭이를 휘두르자 장 프랑수아의 신음 소리와는 다른 휘파람 같은 소리가 새어 나왔다.

리옹 역의 식당 일을 그만둔 뒤에는 어떤 의사 집에서 하녀로 일했다. 생 앙토닌 병원에서 일하는 의사였고 집은 몇 블록 떨어진 샤를 5세 거리에 있었다. 그녀가 주로 했던 일은 쇠창살 닦기, 마루 청소, 그리고 빨래였다. 처음 빨래를 할 때 그녀는 요리사에게 잿물을 만들 재가 어디 있는지 물었다. "잿물이라니!" 요리사는 믿을 수 없다는 듯이 되물었다. "빨래하게요." 카트린이 설명했다. 요리사는 그냥 돌아가서 양 똥이나 치우라고 했다. 카트린은 '농민'이라는 말이 모욕적인 뜻으로 쓰이는 것을 처음 들었다.

그들은 안개 사이로 어스름이 내릴 때까지 땅을 팠다.

장 프랑수아는 자신이 판 구덩이를 내려다보았다. 이제는 족히 십오 미터는 되는 것 같았다.

"관을 묻을 만큼 넓지는 않네."

"우리는 다 말랐으니까." 카트린이 말했다.

"우리 셋에서 각각 들어가면 되겠네."

"각각 들어갈 무덤이네." 니콜라가 소리쳤다.

카트린이 파리에서 돌아왔을 때 올케가 산욕열(産褥熱)로 죽어 가고 있었다. 이후로 십오 년 동안 그녀는 조카딸 두 명을 친딸처럼 키웠다.

장 프랑수아가 갑자기 돌멩이 하나를 집어 어둠이 내린 언덕을 향해 던졌다.

카트린은 두 남자를 데리고 서둘러 집으로 향했다. 부엌 문 앞에는 그들이 씻을 수 있게 뜨거운 물을 준비해 두었다. 그녀는 장 프랑수아의 손목을 잡고 따뜻한 물에 담그고, 목에는 수건을 둘러 주었다.

마지막으로 세 사람이 식탁에 모여 앉았을 때는, 그녀 자신이 죽는 것이 틀림없다고 생각했을 때였다. 의사는 늑막염이라고 했다. 그녀는 입원은 하지 않겠다고 했다. 죽어야만 한다면 그 죽음이 그녀가 잘 알고 있는 것들 주위를 지나오기를 원했다. 집 안의 두 방은 황량했다. 안락의자나 카펫, 커튼 같은 것도 없었다. 하지만 그녀가 친밀함을 느끼는 물건들이 있었다. 노란색 커피주전자, 빗질을 한 검은 말처럼 늘 반짝이는 난로, 높은 침대, 그 위에 걸린 성모님 그림, 그녀가 일할 때 쓰는 양동이. 죽음은 죽 늘어선 이 물건들 사이를 지나와야만 했다. 매일 밤 그녀는 침대에 오르기 전에 속치마와 스타킹을 단정히 정리했다. 그러면 자신이 죽어도 니콜라가 옷을 입혀서 관에 넣어 줄 수 있을 것이었다.

어느 날 밤, 집에 들렀던 니콜라가 속치마를 보고 물었다.

"저건 뭐야?"

"내가 자다가 밥숟가락 놓으면 아침에 입혀 달라고." 그녀가 쉰 목소리로 속삭였다.

그때 문밖에서 뭔가 허둥대는 소리가 들리고, 그사이로 탄식하듯 읊조리는 듯한 목소리가 들렸다.

"멧돼지가 네 마리나 나왔어요! 언덕을 내려오는 걸 내가 직접 봤다고요!"

장총을 어깨에 걸친 장 프랑수아가 불쑥 들이닥쳤다. 술에 취한 그가 침대 쪽으로 다가왔다.

"카트린, 당신이 없으면 우리는 어떻게 해요? 아주 많이 아프다고 사람들이 그러던데."

"총에 총알은 들었소?" 그녀가 물었다.

그가 총을 건네고 그녀는 탄창을 꺼내서 확인했다.

의사 집에서 일하고 있을 때 마티외에게서 편지가 와서, 아내가 아프니 곧장 돌아와야 한다고 했다. 갑자기 떠나면서 두 달 치 월급을 받지 못했다. 그녀는 사람이 아픈 일은 아무도 예상할 수 없는 것 아니냐고 의사의 아내에게 항의했다. 아프면 병원에 가면 된다고, 의사 아내는 대답했다. 카트린은 매일 아침 자신이 깨끗이 닦곤 했던 부지깽이를 집어 들었다. 의사 아내는 비명을 질렀다. 요리사가 달려왔다. 그녀는 벌거벗고 있다 들킨 것처럼 커튼을 부여잡고 있었다. 사부아 출신의 미친 하녀는 부지깽이를 쥔 채 벽난로를 쳐다보고 있었다.

"내일요." 장 프랑수아가 말했다. "다시 와서 뜸 떠 줄게요. 그렇지, 니콜라?"

"그만 저세상으로 가는 게 더 나을지도 몰라." 그녀가 말했다.

"어이, 할머니!" 니콜라가 외쳤다. "그런 소리 하지 말고. 내일 다시 올게."

다시 왔을 때, 두 남자는 난로에 장작을 채웠다. 그녀는 허리까지 옷을 내리고 의자에 앉았다. "여자 몸 보는 게 처음도 아닐 테고." 그녀가 장 프랑수아에게 말했다.

"그게 무슨 상관이야?" 니콜라가 말했다. "우리가 낫게 해 줄 테니까."

식탁 위에는 유리컵과 초 하나가 놓여 있었다. 장 프랑수아가 초에 불을 붙이고 유리컵을 닦은 다음, 잘게 찢은 신문지에 불을 붙여서 컵에 넣었다. 니콜라가 유리컵의 주둥이를 누나의 등에 힘껏 눌렀다. 불꽃은 거의 순식간에 꺼졌다. 어깨뼈 아래 그녀의 피부가 하

　　　　　독립심 강한 여자

얇고 부드러운 것이, 젊었을 때의 피부와 크게 다르지 않았다. 잠시, 니콜라는 컵 안이 진공이 되면서 그녀의 등에 잘 붙어 있는지 확인하기 위해 커다란 손을 뗐다. 컵은 등에 단단히 붙어 있었다.

장 프랑수아가 두번째 컵을 준비했다.

"살점 많은 데 붙여야 해." 그가 말했다.

"척추는 피하고." 니콜라가 말했다.

"그러니까 살점 많은 데라고!"

모두 다섯 개의 컵을 붙였다. 컵 안에서 그녀의 피부가 오븐 안의 파이처럼 부풀어 올랐다. 그녀는 통증을 참기 위해 식탁 모서리를 힘껏 쥐었다.

"두 사람 앞에서 비명은 지르고 싶지 않은데."

"내가 노래할게." 니콜라가 말했다.

그가 노래했다.

> 인생은 장미
> 가시가 있는 장미…

컵을 떼는 일은 장 프랑수아가 했다. 니콜라는 손톱이 너무 잘 부러졌다. 장 프랑수아가 손톱 끝으로 컵의 주둥이를 따라 그녀의 피부를 누르자, 작은 틈이 생기며 공기가 컵 안으로 들어갔다.

"휴우." 그녀는 컵이 하나씩 떨어질 때마다 한숨을 쉬었다. "고마워요, 친구들!" 이틀 후 그녀의 몸은 나았다.

이제 같은 부엌의 세 사람은 하루 동안의 고된 노동으로 기운이 없었다. 아무 소득도 없는 노동이었다.

"무슨 기계가 있다고 하던데." 장 프랑수아가 중얼거렸다. "지하수를 탐지하는 기계요. 수맥 찾는 사람들이 쓰는 지팡이 같은 건데, 이건 전기로 하는 거고. 물이 있는 곳을 이십 센티미터 오차로 정확하게 찾아낸다고 하더라고요."

끈질긴 땅

"어디 있대요?" 카트린이 물었다.

"빌리는 데만 칠만 프랑이에요."

"젠장, 젠장!" 카트린이 내뱉었다.

다음 날 아침 세 사람은 세 구덩이를 살폈다. 밤사이, 마치 세 사람의 작업에 자극이라도 받은 것처럼 두더지들이 여기저기 굴을 파 놓았다. 덕분에 구덩이가 덜 체계적으로 보였다.

"이런 땅에서는" 니콜라가 소리쳤다. (한마디씩 할 때마다 사이사이에 곡괭이질을 했다.) "이 빌어먹을 땅이랑, 빌어먹을 언덕이랑, 빌어먹을 안개를 보고 있으면 악마랑 마주하고 있는 것 같단 말이야."

오후까지도 파이프의 흔적은 찾을 수 없었다. 카트린은 부엌에서 이따금씩 두 남자가 지르는 소리를 들을 수 있었다. 무슨 말인지는 알 수 없었지만, 외치는 소리를 들으면 둘 다 얼마나 기운이 빠졌는지 알 수 있었다. "오늘도 못 찾으면 내일은 안 오겠지."

그녀는 난로에 땔감을 더 집어넣고, 화덕에서 슬리퍼를 꺼낸 다음 화덕 뚜껑을 닫았다. "이틀씩이나 허비하게 했네." 그녀가 혼잣말을 하고는 빵 만들 준비를 했다. 반죽을 만든 다음, 작은 홈, 오 프랑 동전이 들어갈 만한 홈을 만들고 거기에 사과 퓌레를 얹었다. 그런 반죽을 모두 스물다섯 개 만들었다.

빵과 커피주전자, 증류주, 그리고 컵을 챙겨서 과수원을 가로질렀다. 안개 사이로 남자들의 모습이 보이기 전에 그녀는 잠깐 멈추고 머리에 두른 스카프를 다듬었다. 두 남자가 각자 입맛에 맞게 커피를 마실 수 있게 설탕 병을 건넸다. 증류주를 컵에 가득 따랐다. 두 남자는 양손으로 술이 든 컵을 쥔 채 안개 너머를 물끄러미 바라보았다.

"마티외 형!" 니콜라가 중얼거렸다. "형은 영리했던 거야. 팔십 센티미터 깊이로 묻었어도 서리 때문에 피해를 입지 않았을 텐데. 그렇게 안 한 거지. 형은 아니야. 꼭 일 미터로 묻어야 하는 사람이었지."

"두더지가 파이프를 먹어 버린 거야."

"파이프가 라 로슈까지 가 버린 거라고 내가 말했잖아."

그녀는 빵을 싼 냅킨을 조심스럽게 펼쳤다. 옅은 갈색으로 구워진 빵이 공기에 닿자 김이 올라왔다. 그 냄새에 두 남자는 서로를 마주 보며 잘 안다는 듯한 미소를 지었다.

"크리스마스 자정 미사 후에 이런 걸 먹곤 했는데." 니콜라가 조용히 말했다.

"피가 다시 도는 것 같네." 장 프랑수아가 말했다.

커피를 한 모금씩 마시는 사이사이, 두 남자는 빵을 하나씩 집어 먹었다.

간식을 다 먹고 나서 카트린이 말했다. "오늘은 여기까지만 해요."

두 남자가 외투를 챙겨 입고, 마치 약속이라도 한 것처럼, 아무도 다음 날 이야기는 꺼내지 않았다.

그녀는 아직 동이 트지 않은 시간에 잠에서 깼다. 두 남자가 사흘 연속으로 일하러 올 거라고는 기대하지 않았다. 염소에게 먹이를 주고 축사를 청소하고 나니, 산 위에만 걸린 것 같은 하늘이 파랗고 커 보였다. 골짜기에는, 투명한 아침 안개 사이로 교회와 낙농장, 묘지, 카페 두 곳, 우체국이 보였다. 마을이었다. 안개의 진짜 나쁜 점은 커튼처럼 사각형 모양으로 낀다는 것이다. 좌우뿐 아니라 아래위로도 끼는 안개. 그런 안개가 걷힐 때의 좋은 점은 언덕이 그대로 드러나고 모든 것이 가파르게 보인다는 것이었다.

언덕을 가로질러 물을 길러 내려갔다. 웅덩이가 말라 버린 후에 매일 하는 일이었다. 아버지와 할아버지가 살던 시절에는 물소리 덕분에 양동이를 채울 수 있는 곳을 쉽게 찾을 수 있었다.

그녀가 두려워하는 건 얼음이었다. 이제 곧 다시 얼음이 얼 것이다. 라 로슈 쪽으로 백 미터만 가면 있는 소나무들에 새하얗게 서리가 내려앉아 있었다. 바늘 같은 소나무 잎이나 거미줄까지 흰색으로 뒤덮였다. 경사면에 얼음이 얼면 양동이를 들고 오다 넘어질 수도 있었다. 혹시 다리라도 부러지면 거기 그렇게 쓰러진 자신을 아무도 찾을 수 없을 것 같았다.

끈질긴 땅

"저세상으로 가면 돌봐야 할 염소도 없고, 캐널 감자도 없고, 모이를 줘야 할 닭도 없겠지. 세상의 모든 시간을 가질 테고, 지금이랑 달리 원하는 곳은 어디든 갈 수 있을 거야. 그래도 집 밖에서 죽는 건 싫어. 죽음이라는 게 내가 함께 살고 있는 물건들을 지나서 다가오는 걸 보고 싶거든. 그러면 계속 집중하면서 정신을 놓지 않을 수 있으니까."

소리를 그대로 전하는 맑은 공기 사이로 장 프랑수아의 목소리가 들렸다. 과수원 옆 밭에서 나는 흥분한 목소리였다.

"어디 있는지 알았어요! 여기! 여기 있다는 데 내가 걸게요! 있잖아요. 내가 밤새 생각을 해 봤는데, 바로 여기 있는 것 같아요. 여기서 오십 센티미터 내외에 있는 거라고!"

들고 있던 양동이 두 개를 내려놓고 그녀도 올라가며 외쳤다. "못 믿겠는데!"

장 프랑수아가 삽으로 자신이 짐작하는 자리에 표시를 했지만 그곳을 직접 파지는 않았다. 전날 파 놓았던 기다란 구덩이가 표시한 곳에 닿을 때까지 차근차근 넓혀 갔다.

두 시간 후 니콜라가 말했다. "여기 흙을 한 번 갈아엎었네. 오십 년 전에 한 걸 수도 있지만, 어쨌든 흙을 한 번 갈아엎었어."

장 프랑수아가 조바심을 내고 있다는 증거는 곡괭이질 사이의 간격이 짧아졌다는 것뿐이었다.

"내 말이 맞잖아요!"

그가 구덩이 바닥의 빨갛게 변색된 흙을 가리키며 말했다. 작은 꽃만 한 자국이었다.

"녹이다!"
"녹이다!"
"카트린!"

세 사람은 구덩이 바닥에 드러난 파이프를 내려다보았다.

"상태가 완벽하네."

"잘 맞춘 파이프야."

장 프랑수아가 구덩이로 내려가 칼로 표면의 흙을 긁어냈다.

"아래에 있는 쇠는 아직 반짝반짝해요."

"녹을 보고 여긴 줄 알았지."

"계속 이 자리에 있었던 거야." 니콜라가 외쳤다.

"언덕 아래 파이프가 늘 그 자리에 있었던 거지."

"정확히 일 미터 깊이야. 한번 재 봐요."

장 프랑수아가 길이를 쟀다.

"정확히 일 미터."

"이제 이것만 따라가면 되겠네."

"수원도 여기에 있을 거야."

세 사람은 허리를 펴고 거친 풀밭을 내려다보았다.

"계속했으면 어제 찾았을 텐데." 니콜라가 소리쳤다. 그는 모든 것을 관찰했다. 눈 덮인 봉우리, 바위, 새하얀 숲, 툭 튀어나온 암석층, 골짜기까지. "어제 찾을 수도 있었어, 누나가. 사과나무 옆으로 이 미터만 더 팠어도." 그는 아무런 거리감이 느껴지지 않는 파란 하늘을 올려다보았다. "내가 아래쪽으로가 아니라 위쪽으로 팠어도 찾을 수 있었겠네. 장 프랑수아가 말한 곳에 결국 있었던 거야."

카트린은 더 기다리지 못하고 풀들을 베기 시작했다. 두 남자는 한쪽으로 가서 지퍼를 내리고 오줌을 눴다.

삼십 분쯤 더 파고 나서 수원을 발견했다.

"엄청난 바위네." 장 프랑수아가 말했다. "지름이 이 미터는 되는 것 같아, 덮개가."

니콜라는 평평한 바위를 밀어내며 틈 사이로 내려다보았다. "어디서 이런 돌을 구했을까. 라 로슈에서?"

"들어 올리려면 쇠지렛대가 있어야겠는걸."

"돌이 한 덩어린가?"

"제대로 된 자리에 뒀네. 어떻게 덮어야 하는지 알았던 거야, 마티외 형은. 내가 말했잖아, 영리한 사람이라고."

"일 톤은 나갈 것 같은데!"

"어떻게 여기까지 옮겼을까?"

"엄청나게 큰데."

"무슨 무덤 덮개 같잖아."

"예수님 무덤!"

"예수님 무덤이라." 카트린이 한 번 더 말했다.

장 프랑수아가 바위의 표면을 긁어냈다. 면도를 하지 않은 얼굴이 거의 바위에 닿을 듯했다.

"굴려야겠어."

카트린은 축사로 가서 막대기로 쓸 만한 것들을 가지고 왔다. 두 개를 끼워서 바위를 고정시키고, 나머지 하나를 지렛대로 썼다. 평평한 돌은 꿈쩍도 하지 않았다. 세 사람은 온 힘을 다해 지렛대를 눌렀다.

"예수님… 무덤!"

"우리가 여는 거야."

"여—는— 거라고!"

"들고!"

"들고!"

"안에 뭐가 있는 거야?"

장 프랑수아가 살짝 벌어진 좁은 틈으로 바위 아래를 들여다봤다.

"똥이야!"

"예수님 무덤 밑에 똥밖에 없다는데!"

"오십 년 된 똥이네!" 카트린이 말했다.

"이제 옆으로 밀자고."

"천천히."

"됐다!"

커다랗게 터지는 세 사람의 웃음 사이로, 이미 했던 말들이 다시

독립심 강한 여자

떠오르고, 방향을 바꾸고, 소용돌이치고, 사라졌다가, 다시 들리고, 그렇게 흘러가다가 그들의 웃음 아래로 가라앉았다.

― 아이고 세상에, 맙소사!

― 마티외 형은 자기가 뭘 하고 있는지 알았던 거야!

― 걔한테는 쉬운 일이었겠지.

― 양을 묻을 수 있을 정도로 크네.

― 예수님 무덤, 바로 그거야.

세 사람은 파이프 끝을 확인하기 위해 겨드랑이가 바위에 닿을 때까지 깊이 팔을 넣었다. 팔이 새카매졌다. 물이 넘치지 않을 때까지 양동이로 침전물을 퍼냈다.

"**웅덩이**에 한번 가 봐요, 카트린. 물이 나오는지."

"나와요." 그녀가 소리쳤다. "커피처럼 갈색 물이 나와."

해가 질 때쯤 세 사람은 침전물 들어내는 작업을 멈췄다.

두 남자는 장비들을 집으로 가지고 내려왔다. 담장 근처, 처마의 그늘이 떨어지는 곳쯤에, 파이프 끝에서 물이 뿜어져 나왔다. 파이프에서 나온 물은 한데 뭉치며 은색으로 빛났다.

부엌은 따뜻했다. 카트린은 분주하게 움직였다. 특히 화로와 식탁 사이를 오가며 음식을 대접했다.

"그만 앉아요, 할머니!"

"오늘도 와 줄 줄은 몰랐지." 그녀가 말했다.

"오늘 밤엔 얼음이 얼 텐데."

"샘에서 나오는 물은 얼지 않아." 그녀가 말했다.

"땅을 팔 수 있는 것도 오늘이 마지막이었어."

"아침에 두 사람이 절대 안 올 거라고 생각했거든."

"카트린은 늘 바라는 게 너무 없어요." 장 프랑수아가 말했다.

"잠깐, 들어 봐!" 니콜라가 외쳤다.

세 사람은 들고 있던 나이프를 내려놓고는, 창문 너머로 물이 흐르는 소리에 귀를 기울였다.

사다리

버팀대는 소나무
발디딤대는 물푸레나무
발디딤대 사이에는
몇 달 동안 묻은 풀들이
안장처럼 단단하지

사다리 밑에는
등을 땅에 대고
부풀어 오른 회색 빵처럼
배를 드러낸
암양의 사체 하나
허공에 뻗은 다리는
부엌의 의자 다리처럼
가늘고
녀석은 어제 길을 잃었을 때
너무 많이 뜯어먹은 자주개자리가
발효해 버리는 바람에
위장이 터져 버렸지
첫눈이
녀석의 회색 털에 내려앉고
들쥐 한 마리가 어둠 속에서
땅에 닿은 녀석의 귀부터
차곡차곡 먹어 가지
동틀 무렵엔 까마귀 두 마리가
녀석의 잇몸을

아무렇게나 쪼고
서리를 맞은 눈이 열리네

어느 사다리든
맨 위의 발디딤대에 올라서면
현기증이 나지
씨앗에서 피어난 꽃들이
세상을 색색으로 물들이고
하얀 나비 두 마리는
마치 아코디언 가락처럼
서로를 쫓고
닿았다가
다시 떨어지며
파란 하늘을 올라가네

사다리 꼭대기보다 한참 더 높은 곳에서
갑자기
나비의 하얀 날개는 파란색이 되고
그렇게 녀석들은 사라지지
죽은 이들처럼

이 사다리를
내려오고
올라가며
나는 살지

바람도 울부짖는다

가끔 밤에 바람이 울부짖는 소리에 귀를 기울일 때면, 나는 기억한다. 마을에는 돈이 거의 없었다. 여덟 달 동안 우리는 일 년간 먹고, 입고, 몸을 데우는 데 필요한 최소한의 것들을 생산하기 위해 땅에서 일했다. 하지만 겨울에는 자연도 죽어 버리고, 그러고 나면 우리에겐 돈이 없다는 사실이 치명적으로 다가왔다. 뭔가를 사기 위해 돈이 필요했기 때문이 아니라, 할 일이 거의 없었기 때문이다. 그런 이유로, 추위나 눈, 낮이 짧아졌다거나 땔감을 때는 난로 주위에만 앉아 있어야 한다는 이유가 아니라 바로 그런 이유로, 겨울이 되면 우리는 일종의 구금 상태로 살아야 했다.

많은 남자들이 화부(火夫)나 짐꾼, 굴뚝 청소부 같은 일을 하며 임금을 벌기 위해 마을을 떠나 파리로 갔다. 마을을 떠나기 전에 남자들은 건초나 땔감, 감자 같은 것들이 부활절 지나서까지 버틸 수 있을 만큼 충분한지 확인했다. 여자들과 노인, 어린이들은 마을에 남았다. 겨울 동안에는 나에게 아버지가 없다는 사실도 눈에 띄지 않았다. 내 또래의 아이들 중 절반이 일시적이나마 아버지 없이 지냈다.

그해 겨울 할아버지가 침대를 만들어 주었기 때문에, 나는 더 이상 결혼을 앞둔 누나와 함께 자지 않아도 되었다. 어머니는 크랭(crin)을 채운 매트리스를 만들고 있었다. 크랭은 암말의 갈기와 소의 꼬리털이다. 매일 아침, 밤사이 내린 눈을 바라보며 어머니는, 이런 식으로 그 소식을 전했다. "하느님이 오늘도 더 차려 주셨구나!" 어머니는 눈이 먹을 수 없는 음식이라도 되는 것처럼 말했다.

소젖을 짠 후에 할아버지와 나는 마당의 눈을 치웠다. 그 일을 마치고 나면, 우리는 할아버지의 목공 작업대로 갔고 나는, 학교에 가기 전에, 돌나막신에 눈이 쌓이지 않았는지 확인했다. 신발에 눈이 쌓여 있으면 그 눈까지 치웠다.

돌나막신은 담장 아래, 감자와 순무, 호박 몇 개를 보관하는 저장고 문 옆에 놓여 있었다. 마당의 눈을 치울 때 항상 가장자리까지 꼼꼼하게 치우는 것은 아니어서, 돌나막신이 눈에 파묻혀 보이지 않을 때도 있었다. 겨울은 모든 것이 사라지는 계절이었다. 남자들이 떠났다. 소들도 축사 안에만 있어 보이지 않았다. 눈은 언덕과 정원과 거름 더미와 나무들을 덮어 버렸다. 집들의 지붕도 모두 같은 눈에 덮여 버려, 언덕에서 내려다보면 구분이 되지 않았다. 나는 돌나막신을 처음 본 뒤로 한 번도 그 신발이 사라지지 않게 했다.

이렇게 생겼다. 돌은 흰색 바탕에 파란 무늬가 여기저기 박혀 있었다. 남자 신발이고, 내가 신기에는 너무 컸다. 처음 봤을 때 들고 가서 옷장 맨 아래에 있는 호두나무로 만든 나막신과 비교해 보고 싶었다. 그 옷장을 만든 사람은 그걸 만드느라 겨울을 통째로 보냈고, 우리 증조할아버지가 그 대가로 남자의 새 집에 돌로 된 현판을 만들어 주었다. 남자의 이름 머리글자는 A. B.였고, 증조할아버지는 남자의 집 현관문 위 현판에 그 머리글자를 새겨 주었다. 나도 본 적이 있다. 젊었을 때 A. B.는 농담을 잘했다고 한다. 나중에는 생각이 많아졌고, 결국 자신의 이름 머리글자가 새겨진 집에서 자살했다. 돌나막신을 들어 보려 했지만, 신발은 꼼짝도 하지 않았다.

"할아버지, 마당에 돌나막신이 왜 있는 거예요?" 내가 할아버지에게 물었다. 할아버지는 궁금한 것이 있으면 뭐든 물어보는 나만의 권위자였다. 몇 달 후에야 대답을 들을 수 있었다.

어느 날 밤, 할아버지가 이야기해 주셨다. 할아버지의 아버지, 그러니까 나의 증조부께서 축사에서 부엌(지금 우리가 살고 있는 부엌과 같은 곳이다)으로 들어오며 이렇게 말하셨단다. "네라 때문에 눈알이 튀어나온 것 같아." "악!" 증조모가 소리쳤다. 하지만 남편의 얼굴을 보고는 이내 덧붙였다. "눈 안 튀어나왔는데." 증조부의 눈 주위에 시퍼렇게 멍이 들어 있었다. "뿔로 나를 들이받았다고, 먹이를 주는 동안 말이야." 증조부가 말했다.

할아버지는 증조부의 얼굴을 유심히 들여다보았다. 안되게도, 그리고 끔찍하게도 오 분 사이에 파란 눈 한쪽이 완전히 빨간색으로, 핏빛 빨간색으로 변했다. 증조부는 다시는 그쪽 눈을 쓸 수 없게 되었고, 한쪽 눈을 잃은 충격에서도 벗어나지 못했다. 그는 자신의 몰골이 흉하게 변해 버렸다고 믿었다.

유리 눈알은 찾기가 어려웠다. 어느 날 친구가 마차를 타고 A에 갔다가, 그곳 이발소에서 유리 눈알이 가득 든 병을 보았다. "제일 파란 걸로 주세요." 친구가 말했다. 증조부는 유리 눈알을 쓰지 않으려 했다. 대신 할아버지가, 세 아들 중 가장 어렸고, 또한 증조부가 가장 아끼는 아들이었던 할아버지가, 외출할 때마다 앞장서 걸으며 마주치는 사람들에게 증조부의 눈을 쳐다보지 말라고 경고를 했다.

다음 해에 할아버지는 집을 떠나겠다고 선언했다. 파리에 갈 생각이었다. 소 네 마리로는 가족이 모두 먹고살기에 부족했다. 형들은 따지지 않았다. 할아버지가 아니면 다른 형제들 중 한 명이 떠나야 하는 상황이었다. 그때 할아버지 나이가 열다섯이었다. 증조부는 집에 남으라고 했다.

짐을 싸던 할아버지는 증조부의 부츠 한 켤레를 발견했다. 할아버지는 집 안에서 제일 새것이고, 제일 튼튼했던 그 부츠를 신었다. 증조부는 집 뒤쪽 둥그런 바위산에서 일하고 있었다. 할아버지는 언덕을 올라가 증조부를 안았다. 그러고는 부츠를 가리키고, 달아나며 소리쳤다. "좋은 것들은 떠나는 거예요! 나쁜 것들이 남는 거라고요!"

파리에서 할아버지는 몇 년을 일하며 집에는 돌아오지 않았다. 마지막으로 일했던 곳은 그랑 팔레의 건설현장, 새로운 세기를 맞이하는 세계박람회가 열릴 곳이었다.

할아버지가 집을 떠나 있는 동안, 증조부는 한쪽 눈으로, 본인의 묘지에 쓸 십자가와 비석을 만들었다. 비석 위에 자신의 이름을 쓰고 태어난 해를 새겼다. 1840년, 나폴레옹의 유해가 세인트헬레나 섬에서 앵발리드로 이장되던 해였다. 그런 다음에 자신이 죽음을 맞이할 해도 짐작으로 새겨 넣었다. 그의 짐작은 옳았다. 증조부는 그 해가 다 지나기 전에 돌아가셨다. 묘지에 있는 그 무덤을 나도 가 본 적이 있다. 나폴레옹의 유해가 고국으로 돌아왔던 해는 학교에서 배웠다.

파리에서 돌아온 할아버지가 마당에서 돌나막신을 발견했다. 할아버지는 자신이 부츠를 신고 떠났던 일을 용서했음을 알리기 위해 증조부가 돌나막신을 거기 둔 거라고 했다.

이야기는 거기까지였다.

"증조부가 용서했다는 건 어떻게 아셨어요?" 한참 후에 내가 물었다.

"돌나막신은 아무도 가져갈 수 없으니까." 할아버지가 설명했다. "그건 바위에 붙어 있는 거니까, 집보다도 더 오래 남는 거지. 그 점이 중요한 거야. 내가 가져간 부츠 따위는 중요한 게 아니지. 아버지는 내게 그걸 알리려고 하셨던 거고."

할아버지가 이야기를 하는 투를 봤을 때, '전에는 누구에게도 하지 않았던 이야기구나' 하는 생각이 들었다. 내게만 이야기를 해 준 건 일종의 특권인 셈이었다. 나도 그걸 알아차렸기 때문에 돌나막신에 눈이 묻지 않게 깨끗하게 관리했다. 내가 돌나막신 앞에 웅크리고 있는 것을 볼 때마다 할아버지는 미소를 지었다.

일요일 같은 시간들이 지나갔다. 우리의 날짜 감각도 흐릿해졌다. 구금 상태에서는 시간 감각을 잃게 된다. "하나님이 오늘도 더 차려 주셨구나!"라는 어머니의 말이 반복되었고, 우리의 마당 청소도 반복되었다. 마당 모퉁이에 쌓인 눈이 거의 방 높이까지 높아졌다. 같은 까마귀 두 쌍이 사과나무 꼭대기에 내려앉았다. 닭들에게 주는 곡식을 뺏어 먹었기 때문에 할머니는 그 까마귀들을 싫어했다. 할아버지는 그 까마귀들 중 한 마리는 본인보다도 나이가 많다고 우겼다. "저놈이 본 걸 나도 다 봤는데, 그러는 동안 많은 걸 잃었지. 전투, 법정 싸움, 군인들, 새로운 발명품, 숲속의 연인들…." 할아버지가 중얼거렸다.

일월의 어느 밤에 할아버지가 한 가지 결정을 내렸다. "내일, 돼지 잡자." 돼지를 잡는 날에는 모두들 각자 할 일이 있다. 그리고 그날이 지나면, 아무리 멀어도, 곧 봄이 다가올 것임을 알게 된다. 아침 공기가 더 가벼워진다. 늘 그런 건 아니지만, 구름이 없는 날엔 틀림없이 그랬다.

할아버지와 함께 돼지를 보러 갔다.

"교회 신도석보다도 길구나." 할아버지가 자랑스럽게 말했다.

"작년 돼지보다 커요." 내가 말했다. 자랑스러운 마음을 나누고 싶었다.

"내 기억으로는 이놈이 제일 큰 놈이야. 다 네 할머니가 먹인 토마토 때문이지. 어쩔 수 없을 때는 자기 먹을 저녁까지 녀석에게 먹였으니까."

할아버지는 할머니의 공을 찬양이라도 하듯이, 돼지의 등을 길게 쓰다듬었다.

할머니는 할아버지와 결혼해야 할지 말지 결정을 내리지 못하고 망설였다. 두 분의 침실에는 결혼식 사진이 있다. 파리에서 일하는 동안 모은 돈으로, 할아버지는 형들의 땅을 샀고, 가족 농가는 할아버지의 소유가 되었다. 결혼식 사진 속 두 분의 얼굴은 주름 하나 없이 사과처럼 동그랗다. 심지어 그 사진에서도 할아버지는 약삭빠른 사람처럼 보인다. 할아버지는 여우의 눈을 지니고 있었다. 주위를 살피고, 빈틈없고, 검은자위에 불을 품고 있는 눈. 아마도 할머니를 망설이게 한 것도 그 눈이었을 것이다.

할아버지는 친구 마리우스에게 할머니가 자신과 결혼을 해야 할지 말지 결정을 내리지 못하고 있다고 고백했다. 돌나막신 이야기를 하고 나서는, 할아버지가 당신 인생에 있었던 많은 일들을 이야기해 주었다. 두 친구는 실용적인 장난을 계획했다. 정확히 그거였다. 쓸모가 있는 것으로 밝혀질 장난.

부활절 전 일요일에, 할아버지는 연인에게 숲으로 산책을 나가자고 했다. 제비꽃과 하얀 숲바람꽃이 막 피는 때였다. 어떤 날은 옷을 벗어도 좋을 만큼 따뜻하다가도, 다음 날이면 눈이 내릴 수도 있었다. 두 사람이 함께 걸었던 날은 추웠다. 할아버지는 버려진 예배당으로 할머니를 이끌었는데, 그 안이라면, 바람을 피할 수 있었다. 할아버지는 할머니에게 키스하며 가슴에 손을 얹었다. "축성(祝聖)을 받은 예배당은 아니었다"라고 할아버지는 진지하게 말했다. 할머니가 블라우스를 벗었다. 할아버지가 그렇게 말하지는 않았다. 할아버지는 "애무를 시작했지"라고 말했다. 가슴 부분은 할아버지가 이야기를 하는 동안 나 혼자 상상했을 뿐이다.

갑자기 문에 열쇠가 돌아가는 소리가 들리고 지붕 위의 종이 요란스럽게 울렸다. 불이 났을 때 사람들에게 알리거나, 폭풍우가 칠 때 벼락이 떨어지지 않게 하는 용도로 쓰는 종이었다. 두 연인은 예배당 안에 갇혔다. 할아버지는 나갈 방법을 찾는 시늉을 했다. 할머니는 속옷을 추스르고, 할아버지를 문 쪽으로 밀며 등 뒤에 딱 붙었다. 할머니는 강도를 만난 게 틀림없다고 믿었고, 시끄러운 종소리 때문에 할아버지가 하는 말은 하나도 들을 수 없었다.

숲에서 달려 나온 마을 사람들은 마리우스가 예배당 지붕에 비스듬히 누워서 미친 사람처럼 종을 치고 있는 모습을 보았다. 사람들

끈질긴 땅

이 소리쳤지만 그는 아무것도 들을 수 없었다. 사람들이 보기에 그는 소리내 울거나, 웃거나 둘 중 하나였다. 지붕에서 내려온 마리우스는 입에 손가락을 갖다 대며 예배당 문을 열었다. 두 연인이 밖으로 나올 때, 그가 말했다. "아무도 숨길 수 없는 일이 두 가지 있습니다. 바로 감기와 사랑입니다!" 다음 일요일 두 사람의 결혼 계획이 발표되었다.

할아버지는 축사의 돼지에게 말을 걸었다. 각각의 동물에게 할아버지는 다른 목소리로, 다른 소리를 내며 말했다. 암말에게는 부드러운 목소리로 차분하게 말했는데, 같은 말을 반복할 때는 마치 귀가 멀어 버린 동료에게 말을 하는 것 같았다. 돼지에게 말을 할 때는 갑작스럽고 가락이 높은 소리로 말했고, 사이사이에 한숨을 내쉬며 툴툴거리기도 했다. 돼지에게 말을 거는 할아버지는 칠면조와 비슷했다.

"아히르 올라 아히라 젠장!"

그런 소리를 내며, 할아버지는 돼지의 주둥이에 올가미를 씌웠는데, 너무 단단하게 조이지 않게 주의했다. 돼지는 할아버지가 이끄는 대로 얌전하게 따르며, 암소 다섯 마리와 암말 한 마리를 지나고, 축사를 나와 갑자기 쏟아진 하얀 눈이 내는 빛 속으로 들어갔다. 거기서 돼지는 머뭇거렸다.

돼지는 일생 동안 순종했다. 할머니는 마치 가족처럼 그 돼지를 먹여 주었고, 녀석은 또 녀석대로 하루하루 토실토실 살을 찌웠다. 백사십 킬로. 백사십일 킬로. 백사십이 킬로. 이제, 생전 처음으로, 녀석이 머뭇거렸다.

돼지는 자기 앞에 선 네 명의 남자를 보았다. 남자들은 추위를 피하기 위해 손을 주머니에 넣는 대신 앞으로 내뻗고 있었다. 돼지는 부엌 앞에 선 할머니가 사료 양동이를 들고 있지 않은 것을 보았다. 어쩌면 부엌 창 뒤에서 기대에 찬 표정으로 내다보고 있는 어머니도 보았을지 모른다.

바람도 울부짖는다

어찌 됐든, 돼지는 고개를 숙이고는 커다란 몸집 밑에 달린 작은 네 발을 움직여, 뒤로 물러났다. 할아버지가 밧줄을 당기자 올가미가 조여졌고, 돼지는 비명을 지르며 뒤로 물러나려고 애썼다. 잠시, 할아버지 혼자 돼지를 붙잡았다. 뒷걸음치는 돼지를 끌어낼 수 있는 건 아무것도 없었다. 어느새 이웃들이 함께 달려들어 밧줄을 당겼다.

할아버지의 친구 마리우스와 나는 뒤에서 밀었다. 입을 제외하고는, 돼지는 몸의 모든 부분이 작다. 똥구멍은 셔츠의 단춧구멍만 하다. 나는 녀석의 꼬리를 잡았다.

오 분 정도 밀고 당기기를 한 끝에, 돼지를 마당 반대편, 커다란 나무 썰매 옆까지 끌어낼 수 있었다. 아버지의 목숨을 앗아간 그 썰매였다.

할아버지와 할머니는 몇 해 동안 아이가 생기기를 기다렸다. "날씨랑 보지는 지들 좋은 대로만 한다니까." 할아버지가 말했다. 내 아버지는 첫째였다. 이 년 후 고모가 태어났다. 자식은 그 둘뿐이었다. 그런 까닭에, 아버지는 나이가 들자마자 할아버지를 도와야 했다. 아버지 나이가 서른이고, 내가 두 살이었을 때, 썰매 사고로 아버지가 죽었다. 알프스 산맥의 산자락에서 건초를 나르던 중이었다. 가파른 경사가 삼 킬로미터쯤 이어지는 길이었다. 바위가 길을 가로막고 있는 곳도 있었고, 진흙탕인 곳도 있었으며, 흙이 잔뜩 쌓인 길모퉁이 주변에 바위 때문에 움푹 파인 곳도 있었다. 유월에 소들을 산에 데리고 가고, 구월 말에 데리고 내려올 때 이용하는 길이었다. 내가 할아버지를 도와 그 길을 함께 오를 때, 할아버지는 아들이 죽은 자리에서는 절대 멈추지 않았다. 고래의 옆구리처럼 머리 위로 툭 튀어나온 바위가 있었다. 올라가는 길이 아니라 내려오는 길에, 그러니까 가을에, 할아버지와 나는 늘 그 바위 아래에서 잠시 멈추었다. "여기서 네 애비가 완전히 포기해 버렸지." 할아버지가 말했다.

돼지를 썰매 위에, 오른쪽으로 눕혀야 했다. 마당을 가로질러 끌려오는 동안, 녀석은 밧줄을 끌어당기고 뒤에서 미는 힘에 맞서 네 발을 땅에 디딘 채 온 힘으로 저항했다. 마침내 고꾸라질 때, 녀석은 디딜 곳을 찾아 필사적인 힘과 속도로 네 발을 휘저었고, 동시에 더 크게 소리를 질렀다. 자신의 힘이 그렇게 세다는 것은 돼지도 그때 처음 알았을 것이다.

남자들이 돼지를 덮쳤다. 잠시, 돼지는 남자들에 가려 보이지 않았고, 가만히 누운 채 움직이지 않았다. 내게는 돼지의 한쪽 눈밖에 보이지 않았다. 돼지의 눈은 똑똑하게 생겼다, 이제 그 똑똑함 때문에 두려움이 생겨 버렸다. 갑자기, 튀어 오르고 발길질을 하며, 녀석은 마치 사람처럼 싸움을 했다. 강도를 물리치기 위해 싸우는 사람처럼.

이어지는 열두 달 동안 그 돼지가 우리가 먹을 수프를 걸쭉하게 해 주고, 감자에 향을 더해 주고, 양배추의 속을 채우고, 소시지의 속이 될 예정이었다. 넓적다리와 가슴살은 소금에 절인 뒤 말려져서, 할아버지와 할머니 자는 방의 천장 선반에 매달릴 예정이었다.

우리는 욕을 하면서 무릎과 주먹으로 돼지를 기절시켰다. 할아버지는 녀석의 다리 중 세 개를 썰매 옆에 묶었다. 묶이자마자 돼지는 밧줄을 풀어 보려고 다시 온 힘을 다해 저항했다. 나는 녀석을 올라타서는 허리를 깔고 앉았다. 어른들이 욕을 하며 웃음을 터뜨렸다. 나는 마당을 지나가는 할머니에게 손을 흔들었다.

사고로 죽던 날, 아버지는 이미 건초 세 더미를 옮겨 놓았다. 십일월, 눈이 내리기 직전이었다. 썰매에 건초를 높이 싣고 단단히 묶었다. 길 맨 위에서, 썰매 채 사이에 들어가 자리를 잡고, 한 번 세게 당긴 후, 썰매가 바위와 나뭇잎과 먼짓길을 따라 삼 킬로미터를 내려오는 동안 브레이크를 잡아야 한다. 브레이크를 잡을 때는 뒤꿈치를 땅에 대고 몸을 뒤로 기울여 썰매에 실은 짐에 기댄다. 출발 전에 짐이 너무 무겁다고 판단되면, 썰매 뒤에 통나무를 달아 땅에 끌리는 통나무가 추가로 브레이크 역할을 하게 한다.

아버지가 네번째 건초 더미를 가지고 내려오는 동안 무슨 일이 있었는지는 아무도 모른다. 아버지는 썰매에 깔려 죽은 채 발견되었다. 사람들은 아버지가 가슴을 짓누르는 썰매를 밀어낼 수 있었을 거라고 했다. 어쩌면 십일월의 그 오후에, 겨울을 앞둔 그 시기에, 아버지는 피로와 슬픔 때문에 의지를 모을 수 없었던 것인지도 모른다. 아니면, 그저 썰매에 깔려 기절했던 것인지도 모른다.

할머니는 "돼지 발에 안 차이게 조심해!"라고 내게 소리치고는, 할아버지에게 칼을 건넸다. 작은, 식탁에서 사용하는 칼보다 크지 않은 칼이었다. 할머니가 무릎을 꿇고 앉으며 대야를 받쳤다.

아래쪽에 할아버지가 아주 짧고 깊은 상처를 내자 피가 쏟아져 나왔다. 마치 그렇게 쏟아지기만을 늘 기다리고 있었던 것 같았다. 이제 늦었다는 것을 안 돼지가 몸부림을 쳤다. 우리 다섯 명의 몸무게는 녀석에게는 너무 무거웠다. 돼지의 비명이 깊은 숨이 되었다. 돼지의 죽음은 물이 비워지는 대야 같았다.

다른 대야가 채워졌다. 할머니는 바닥에 퍼질러 앉아 돼지 피가 엉키지 않게 휘저었다. 중간중간에 피에서 만들어진 흰색 섬유질을 집어내서 버렸다.

돼지의 눈이 감겼다. 피가 빠져 버린 돼지 몸 안의 공간이, 아직 죽은 것은 아니었기 때문에, 일종의 잠으로 채워지고 있었다. 썰매 위에서는 마리우스가 심장을 비우기 위해 돼지 앞다리를 천천히 아래위로 움직이고 있었다. 할아버지가 나를 바라봤다. 할아버지가 무슨 생각을 하고 있는지 알 것 같았다. '언젠가 내가 너무 나이가 들면, 돼지 죽이는 건 네 몫이다!'

나무로 된 함을 가지고 왔다. 사람이 들어가 누울 수 있을 정도로 긴 함이었다. 돼지에게는 허리띠처럼 사슬을 감았는데, 그러면 돼지의 몸이 미끌미끌해져도 그 사슬만 당기면 뒤집을 수 있었다. 욕조처럼 함을 채우려면 우유통 두 통 분량의 물이 필요했다. 돼지는 함에 거의 잠겼다. 큰 숟가락으로 돼지의 몸을 긁으며 털을 제거했다.

털을 뽑으면 뽑을수록 돼지의 살결은 사람의 살결과 비슷해졌다. 뜨거운 물에 불어서 털은 쉽게 빠졌다. 돼지가 마을 사람들처럼 보이지는 않았다. 살이 너무 쪘고 피부도 너무 하얬기 때문에, 여유있는 사람처럼 보였다. 털을 뽑기가 가장 어려운 부위는 무릎이었다. 거기는 굳은살이 많이 박혀 있었다.

"수도사보다도 더 기도를 많이 했나 보네." 마리우스가 말했다. "밤낮으로 무릎 꿇고 기도를 한 거야."

털을 다 제거하고 발굽의 발톱까지 뽑은 다음에, 할아버지가 돼지 코에 쇠고리를 끼우면 도르래를 당겨 매달았다. 도르래는 내가 어린 시절에 나가 놀던 나무 발코니로 이어진다. 발코니로 나가려면 건초 다락에 있는 문을 통하는 방법밖에 없다. 거기는 계단도 없기 때문에, 어린 시절 내가 거기 마당 위 공간에서 네 발로 기면서 놀고 있으면, 엄마는 내가 안전하다고 생각했다. 돼지는 우리들 중 누구보다도 몸집이 컸다. 남자들이 양동이로 돼지 몸에 물을 붓고, 축하의 뜻으로, 그날의 첫번째 증류주를 마셨다.

언젠가 할아버지가 내게 죽음에 대한 이야기를 해 준 적이 있다. "지난밤에 말을 데리고 나무를 하고 오는 길에, 뒤에 죽음이 와 있는 게 느껴지더구나. 그래서 돌아봤지. 우리가 내려온 길이 보이고, 호두나무가 있고, 향나무 덤불이 있고, 이끼가 낀 바위들이 있고, 하늘에 구름 몇 점이 떠 있고, 모퉁이에 폭포도 있었지. 죽음은 그 뒤 어딘가에 숨어 있었던 거야. 내가 뒤돌아보자마자 몸을 숨긴 거지."

돼지의 뒷다리가 땅에서 십 센티미터 정도 떨어졌다.

"머리는 '한 번에' 쳐야 해!" 할아버지는 그렇게 소리치며 작은 칼을 크게 휘둘러 머리를 잘랐다.

몸통이 땅에 떨어졌다.

"머리는 네가 가져가라!" 할아버지가 내게 고개를 끄덕이며 말했다. 어떻게 해야 하는지는 알고 있었다. 마당 한쪽에 쌓아 둔 눈 더미에 발자국을 남기며 뛰어 올라갔다. 새하얀 눈 더미 가장 높은 곳에 돼지머리를 놓았다.

남자들은 그날의 두번째 증류주를 마셨다.

양쪽 뒷다리의 두 뼈가 만나는 자리에 할아버지가 작은 쇠고리를 끼웠다. 이제는 머리가 잘려 나간 고깃덩이를 끌어 올렸다. 까마귀들은 사람들이 무서워 눈 위에 놓인 돼지머리에 접근하지 못했다.

조심스럽게 항문에서 목까지, 작은 칼로 돼지 배를 가르며 할아버지는 껍데기와 지방을 하나하나 열어젖혔다. "앙드레!" 집중을 하느라 이를 다문 채 할아버지가 내 이름을 불렀다.

할아버지는 돼지를 살아 있게 하고, 자라게 하는 기관들을 보여주었다. 눈 위에 놓여 있는 머리와 뇌만 빠져 있었다. 따뜻한, 김을 내는 기관들의 배치는 토끼의 몸 안과 같았다. 인상적인 것은 그 크기였다. 배를 갈라놓고 보니, 그 안은 마치 동굴의 입구 같았다.

할아버지는 예전에 황금을 찾으러 다닌 적도 있다고 했다. 어느해 여름엔가 할아버지와 친구 한 명이 매일 아침 두 시간 일찍 일어나 산에서 땅을 팠다. 두 사람은 아무것도 찾을 수 없었지만, 할아버지는 내가 이어서 금을 찾고 싶어질 때를 대비해 갱도의 위치를 알려 주었다. 갱도는 나무가 우거지고 경사가 가파른 퇴적지에 숨어 있었다. 바위와 나무뿌리, 그리고 흙까지 모두 두꺼운 녹색 이끼에 덮여 있었다. 어디를 만져 봐도 짐승의 털 같은 느낌이었다.

나는 마리우스와 함께 아연 쟁반을 들고 창자와 내장이 쏟아지기를 기다렸다. 마치 여자들이 가위 끝으로 바느질한 자리를 뜯을 때처럼 할아버지는 칼끝만 사용해서 내장들을 뜯어냈다. 회색 창자가 쟁반 위로 넘쳐서 손으로 잡아야만 했다. 창자는 아직 따뜻했고, 거기서 죽음의 냄새가 났다.

돼지 간, 두 송이 배꽃처럼 분홍색과 흰색이 뒤섞인 돼지 허파, 돼지 염통을, 할아버지는 하나씩 떼어냈다.

나는 다시 눈 더미 위로 달려가 돼지머리가 텅 빈 자기 몸통을 마주하지 않도록 돌려놓았다. 머리 밑으로 피가 스며들어 눈 사이로 빨간 동굴이 생겼다. 눈 더미 위에 올라서자 머리의 위치가 어릴 때, 처음 걸음마를 뗄 때 놀았던 나무 발코니의 난간 높이와 같아졌다. 발코니 아래 마당에서 남자들이 돼지 몸통에 양동이로 물을 끼얹으며, 안쪽에서 바깥쪽으로, 닦고 있었다. 그런 다음 그들은 식사를 하기 위해 집 안으로 들어갔다.

식탁 가운데에 방금 구워낸 빵과 커다란 사과술 병이 놓여 있었다. 사과술은 두 종류였다. 담근 지 두 달밖에 안 된, 단맛이 나는 것과 작년에 담근, 맛이 더 강한 것. 오래된 사과술이 색이 더 탁했기 때문에 구분하기가 쉬웠다. 여자들은 대부분 새로 담근 사과술을 마셨다.

어머니가 화덕 위 검은 무쇠솥에서 수프를 떠서는 식탁에 내놓을 뚜껑 달린 접시에 담았다. 새 돼지를 잡은 기념으로, 이전에 잡은 돼지고기 중에 남아 있던 것을 먹을 예정이었다.

수프에는 소금에 절인 등뼈와 함께 당근, 파스닙, 부추, 순무가 들었다. 빵 덩어리를 돌리며 각자 뜯어서 앞에 놓고 나서, 숟가락을 들고 식사를 시작했다.

남자들 몇몇이 전쟁 이야기를 꺼냈다. 몇 주 전에 고지대 숲 절벽 틈에서 독일군 병사의 시체가 또 발견되었다. 1950년 겨울이었다.

"집에 있었으면, 오늘 같은 밤에 아내랑 잠자리에 들었을 텐데 말이야."

나는 맛이 강한 사과술을 마시며, 대화 하나하나에 귀 기울였다.

해마다, 돼지를 잡는 날에는 이웃 사람들 모두와 본당 신부님, 그리고 교장 선생님을 저녁 식사에 초대했다. 교장 선생님은 테이블 끝, 할아버지 옆에 앉아 있었다. 나는 교장 선생님이 할아버지에게 고슴도치 이야기를 할까 봐 조마조마했다. 교장 선생님이 외투를 벗어 두는 선반에서 고슴도치 한 마리가 발견되었다. 교장 선생님 머리칼이 뒤로 갈수록 일어섰기 때문에 우리는 **그를** 고슴도치라고 불렀다. 교장 선생님은 손도 작았다. 그리고 안경을 썼다. 교탁에 선 선생님은 고슴도치를 가져다 놓은 사람이 치우라고 했다. 아무도 나서지 않았다. 겁을 먹은 아이들은 나를 쳐다볼 엄두도 내지 못했다. 교장 선생님이 말했다. "고슴도치가 왜 냄새가 나는지 아는 사람?" 바보처럼, 나는 손을 들고 '고슴도치는 겁을 먹으면 몸에서 냄새가 납니다'라고 대답했다.

"자, 네가 다른 친구들보다 고슴도치에 대해서 잘 알고 있으니 좀 치워 줄래?" 아이들이 웃음을 터뜨리고, 그중 몇 명은 만세를 외쳤다. 그런 식으로, 교장 선생님은 범인이 누구인지 알아낸 것이다. 교장 선생님은 벌로 책에서 고슴도치에 관한 부분을 찾아서 내게 큰소리로 읽게 했다. 다음 날 선생님이 직접 책을 사서 가지고 왔고, 나는 그 내용을 다 익힐 때까지 교실에 남아야 했다. 지금도 첫 문장을 기억하고 있다. '여우는 작은 것들을 많이 알고 있지만, 고슴도치는 큰 것 하나만 알고 있다.' 교장 선생님 본인이 그 책을 읽었는지는 확실치 않다. 왜냐하면 그보다 몇 줄 아래에는 이런 설명이 있었기 때문이다. '척추 구조 때문에 고슴도치는 다른 동물들처럼 짝짓기를 하지 않는다. 대신 일어선 채로, 남자와 여자처럼 서로의 얼굴을 마주보며 짝짓기를 한다.'

교장 선생님의 말에 할아버지가 웃음을 터뜨리는 걸 보고 안심했다. 나의 맞은편에서는 우리 밭 아래쪽에 사는, 화상 통증을 없애는 법을 아는 라 피네가 자신의 시동생 이야기를 하고 있었다. 그는 악단이 오는 축제가 있는 날 C에 갔다. 밤늦게 돌아온 그는 C의 어느 식당에서 분명 금으로 만든 변기에 오줌을 누었다고 했다! 알고 보니 그가 볼일을 본 변기는 악단 단원의 바순이었다고 한다!

어머니는 한 번도 자리에 앉지 않고, 식탁을 돌며 음식을 대접했다. 어머니가 속을 채운 양배추를 가지고 왔을 때 우리는 모두 환호했다. "아직 이게 남았어요!" 어머니가 자신감 넘치는 목소리로 크게 말했다. 아침 일찍부터 그물에 싸서 큰솥에서 쪄낸 음식이었다. 그물 맨 밑에 접시를 깔고 양배추 잎을 한 겹 쌓는다. 그 위에 다진

돼지고기와 계란, 셜롯, 마저럼을 섞은 속을 넣고, 양배추 잎을 한 겹 더 쌓은 다음, 또 속을 한 겹 더 쌓고, 그물이 거위처럼 통통해질 때까지 반복한다. 지금보다 어렸을 때 나는 어머니가 그 요리를 준비하는 과정을 지켜봤다. 지금은 어른들과 같이 작년에 담근 사과술을 마신다.

"만 년 전에는 사람들이 어떻게 살았는지 궁금하다니까." 할아버지가 이야기했다. "그런 생각이 자주 들어. 자연은 똑같았겠지. 같은 나무에, 같은 흙, 같은 구름, 똑같은 눈이 똑같은 방식으로 풀 위에 내리고, 봄이 되면 녹았을 거야. 사람들이 자연의 변화를 과장하는 건, 그렇게 하면 자연이 좀 만만해 보이기 때문이지." 할아버지는 군에서 휴가를 나온 이웃의 아들에게 이야기를 하는 중이었다. "자연은 변화를 거부하거든. 뭔가가 변하면 일단 자연은 그 변화가 계속되는 건지 확인할 때까지 기다리는 거야. 만약 그 변화가 계속 이어지지 않으면 자연은 온 힘을 다해서 그걸 박살내 버리지! 만 년 전에도 개울의 송어는 지금 보는 송어하고 똑같았던 거야."

"그때 돼지는 없었을 것 같은데요!"

"그래서 할 수 있다면 옛날로 한번 가 보고 싶은 거야! 지금 우리가 알고 있는 것들을 맨 처음에 어떻게 알게 되었는지 궁금하니까. 슈브르통 치즈를 한번 보자고. 만드는 법이 간단하지. 양젖을 짠 다음, 끓이고, 응유(凝乳)를 분리한 다음 누르면 되니까. 뭐, 그런 건 우리가 걸음마를 떼기 전부터 봐 오던 과정이지. 그런데 우유에서 응유를 분리해낼 때, 새끼 염소의 위장을 풍선처럼 부풀린 다음 말리고, 산에 담그고, 가루를 만들어서 끓인 우유에 조금 섞어 주면 된다는 건 어떻게 알게 된 걸까? 여자들이 어떻게 그런 걸 알게 되었는지가 궁금하다는 이야기지!"

식탁 한쪽에서는 손님들이 할머니의 이야기에 귀를 기울였다. 이웃 마을에 같은 땅을 공동으로 물려받았기 때문에 서로 옆집에서 사는 사촌들이 있었는데….

바람도 울부짖는다

"내가 까마귀라면 가지에 걸터앉아 지켜보고 싶은 게 그런 거란 말이지!" 할아버지가 말했다. "수없이 거쳤을 시행착오들! 그렇게 한 걸음 한 걸음씩, 천천히, 앞으로 나아가는 과정을 보고 싶다고!"

두 사촌의 사이가 틀어져서 싸움이 벌어졌다. 한쪽이 다른 한쪽의 코를 물어뜯었다. 양쪽 다 두려운 마음에 싸움을 멈췄다. 며칠 후 코를 물린 쪽이 코에 붕대를 댄 채 마당에서 땅을 파고 있었다. 울타리 건너편에서 코를 문 사촌이 나오는 모습을 보았다. "어이, 어이." 그가 소리쳤다. "오늘은 배 안 고파? 이쪽으로 와서 남은 코도 뜯어먹지 그래?"

접시가 빌 때마다 어머니는 속을 채운 양배추를 더 많이 내놓았다.

"자연에 파괴되지 않고 계속 이어진 지식은, 바위산에 있는 금맥 같은 거야." 할아버지가 말했다.

열기 때문에 사람들의 얼굴이 번들거렸고, 식탁 위는 점점 더 지저분해졌다. 어머니가 작은 수레바퀴만 한 사과 타르트를 내왔다.

"뿐만 아니라 몇 천 년 후 미래도 가 보고 싶어."

"그때는 농사꾼들은 없을 텐데요."

"그건 모르지! 내가 사만 년이라곤 안 했으니까. 그냥 몇 천 년 후에 말이야. 지금 우리를 내려다보는 나이 든 까마귀처럼 그 사람들을 한번 구경하고 싶은 거지!"

부엌의 벽들이 움직이는 것 같았다. 정신을 집중하지 않으면 벽이 계속 빙빙 돌 것만 같았다. 사과 타르트가 놓인 식탁에는 커피와 증류주가 든 병도 있었다. 나는 커피를 벌컥벌컥 들이켰다.

"농가는 모두 평지에 만들어질 겁니다." 교장 선생님이 말했다.

마당의 차가운 공기에 머리가 맑아졌다. 식사를 마치고 손님들이 떠나며 "그럼 다음에 봅시다"라고 인사했다.

나는 학교에 가지 않을 핑계가 있었으면 했다. 가능성은 낮았다. 유일한 핑계는 집에 할 일이 있어서 갈 수 없다는 건데, 내가 할 일이 충분하지 않았다. 할아버지가 등뼈를 따라 톱으로 돼지의 몸을 양쪽으로 가르는 동안 나는 앞다리를 잡고 있었다.

할아버지가 돼지 몸통 한쪽을 어깨에 걸치고, 나는 쇠고리를 뽑았다. 할아버지는 무게에 맞춰 위치를 조절한 다음 고기를 마당 건너편으로 옮겼다. 돌나막신이 있는 자리를 지나고, 나무로 된 계단을 올라가 천장이 둥근 저장고 위에 있는 방으로 갔다. 돼지의 몸통이 할아버지의 키보다 길었다. 할아버지는 천천히 걸음을 옮겼고, 계단에서는 잠시 멈추어 서기도 했다. 두번째 고기를 옮길 때는 중간에 세 번이나 멈춰야 했다.

다음 날 할아버지는 고기를 해체해서 가대(架臺) 위에, 참제비고깔이 핀 화단처럼 깔끔하게 늘어놓을 것이다. 해마다 할아버지는 고기를 이런 식으로 늘어놓았다.

그런 다음 어머니가 나무로 된 절임통에 고기를 절이고, 다시 육주 후에는 할아버지와 내가 햄과 베이컨을 훈제할 향나무를 구해 올 것이다.

그사이 부엌은 일을 할 수 있을 만큼 깔끔하게 정리가 되었다. 깨끗이 닦은 식탁에서 여자들이 돼지 창자를 손질하고, 돼지 피로 소시지를 만들 준비를 했다. 나는 마지못해 학교로 가는 가파른 길을 내려갔다.

밖으로 나왔을 때 눈발 때문에 눈을 문질러야 했다. 할머니는 눈 묻은 부츠를 신고 부엌에 들어오면 안 된다고 야단치지 않았다. 할머니는 울고 있었다. 할머니와 어머니가 함께 할아버지를 침대에 눕혔다.

할아버지는 마당에서 쓰러졌다. 내일이면 함께 점심을 먹었던 이웃들이 다시 와서 할아버지에게 마지막 인사를 전할 것이다.

세상의 어떤 산도 할아버지의 얼굴만큼 고요하고 차갑지 않았다. 나는 그 얼굴이 조금이라도 움직이기를 기다렸다. 밤새도록 기다릴 거라고 속으로 말했다. 하지만 그 고요함이 나보다 힘이 셌다.

밖으로 나온 나는 마당을 가로질러 돌나막신이 있는 곳으로 갔다. 달빛이 밝아서 돌나막신을 볼 수 있었다.

할아버지의 목소리가 들렸다. "나무에 앉은 까마귀가 돼서 알고 싶은 게 있는데 말이야…."

밤사이 눈이 더 많이 내렸다. 아침에, 마당 눈 더미 위에, 하얗게 눈 덮인 알 수 없는 형체의 물건이 있었다. 돼지머리를 잊고 있었던 것이다. 나는 가파른 경사를 곧장 뛰어 올라갔다. 눈을 털어냈다. 돼지의 눈은 감겨 있고 피부는 얼음처럼 차가웠다. 바로 그때 나는 울부짖기 시작했다. 얼마나 오래 거기, 눈 더미 위에서 울부짖으며 앉아 있었는지 모르겠다.

끈질긴 땅

마을의 출산

산모는
　　새로 태어난 날을
　　　　가슴에 품는다

순무를
　　뼈다귀처럼
　　　　집 높이까지
　　　　　　쌓는다

하늘의 다리에서 흐른 피를
　　씻어내기도 전에

살아남은 자에게 바치는 노래

루사는 아봉당스라고 알려진 종에 속한다. 아봉당스는 깊은 계곡을 흐르는 세 지류 중 하나로 호수에 이르기까지 수많은 폭포를 만들어 낸다. 루사의 적갈색 몸에는 흰색 반점이 있었다. 주로 다리 안쪽과 배, 그리고 목의 처진 살에 모여 있는데, 덕분에 우유가 흐르는 강을 이제 막 건너온 적갈색 암소 같은 인상을 준다. 루사는 지금까지 네 마리의 송아지를 낳았다. 네 번 모두 적갈색 피부에 하얀 털, 뿔, 발굽, 눈썹, 이빨, 귀, 성기까지 완벽하게 자리잡은 송아지들이 녀석의 자궁에서 잘 자란 후에 쑥쑥 밖으로 나왔다. 출산 후에는 네 번 모두, 언덕 위로 떠오르는 보름달처럼 풍성한 젖통에서 우유가 넘칠 듯 흘러나왔다.

마르틴은 소를 여섯 마리 키우는데, 그중 루사에게서 나오는 우유가 가장 좋았다. 송아지를 낳고 나면 녀석은 하루에 이십 리터씩 우유를 생산했다.

"암소는 양조장이랑 비슷해." 마르틴이 말했다. "좋은 우유를 얻으려면 목초지가 좋아야지."

고지대에 있는 그녀의 오두막은 산 높은 곳에 있었다. 그곳에서 그녀가 만드는 버터는 마을에서도 최고로 인정받았다.

마르틴은 오십대 중반이었다. 남편은 계곡에 있는 제재소에서 일했다. 고지대에서 그녀와 함께 일하는 동료는, 실제 이름은 장 루이지만 다들 조제프라고 부르는 노인이었다.

조제프는 가족이 없고, 산맥 다른 쪽에서 왔다. 본인 말에 따르면 평생 양치기로 지냈다고 했다. 사실인 것 같지만, 보통은 술에 취했을 때만 그 말을 했기 때문에 사람들이 크게 믿는 것 같지는 않았다. 그는 마르틴 부부의 집에서 함께 지냈고, 그렇게 하숙을 하는 대가로 두 사람의 일을 도왔다. 사람들이 대화 중에 '어느 조제프 말이야?'라고 물으면, 그건 항상 마르틴 집의 머슴 조제프를 말하는 거였다.

"루사가 미쳐 버렸어요." 어느 날 저녁 조제프가 마르틴에게 말했다.

"왜 그렇게 생각하세요?"

"수정을 세 번이나 했는데 하나도 제대로 안 됐다고요."

"그럼 네번째 해 보죠."

"한 달에 두 번 배란기인데, 그때가 되면 미쳐 버려요. 그 전에 팔아야 합니다." 그는 더듬더듬 말했다. "산 아래에 있을 때부터 이야기했는데."

"우리 집 소 중에 루사가 최고예요."

마르틴의 목소리는 가볍고 경쾌했다.

"내가 소만 오십 년을 봐 온 사람이라고요." 조제프가 투덜댔다. "오십 년."

"포도주가 떨어진 것 같네요, 제가 보기에는."

마르틴이 식탁에서 일어나며 말했다. 그녀는 본인이 마시기 위해, 혹은 손님이 올 때를 대비해 보관하고 있는 약간의 포도주에 조제프가 접근할 수 없게 했다. 반면에 조제프는 절대 술을 많이 쌓아 두지 않았다. 그는 치즈를 전하거나 빵을 구하기 위해 마을에 내려갈 때마다 잡낭에 네댓 병을 담아서 돌아오는 걸 좋아했다.

그는 포도주에 대한 그녀의 말을 무시했다.

"여자들이란!" 그가 계속 말했다. "산에 혼자 있을 때는 한 가지 일을 마칠 때까지는 그것만 하고, 그런 다음에 다른 일을 마쳤거든. 그렇게 간단했다고요. 주변에 여자가 있으면 아무것도 간단한 게 없다니까."

"불쌍한 조제프!"

"그리고 지금 루사가 미쳤다고요."

오두막에는 선원의 선실 같은, 나무로 지은 작고 어두운 방이 하나 있었다. 문에서 가장 멀리 떨어진 벽에 나무로 단을 하나 만들었는데, 그걸 침대로 쓰고 있었다.

그는 말을 마치고 문 쪽으로 발을 끌며 걸어갔다. 기분이 금방금방 바뀌는 사람이었다. 기분이 좋을 때면 그는 문을 드나들며 춤을 추는 시늉을 했다. 풀이 죽었을 때는 마치 세상에 저주를 내리고 떠나는 사람처럼 방을 나섰다.

방은 합판 하나를 사이에 두고 축사와 나란히 있었다. 마르틴은 침대에 누워서도 염소들이 오줌 싸는 소리를 들을 수 있었다. 하지만 벽이 그보다 백 배 두꺼웠더라도, 그날 밤에 그녀를 잠에서 깨운 울림은 들을 수 있었을 것이다. 온 집 안이 뭔가에 맞은 것처럼 흔들렸다.

두 사람은 동시에 축사로 향했다.

"무슨 일이에요?" 마르틴이 물었다.

노인은 흥분한 눈을 하고는, 다시 활기를 되찾은 모습이었다.

루사가 일어나서 플래시를 가만히 쳐다보았다. 나머지 소 다섯 마리는 판자 위에 평화롭게 누워 있었다. 염소들은 놀라움과 조롱이 섞인 것 같은 평소의 모순된 눈빛으로 두 사람을 응시했다.

"천둥은 아닌데." 조제프가 말했다. "하늘이…."

"무슨 소리였을까?" 마르틴이 끼어들었다. "들었어요?"

"네, 들었어요."

"자고 있었어요?"

"아뇨."

"대체 무슨 소리였을까요?"

"누가 마루를 뚫고 떨어진 것 같은 소리였어요. 저는 마님인 줄 알았죠. 목소리도 들렸고요. 마님한테 무슨 일이 생긴 모양이라고 혼자 생각했어요. 도와줘야겠구나, 가 봐야겠구나 하고요."

"바깥은 어떤지 한번 보고 오세요."

조제프는 황급히 밖으로 나갔다. 이제는 발을 끌지 않는, 할 일이 있는 남자였다.

"밖은 호수처럼 고요합니다." 돌아온 그가 말했다. 그는 때와 장소에 어울리지 않는 표현을 쓰는 버릇이 있었다. 그럴 때면 마치 자신이 과거에 겪었던 어떤 일을 말하는 것만 같았다.

"이상한 일이네." 그녀가 말했다.

"루사가 낸 소리 같아요."

"소리가 났을 때 제가 루사 꿈을 꾸고 있었거든요." 마르틴이 말했다.

노인이 가까이 다가왔다. 이마와 관자놀이, 콧등에는 데운 우유 같은 주름이 가득했다. 잠시, 그녀는 그에게 물어볼 것이 있는 것처럼 머뭇거렸다. 하지만 그만두기로 했다. 그의 과거가 비밀로 남아 있는 것은 본인이 대답을 하지 않기 때문이 아니라 (그는 늘 대답을 해 주었다) 질문들이 늘 잘못된 것일 수밖에 없기 때문이었다.

"네, 꿈을 꿨는데, 여기 오두막이 아니라 산 아랫마을에 있는 집이었어요. 부엌에 딸린 침실에서 자는데, 그러니까 꿈에서요. 그 전에 제가 당신한테 침대 옮기는 걸 도와 달라고 했어요. 침실에 있는 커다란 침대요. 남편이 태어났던 그 침대를 창문에 맞춰서 좀 옮기려고 했거든요. 둘이서 그걸 함께 옮겼어요. 루사가 튀어나오지 않게 하려고요. 침대를 옮겨서 장애물처럼 만들려고 했던 건데, 잠에서 깨 보니 루사가 사라지고 없는 거예요."

"꿈들은 대부분 바보 같은 겁니다." 그가 말했다.

다음 날 아침, 조제프가 소들에게 풀을 먹이러 나간 동안 마르틴은 축사에서 간밤에 났던 소리의 흔적을 찾을 수 있을지 살폈다.

여자들은 언제나 일을 복잡하게 만든다는 조제프의 불평은 근거가 없는 것이었다. 고지대에서 열 번의 여름을 함께 보낸 터에, 두 사람은 매일매일 해야 할 일에 대해 논의할 필요가 없었다. 그는 소와 염소 들을 데리고 나갔다. 녀석들을 데리고 오는 것도 그였다. 그가 축사를 청소하고, 장작을 패고, 말을 돌봤다. 그는 그 말이 주인집 소

살아남은 자에게 바치는 노래

유가 아니라 자신의 말인 것처럼 정성껏 돌봤다. 아마도 그것은 나이 때문이었을 것이다. 말은 서른 살, 그는 일흔여섯 살이었다. "말 나이로 보자면 녀석이 나보다 더 늙은 거야"라고 그는 말했다. 마르틴은 젖을 짜고, 버터와 치즈를 만들고, 두 사람이 먹을 식사를 만들었다.

그녀는 축사의 벽과 양쪽 문을 살펴보았다. 조제프가 벽의 구멍까지 소똥을 삽으로 몰아갈 때 쓰는 홈통, 너무 낮아서 조제프는 지날 때 고개를 숙여야 하지만 그녀는 선 채로 지날 수 있는 들보, 여물통, 소를 단단히 묶어 둘 때 쓰는 사슬까지 살펴봤지만, 한밤에 자신을 깨운 것이 무엇이었는지는 알 수 없었다.

그녀는 이층으로 올라가 보았다. 바닥으로 떨어진 것은 아무것도 없었다. 건초 위에 조제프가 누웠던 자리가 깊게 파여 있었다. 얼마 안 되는 그의 옷가지가 들보에 걸려 있었다. 이층에서 막 내려오려고 할 때 건초가 놓인 곳에 있는 깨진 포도주 병 주둥이가 눈에 띄었다. 무릎을 꿇고 앉아 병의 나머지 부분을 찾아보았지만 보이지 않았다. 그렇게 무릎을 꿇은 채, 그녀는 판자의 갈라진 틈을 내려다보았다.

다시 아래층으로 내려온 그녀는 치마를 걷어 올리고는, 소들이 오줌을 누는 나무 홈통의 가장자리를 밟고 섰다. 그 자세로 볼일을 보며 고개를 들고 올려다보았다. 루사가 자는 자리 위의 판자에 구멍이 나 있고, 한 장이 완전히 쪼개져 있었다.

조제프가 돌아왔을 때, 그녀는 쪼개진 판자를 보여 주었다.

"내가 자는 자리 바로 밑이네요." 그가 말했다. "내가 말했잖아요, 녀석이 미쳤다고."

"사슬에 묶여 있었는데, 어떻게 들이받을 수 있었을까요?"

"암소가 미치면, 무슨 일이든 할 수 있는 거예요. 가죽을 벗어 놓고 잠깐 나왔다가 다시 들어갈 수도 있다고요."

"그 자리가 원래 갈라져 있던 걸 수도 있잖아요."

"그럴 수도 있죠."

"그럼 그 소리는 뭐였을까요?"

"루사요!" 조제프는 마르틴이 너무나 분명한 상황을 인정하지 않는 것이 답답해 인상을 찌푸렸다.

며칠 후 루사가 그를 공격하려 했다.

"뒤에서 다가오는 걸 봤다니까요. 뒤를 돌아보고 녀석이 다가오는 걸 봤기에 망정이지. 언덕을 내려오며 돌진하는데, 막 앞발을 떼고 있었다니까! 내 등이 완전히 아작이 났을 거예요, 오백 킬로그램 무게가 덮쳤으면. 칠십육 년 동안 이 두 다리 위에서 버텨 온 등인데, 게다가 다리도 아직 멀쩡한데."

"그래서 어떻게 했어요?"

"남자의 다리라고요."

"어떻게 했냐고요?"

"얼른 옆으로 피해서 엎드렸죠."

"엎드렸다고요?"

"땅에요. 녀석의 목표물이 되면 안 되니까. 아무리 암소라도, 미친 암소라고 해도 그림자를 덮치진 않을 테니까."

그녀는 무릎을 치며 재미있어 했다. 두 사람은 식탁 앞에 앉아 수프를 먹는 중이었다.

"그게 아니라도 당신이 그림자처럼 마르기는 했죠."

조제프는 어깨가 넓기는 했지만, 몸의 다른 부분은 옷 주름 사이에 숨은 것만 같았다.

"땅에 바짝 붙으면 안전하다는 건 알았으니까요."

"녀석이 밟고 지나갈 수도 있잖아요."

"그대로 들이받았으면, 등이 박살 났겠죠."

"그럴 리가요!"

"나도 늙었습니다. 세상에 나올 때 지나왔던 그 작은 구멍보다는 더 큰 구멍 쪽에 가깝다고요."

"그래도 아직 그 작은 구멍에도 관심이 있잖아요!"

"내일은 마을에 내려가 보겠습니다." 그는 그녀의 말에는 대꾸하지 않고 컵을 들어 물을 마신 후에 말했다. "내일 오후에요."

"치즈도 좀 먹어요." 그녀가 말했다.

어둠 속에 앉은 조제프는 매우 만족한 것 같았는데, 담배를 피우며 한 번씩 문 앞으로 가래침을 뱉었다. 하지만 마르틴은 잠자리에 들었을 때가 아니면 어둠이 불안했다. 일어나 앉을 때는 책을 읽을 때뿐이었다. 그녀가 좋아하는 책들은 중국, 파리, 타히티 같은, 세상의 다른 곳에 관한 것들이었다. 어둠 속에 앉은 조제프의 얼굴은 이제 거의 분간할 수 없었다. 마을의 다른 노인들 얼굴에 파인 주름이나 축 처진 살 들은 모두 특정한 때의 사건이나 경험과 관련이 있는 것들이었고, 자세히 설명도 할 수 있는 것이었다. 하지만 그의 얼굴은 여전히 의문의 대상이었고, 나무껍질에 난 주름처럼, 어떤 이야기로도 이어지지 않았다.

"생각을 해 봤는데." 그가 입을 열었다. "녀석이 아마 내가 자기 위에서 자고 있는 동안 내 냄새를 맡지 않았을까 싶어요."

마르틴은 고개를 끄덕였다. 아무 소리도 없는 축사에는 소들이 누워 있었다. 바깥에는, 산들이 별빛 아래 구불구불 이어졌다. 그날 밤, 조제프는 밖으로 나와 종종 추는 춤을 췄다.

마르틴은 옷을 대부분 벗었다. 두 사람은 문 밖의 벽에 걸린 깨진 거울 조각을, 카드만 한 그 거울을 함께 썼다. 아침마다 그녀는 그 거울 앞에서 머리를 다듬었고, 그는 일주일에 한 번씩 그 앞에서 면도를 했다. 고지대에 있는 사람들은 자신들의 생김새에 대해서는 모른다. 그가 돌아왔을 때 그녀는 맨발로 서 있었다.

"녀석이 미쳐 버렸다고 내가 말했잖아요." 그가 말했다.

"신경 쓰지 마세요, 조제프. 당신 말이 맞다면 가을에 팔도록 해요."

이층으로 올라온 그녀는 낮은 천장 때문에 허리를 숙였다. 그가 선 자리에서 그녀의 하얀 형체가 보였다. 희미하지만, 뭉게구름처럼 가득 찬 형체가 하얀 다리를 끌며 움직였다.

"같은 자리에서 자면 안 될 것 같아요." 그가 말했다. "녀석을 자극할 테니까."

"마음대로 해요."

"내가 밖에서 자는 게 낫겠어요. 녀석이 또 내 냄새를 맡을 거예요."

"제발요, 조제프. 당신이 황소도 아니잖아요."

"나이 든 놈이죠, 아주 나이가 많이 든 놈."

나무로 만든 방 깊은 곳에서 그녀가 가볍게 웃음을 터뜨렸다.

다음 날 마을로 내려가기 전에 그는 암소들을 잘 살피라고 그녀에게 우물우물 말했다. 아마 노인들이 다른 사람의 말을 듣지 않는 이유는, 그들이 자신들이 알아본 진실들 또한 강하게 주장하지 않기 때문일 것이다. 그렇게 되는 이유는 그들이, 그런 특정한 진실들이 단 하나의 어마어마한 진실에 비하면 사소한 것들이라고 생각하기 때문이다. 그리고 그 하나의 진실에 대해서는 그들은 절대 이야기하지 않는다.

빵 세 덩어리와 포도주 다섯 병을 들고 돌아왔을 때, 그는 커다란 눈에 눈물이 가득한 표정이었다. 그건 그가 두 시간에 걸쳐 산을 오르는 동안 포도주 한 병을 다 마셔 버렸다는 뜻이었다. 암소들을 데리러 갈 때는 언덕에서 한두 번 휘청했다. 마치 새로 사귄 친구의 활짝 열린 품 안으로 몸을 던지는 것만 같았다. 하지만 십오 분 후, 소를 다섯 마리만 데리고 돌아왔을 때 그는 온전히 제 정신이었다.

"루사가 사라졌어요." 그가 무거운 목소리로 말했다.

"더 높은 데서 헤매고 있나 보죠."

"올라가서 살펴봤는데, 아무 흔적도 보이지 않아요. 소리도 안 들리고."

"당신은 귀도 잘 안 들리잖아요." 그녀가 말했다. "내가 가 볼게요."

"귀머거리일 수도 있고 귀가 아주 잘 들릴 수도 있지만, 들을 게 아무것도 없으면 그게 무슨 차입니까."

"전에는 한 번도 사라진 적 없는데."

"전에는 미치지도 않았죠. 어제 나를 덮치려고 했다니까요. 내가 어떻게 했는지 이야기했죠? 녀석이 오는 걸 보고 딱 엎드렸다니까요. 오늘은 바람에서 황소 냄새를 맡은 거야."

다른 암소들의 젖을 짠 후에 두 사람은 루사를 찾으러 나섰다. 메뚜기들이 뒷다리를 세운 채, 뱀처럼 쉭쉭 소리를 냈다. 이삼십 킬로미터 전방까지 볼 수 있는 날씨였다. 마르틴의 발걸음이 조제프보다 빨랐던 건, 당시 벌어진 상황 앞에서 그녀가 더 많이 놀랐기 때문일 것이다. 아래쪽에 있는 소 떼의 목에 달린 방울 소리는 여느 저녁과 똑같았다. 하지만 루사는 보이지 않았다.

겨울에는 소들의 방울 소리를 정확히 기억하는 것이 불가능하다. 예를 들어, 밤이면 그 소리가 별들의 울림처럼 들린다는 것을 잊어버린다. 마찬가지로, 유월의 저녁 시간들, 햇빛이나 산들이 그대로 영원할 것만 같은 그 시간들이 얼마나 길었는지도, 막상 그 시기가 지나고 나면 잊어버린다. 수평선 쪽으로 끊임없이 이어지는 빛 안에서, 열시 방향에 루사가 풀밭 위에 누워 있는 것을 조제프가 발견했다. 오두막에서 백 미터 떨어진 곳이었다. 너무나 평온해 보이고, 너무나 가까웠던 그 모습이 그를 놀라게 했다.

"세상에!" 그가 속삭였다. "여기 얼마나 이러고 있었던 거야?"

정오 무렵, 한 시간 남짓한 시간 동안 루사는 누워서 생각을 했다. 그날 오후 풀밭에서 일어났을 때 녀석은 무리에서 벗어나 오두막 위의 산마루에 올라갔다. 무리에서 벗어날 때 이미 숨은 목적이 있었다. 산마루를 지나 반대편 경사를 따라 내려갔다. 만병초가 자라는, 곳곳에 삼십 도가 넘는 급경사가 진 곳이었다. 평원에서 올라온 소들이 가끔 발을 헛디뎌 죽기도 했다. 하지만 루사는 그 산에서 여름을 여섯 번이나 보낸 암소였다. 사람이 없을 때면 직접 축사의 문을 열기도 하는 녀석이었다. 루사가 축사 문을 열면 나머지 소들도 녀석을 따라 안으로 들어왔다. 루사는 다음 골짜기에서 숲을 가로질렀다. 조심조심 발걸음을 옮겼다. 갈라진 바위나 가문비나무 뿌리가 종종 천연 덫처럼 작용해서, 몸이 무거운 동물들은 다리가 부러질 수도 있었다. 숲을 가로지른 후에는 다른 산마루에 올라 세번째 골짜기를 내려다보았다.

그 골짜기에는 암소 팔십 마리와 수소 두 마리가 있었다. 수소는 흰색의 샤롤레 종이었다. 루사가 울음소리를 냈다. 두번째 울음소리를 내자마자 두 마리 수소 중 한 마리는 산 위의 암소가 몸이 달아 있음을 알아차렸다. 그 수소가 곧장 루사를 향해 다가왔다. 두번째 수소도 따라왔다.

루사는 덩치 큰 두번째 수소를 뿌리치려고 했을까. 녀석은 언덕 위쪽이 아니라 아래쪽을 향해 몸을 돌렸던 걸까. 광기가 더 심해져서 세번째 수소가 나타나기를, 혹은 첫번째 수소가 돌아오기를 기다렸을까. 첫번째 수소를 받아들이고 나서는 성욕이 좀 누그러들어서 이제 더 가벼운 무게 정도는 등으로 견딜 수 있었을까. 수소는 몸무게가 거의 천 킬로그램이나 나간다. 이런 질문들의 답은 결코 얻을 수 없을 것이다. 수소 두 마리는 어슬렁어슬렁 무리로 돌아가 합류했고 루사는 집으로 돌아오는 발걸음을 옮겼다.

자신이 열 수 있는 축사의 문이 보이자, 갑자기 피로가 몰려왔고 루사는 그 자리에 누웠다. 아마도 그 승리의 순간까지는 다치지 않았을 것이다. 잠시 쉬고 난 루사는, 축사에 가기 위해 무릎으로 땅을 짚고 몸을 일으켰다. 하지만 엉덩이와 뒷다리를 일으키려 할 때, 그쪽에서 생긴 욕망 때문에 산을 넘어야 했던 그 부분이 그대로 허물어지면서 온몸이 함께 무너져 내렸다. 녀석은 언덕으로 굴러떨어졌다. 구부린 다리가 하늘과 땅을 교대로 허우적댔고, 녀석은 앞발로 땅을 깊이 디디려고 애썼지만, 그럴 때마다 무거운 몸무게를 감당하지 못하고 한 바퀴를 더 굴렀고, 그렇게 한 바퀴씩 더해질 때마다 구르는 속도는 점점 빨라졌다.

조제프가 계산을 해 보니 루사는 거의 백 미터쯤이나 굴러떨어진 셈이었다. 어떻게 그 자리에 멈출 수 있었는지는 또 다른 의문이었다. 그는 영문을 모르겠다는 듯 어깨를 으쓱해 보였다. 어쨌든 루사는 딱 정확한 시점에 멈췄다. 몇 미터만 더 굴렀어도, 사십오 도나 되는 급경사였고, 거기 빠졌다면 살아남을 수 없었을 것이다. 경사지 아래의 바위에 부딪혔다면, 내다 팔 수도 없는 망가진 살과 뼈 뭉치에 불과했을 것이다.

"루사가 왔어요!" 그가 소리쳤다.

마르틴이 황급히 달려오다가, 생각지도 못했던 곳에 소가 누워 있는 것을 보고는 그대로 멈췄다.

"다리가 부러진 거예요?"

조제프가 고개를 가로저었다.

두 사람은 힘을 모아 루사를 일으키려 했다. 암소는 꿈쩍도 하지 않았다.

"옮길 수는 없어요, 우리 둘로는 안 돼."

"내일 아침에 내가 내려가서 도와줄 사람들을 데리고 올게요." 그가 말했다.

"밤에 혼자 둘 순 없어요." 마르틴이 강한 어조로 말했다.

"소는 그냥 짐승이에요." 그가 말했다.

"내가 함께 있을 거라고요. 바위 위로 굴러떨어질지도 모르잖아요."

그는 낙담한 채 걸음을 옮겼다.

"이십칠 년 만에, 암소가 사고를 당한 건 이번이 처음이라고요." 그녀는 암소의 뿔과 귀를 쓰다듬으며 조용히 말했다. "이런 바보 같은 사고가 있나. 바보 같은 암소 사고!"

암소는 무심한 눈빛으로 여인의 움직임을 좇았다. 뿔은 병든 것처럼 차가웠다.

조제프가 어깨에 담요를 두른 채 돌아왔다. 무엇 때문인지 몰라도 그는 좀 진정된 것 같았다.

"내가 있을게요." 그가 말했다.

"어차피 나는 안 잘 거예요." 마르틴이 말했다.

두 사람은 루사에게 담요를 덮어 준 다음, 자신들도 덮었다.

"녀석도 지금 어떤 상황인지 알고 있는 거야." 마르틴이 말했다.

소들은 고통을 느낄 때도 좀처럼 소리를 내지 않는다. 기껏해야 커다란 코로 깊은 숨을 내쉴 뿐이다.

두 사람은 담요를 덮은 채 멀리 골짜기의 불빛을 내려다보았다. 하늘은 맑았고, 은하수는 병 주둥이에 부리를 박고 있는 희미하고 새하얀 거위처럼 보였다.

"녀석이 움직일 수만 있으면 젖을 짜 줄 텐데." 마르틴이 나지막하게 말했다.

그녀는 소의 머리 옆에 누웠다. 고삐로 맨 줄이 그녀의 허리에 감겼다. 조제프는 암소의 네 다리 사이에 누웠다.

"마을에선 밤새 불이 안 꺼지네요." 그가 말했다. "하나, 둘, 셋, 넷, 다섯, 여섯, 일곱, 하지만 어느 것도 내가 있을 마을은 아니네."

그는 주머니에서 하모니카를 꺼냈다. 군대 신병일 때부터 오십 년째 지니고 있는 하모니카였다. 젊은 시절에, 그는 있지도 않은 트럼펫을 부는 시늉을 하며, 입과 손으로만 소리를 내곤 했다. 동료들이 원할 때면 언제나 그 있지도 않는 트럼펫 연주로 막사 전체를 즐겁게 해 주곤 했다. 어느 날 저녁, 친절한 하사관이 말했다. "그렇게 연주를 잘하니 진짜 악기 하나 가져도 되겠지. 자, 나한테 두 개 있으니까 가져." 그렇게 그는 하모니카를 가지게 되었다.

하모니카를 불며 그는 발로 산의 경사면을 구르고 아래 골짜기에 있는 불빛들을 내려다보았다. 불빛들이 숟가락에서 흘러내리는 설탕 알갱이만 해 보였다.

그는 폴카와 카드리유, 왈츠를 연주했다. 「월계수에 앉은 지빠귀」

를 연주하고, 리고동을 연주했다. 나중에, 두 사람 모두 그가 얼마나 오랫동안 하모니카를 불었는지 기억하지 못했다. 밤이 추워졌다. 그의 발이 산허리를 구르며 박자를 맞추는 동안, 달빛을 받은 손은 노랫가락이 마치 악기 위에 기적같이 내려앉은 새라도 되는 것처럼 부드럽게 출렁였다. 모든 음악은 살아남는 일에 관한 것이고, 살아남은 자들에게 바치는 것이다. 루사는 한 번 몸을 부르르 떨었지만, 마비가 된 엉덩이 쪽은 움직일 수가 없었다.

그가 연주를 마치자, 마르틴은 마치 아이를 받을 때처럼 아주 부드러운 목소리로 말했다. "당신, 처음 우리 집에 왔을 때도 그렇게 하모니카를 불곤 했죠."

"십이 년 전이네요."

"바깥양반이 불어 달라고 했죠." 이제 그녀는 웃고 있다. "「사랑스러운 로잘리」를 불어 줄 수 있냐고!"

"십이 년하고 두 달."

"달까지 기억하고 있군요!"

"네, 사월이었죠. 눈이 왔고. 내가 문을 두드리며 헛간에서 좀 자고 가도 되냐고 부탁했습니다. 두 분이 그러라고 했죠. 다음 날 눈이 녹았고, 그다음 날엔 내가 감자 심는 걸 도와주었죠. 그날 눈이 녹지 않았다면, 지금 나는 여기 없었을 거예요."

"우리한테는 딸밖에 없었으니까." 그녀는 설명 대신 그렇게 말했다.

두 사람은 루사의 거친 숨소리에 귀를 기울였다.

"주인 양반은 여우처럼 영리한 사람이었어요, 그렇죠? 식탁 위에 돈을 두곤 했죠. 그거 아셨어요? 밤에 거기 돈을 두고 내가 정직한 사람인지 시험했던 거예요. 하루는 내가 말했죠. '제 걱정은 안 하셔도 됩니다! 제 돈으로 먹고살면 되지, 아저씨 돈이나 아주머니 돈은 안 건드려요'라고."

십 년 전의 반격을 떠올린 그는 갑자기 노래를 불렀다.

멋진 밤아! 멋진 밤아.
네가 내게 달을 내주었구나!

이어지는 가사가 생각나지 않자 그는 다시 하모니카를 불었다. 그녀를 위한 세레나데를 연주했다. 그는 땅에 놓인 루사의 머리 너머 그녀에게 말을 걸고 있었다. 가끔씩은 일부러, 그녀로부터 고개를 돌리고 반대편의 산 정상을 바라보았다. 그는 산과 여인을 향해 연주를 했다. 죽은 이들과 아직 태어나지 않은 이들을 위해.

잠시 후, 그가 웃음을 터뜨리며 다시 노래를 불렀다.

멋진 밤아! 멋진 밤아.
네가 내게 달을 내주었구나….

마지막 음에서 그의 목소리는 폭풍우 속의 소나무처럼 갈라졌다. 그들 위의 경사면에는 바람 한 점 없었다. 그는 베레모를 귀 위로 푹 눌러쓰고 자려고 누웠다.

오 분 후 마르틴이 말했다. "내일 축사에서 일으켜 세울 수만 있다면 희망이 있어요. 녀석도 일어나고 싶어 하는 것 같아요. 그게 느껴져요, 조제프."

그는 이미 무릎을 끌어안고 잠이 든 상태였다. 손바닥을 위로 한 채 펼쳐진 그의 손이 암소의 젖통 근처에 놓여 있었다. 그 옆에 빈 포도주 병이 보였다. 담요를 가지고 올 때 함께 가지고 온 것이 틀림없었다.

다음 날 아침, 마을 사람 여덟 명이 와서 루사를 끌어왔다. 다리에 밧줄을 묶고 풀밭을 지나 축사까지 데리고 왔다. 도르래와 밧줄을 써서 일으켜 세우자는 이야기가 나왔지만 그러기에는 축사의 천장이 너무 낮았다. 마을 사람들이 돌아간 뒤에, 마르틴은 어떻게 하면

소를 살릴 수 있을지 계속 고민했다.

판자를 밀어 넣은 후 지렛대처럼 들어 보려고 했다. 조제프에게 판자 반대편에 가서 서라고 했다. 그는 뛰어올라 온몸의 무게로 판자를 눌렀지만 바지가 내려가는 바람에 멈춰야 했다. 암소는 꿈쩍도 하지 않았다. 평온하던 눈빛이 무관심한 눈빛으로 바뀌었다. 하얀 배에는 끌려오는 동안 묻은 똥과 흙이 여기저기 묻어 있었다.

마르틴이 시키는 대로 하면서도 조제프는 계속 고개를 설레설레 저었다.

녀석의 뒷다리 옆에 나뭇조각을 박아서, 그걸 지지대 삼아 혼자 힘으로 일어설 수 있게 하면 어떨까 싶었다. 조제프가 나무를 잘라 바닥에 박았다.

그날 도축업자의 트럭이 왔고, 루사는 문밖으로 끌려 나와 경사진 발판을 따라 트럭에 실렸다. 녀석은 아무 소리도 내지 않았고, 그저 눈알만 굴렸다. 눈을 위로 치뜨는 바람에 눈알 아래 청회색 부분이 드러났다.

트럭 위에서 마지막으로 몸에서 마비된 부분을 흔들어 보려 했다. 근육과, 조직과, 장기와, 이런저런 관과 혈관들, 수소를 발정나게 하고, 하루에 이십오 리터의 우유를 만들어내는 암소가 되게 했던 그 몸을 흔들어 보려 했다. 하지만 움직일 수 없었다. 산자락에서 내려온 차가운 공기가 암소의 등을 파고들었다.

마르틴은 트럭으로 가서 루사의 배와 뒷바퀴 위 짐칸의 차가운 금속 바닥 사이에 짚을 깔아 주었다. 마을로 내려가는 길은 곳곳이 패어 있었고, 그녀는 몸도 움직이지 못하는 짐승이 차가운 금속 바닥에 몸이 쓸리는 것을 원치 않았다.

"암소네요." 트럭 뒷문이 닫힐 때 도축업자들 중 한 남자가 말했다.

"불쌍한 짐승이지." 다른 남자가 말했다.

조제프는 떠나는 트럭을 지켜보았고, 완전히 사라진 후에도 바퀴 자국이 남은 길에 한참 서 있었다.

"어이, 조제프." 이웃 남자가 불렀다.

그는 몸을 돌려 손을 흔들고는 춤추는 스텝으로 세 걸음 움직였다.

"와서 한잔해요!"

그는 축사 안으로 들어가 자신보다도 나이가 많은 말을 쳐다봤다.

석양

숭어처럼
우리의 산도
석양 속에서 햇빛을 쬐고 있네

빛이 사라지면
숭어는 죽어 버리지
입을 벌린 채

밤은
가문비나무로 만든 날개로
산을 날려 보내네

죽은 이들을 향해

끈질긴 땅

돈값

그는 얼굴이 말랐고 몸은 작고 단단했다. 예순셋이지만 머리는 아직 까맣다. 그가 일할 때 쓰는 말 귀귀를 탈 때면, 둘 사이에 닮은 점이 확실히 드러났다. 둘 다 작았다, 느슨하게 쥔 주먹처럼. 그는 귀귀의 목덜미에 단단하게 자리를 잡고 앉았고, 그러면 암말은, 두껍고 짧은 다리로 가파른 경사를 씩씩하게 올랐다.

그는 마을에서 유일하게 새로 사과나무를 심은 남자였다. 사과술을 만들기 위해 압착을 하고 남은 찌꺼기를 한 아름 가지고 와 자신의 집 마당 한쪽 구석에 조심스럽게 묻었다. 다음 해에 새싹이 몇 개 올라왔다. 그는 새싹들을 나누어 심고 뿌리 덮개까지 씌워 주었고, 삼 년이 지나자 묘목들은 과수원에 옮겨 심어도 될 만큼 크고 단단해졌다. 그는 나중에 묘목들에 접목을 해 주었다.

다른 남자들은 오래된 사과나무들(그중에는 이백 년 이상 된 것들도 있었다)이 자신들이 살아 있는 동안 계속 있을 거라고 생각했고, 자신들이 죽은 후에는 과수원이 버려질 거라고 짐작했다.

내가 가고 나면 우리 농가에는 일할 사람이 아무도 없으니까, 그들 중 한 명이 말했다.

우리는 '죽은 사람들'의 과수원에 가 있겠지! 다른 사람이 소리쳤다. 그렇게 크게 소리친다는 건 아직 '죽은 사람들'의 과수원에 있는 건 아님을 확인해 주었다.

하지만 마르셀은 철학자였다. 저녁이면 그는 낮 동안 있었던 일을 스스로에게 설명해 보려 했고, 다음부터는 설명에 맞게 행동하려 했다.

새 사과나무를 심은 일에 대한 그의 설명은 다음과 같다.

아들놈들은 농사일을 안 하려고 합니다. 주말과 휴가, 그리고 일정한 근무 시간 같은 걸 원하죠. 주머니에 돈이 있어서 그걸 쓸 수 있기를 바랍니다. 돈을 벌러 나갔고, 거기에 미쳐 있죠. 미셸은 나가서 공장에서 일하고 있고, 에두아르는 상업을 하고 있습니다.(그가 '상업'이란 단어를 쓰는 건 막내아들에게 냉정한 사람처럼 보이고 싶지 않아서이다.) 나는 녀석들이 실수한 거라고 믿어요. 하루 종일 물건을 팔거나, 공장에서 일주일에 사십 시간 일하는 건 남자들의 삶이 아니니까요. 그런 직업은 사람을 바보로 만듭니다. 아들들이 이 경작지에서 일을 할 것 같지는 않아요. 아마 이곳은 나와 니콜과 함께 끝을 맞이하겠죠. 결말이 정해져 있는데 왜 그렇게 노력과 정성을 들여 일하냐고요? 그 질문에 나는 이렇게 답하겠습니다. 내가 일하는 건 내 아들들이 잃어 가고 있는 지식들을 지키기 위해서라고요. 내가 땅을 파고, 달빛이 부드러워질 때를 기다렸다가 이 묘목들을 심는 건, 만약 아들들이 이 일에 관심이 생겼을 때 본보기를 보여 주기 위해서입니다. 그게 아니라면 아버지와 아버지의 아버지에게, 당신들이 물려준 지식이 아직 버려지지 않았음을 보여 주기 위해서이고요. 그 지식들이 없다면 나는 아무것도 아닙니다.

마르셀이 교도소에 갈 거라고는 아무도 상상하지 못했다. 종종 어떤 인물의 운명이 그 자신의 행동의 결과로 갑자기 변했을 때, 그 이야기가 실제로 시작된 것이 언제인지를 아는 것은 어려운 일이다. 나는 지난봄까지만 거슬러 올라가 볼 수 있을 뿐이다.

그는 겨울 동안 만들어 둔 거름을 뿌렸다. 이 미터 간격으로 조그만 거름 무더기들을 만들었다. 나중에 그것들을 풀과 흙에 고르게 뿌려 줄 계획이었다. 그는 귀귀가 끄는 수레에 거름 더미를 싣고 움직였다. 말과 사람의 몸이 비슷하게 생겨 먹었다는 사실이 쓸모가 있을 때도 있었다. 수레가 사백 킬로그램의 거름으로 가득 차자, 젊은 암말은 언덕을 치고 올라갈 추진력을 얻으려고 있는 힘껏 경사지를 달렸다. 마르셀은 말의 머리 옆에서 고삐를 쥔 채 함께 성큼성큼 걸었는데, 말의 앞발과 그의 다리가 정확히 동시에 움직였다. 낮이 길어졌다. 둘은 자주 멈춰 서서 숨을 가다듬고, 다시 출발했다. 함

끈질긴 땅

께 일을 하는 동안 그는 암말에게 말을 걸었다. 처음 시작은 짧은 명령이나 다짐을 뜻하는 말이었지만, 지금은 그저 언덕을 오르는 둘의 발걸음에 장단을 맞추는 소리일 따름이었다. 가끔씩 그는 B에 있는 교도소 감방에서 그 소리를 내곤 했다.

양계장에 있던 니콜은 못 보던 트랙터가 길을 따라 내려오는 것을 보았다. 그녀는 트랙터가 어디서 멈추는지 지켜보았다. 길의 가운데 부분, 바퀴에 눌리지 않은 그 자리엔 봄에 새로 돋아난 풀들이 자라고, 길 양쪽 경사면에는 제비꽃이 모여 피어 있었다.

세상에! 남편이 뭐라고 할까? 농가를 향해 다가오는 트랙터를 보며 니콜은 혼잣말을 했다.

그녀는 트랙터 운전석에 앉은 아들 에두아르를 향해 손을 흔들어 보였다. 에두아르는 아직 뿌리지 못한 거름 더미를 지나 밭으로 들어섰다. 거기서 그는 엔진을 켜 둔 채 트랙터에서 내렸다. 트랙터는 파란색이었다.

싸게 구했어요, 그가 어머니를 향해 소리쳤다. 십이 년밖에 안 됐어요!

니콜은 잘했다는 듯이 미소를 지어 보였다. 그녀는 일단 불안한 상황이 지나가면 그걸 까맣게 잊어버렸고, 다가올 불안에 대해서는 미리 생각하지 않으려 했다.

아버지가 암말과 빈 수레를 끌며 밭으로 돌아왔다. 트랙터를 본 그는 걸음을 멈추고, 가슴에 팔짱을 끼고 가만히 있었다.

이게 뭐냐? 그는 트랙터를 처음 본 사람처럼 물었다.

제가 샀어요! 에두아르는 엔진 소리 때문에 큰 소리로 대답했다.

아들은 떨고 있는 트랙터의 보닛이 젊은 여자의 어깨라도 되는 듯 거기에 팔꿈치를 기댄 채, 발로는 작은 앞바퀴를 짚고 있었다. 옷은 시장에 나갈 때 입었던 그대로였다. 분홍색 셔츠와 청바지, 군용 스웨이드 부츠.

아버지는 가까이 다가가지 않았다. 그 정도 거리에서는 엔진 소리

돈값

때문에 다른 소리는 하나도 들리지 않았다.

이걸 어디에 쓰려고 산 거냐?

1963년식이에요, 에두아르가 소리쳤다. 십이 년밖에 안 됐어요.

내가 암말을 새로 산 지 넉 달밖에 안 됐잖아. 마르셀은 아무도 자기 말을 들을 수 없다는 사실을 모르는 듯했다. 지난번 귀귀를 도축업자에게 넘기고 나서 부엌에서 빈 마구를 집어 들었다. 귀귀가 십오 년 동안 쓰고 일했던 굴레를 들고 내가 너한테 뭐라고 물었냐? 이 굴레가 어떤 의미인지 아느냐고 물었다. 너는 대답했지. 트랙터가 필요하다는 뜻이에요. 그래서 내가 말해 줬잖아. 아니, 이건 귀귀가 이제 없다는 뜻이야! 빌어먹을 트랙터가 필요하다는 뜻이 아니라고!

이 트랙터는 이십 톤까지 끌 수 있다고요.

트랙터의 모터가 털털거리다 멈췄다.

뭐라고 하셨어요? 에두아르가 물었다.

우리한테는 필요 없는 물건이라고 했다. 마르셀은 그렇게 말하고 귀귀 2세의 마구를 풀어서 축사로 집어넣었다.

그날 저녁 마르셀은 졸렸다. 슬레이트색 눈 위로 눈꺼풀이 내려왔고, 아랫입술이 삐죽 나왔다. 그럴 때면 그는 자신의 나이에 어울리는 모습이다.

당신은 고마워해야 해요, 니콜이 말했다. 애가 자기 적금을 털어서 사 온 거라고요.

안 살 수 없으니까 사 왔겠지, 마르셀이 하품을 하며 대답했다.

그녀는 팔꿈치로 그를 툭 쳤다. 화가 났다기보다는 퉁명스러운 동작이었다. 그리고 제품 홍보책자를 내밀었다. 이걸 주더라고요, 당신 보여 주라고.

그는 그 책자를 살피는 게 그날의 마지막 일이라도 되는 것처럼 조심스럽게 책장을 넘겼다. 부드러운 그의 손등은 제빵사의 손등처럼 보였다. 손바닥에는 굳은살이 생기고, 손수레의 판자처럼 여기저

　　　　　　　　　끈질긴 땅

기 패어 있었다.

아름답네, 어떻게 아름답지 않을 수가 있겠어? 그가 말했다. 인간이 수세기 동안 꿈꿔 오던 기계니까. 우리 어머니가 외바퀴 수레에 흙을 싣고 밭을 가는 데 열흘씩이나 걸렸다는 걸 누가 믿겠나? 트랙터로는 반나절이면 끝내 버릴 일을 말이야.

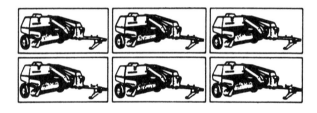

이 기계만 있으면 건초 쌓는 것도 여드레면 끝나겠네!

리버레이터
편안함을 더해 드립니다

뭐든 다 약속하고 있네. 색깔 좀 봐. 노랑, 파랑, 빨강, 밝은 녹색. 온 세상을 약속하고 있어!

그는 문을 향해 걸음을 옮겼다. 잘못된 약속이야! 그는 두 단어를

121   돈값

아주 크게 외쳤다.

몇 분 후 그가 바지 앞섶의 단추를 채우며 돌아왔다.

이 기계들이 뭐하는 건지나 알아?

땅도 갈고, 건초도 나르고, 거름도 뿌리고, 소젖도 짜고. 어떻게 쓰느냐에 따라 달라요. 니콜이 대답했다.

그 기계들이 할 수 있는 건 한 가지 일뿐이야.

그는 자못 진지한 시선으로 아내의 눈을 들여다보았다. 그동안 산전수전 다 겪었음에도 니콜의 눈은 여전히 순수했다. 사람들이 병드는 것을 봤고, 밭에 불이 나는 걸 봤고, 사람들이 죽을 때까지 일만 하다 세상을 뜨는 것을 봤고, 고된 노동에 힘들어하는 여자들을 봤다. 하지만 남자들이 지도를 들여다보며 계획을 짜는 모습은 한 번도 본 적이 없었다.

이 기계들은 우리를 쫓아내는 일을 하는 거라고.

에두아르는 그냥 모아 둔 돈으로 중고 트랙터를 하나 사 온 것뿐이잖아요, 니콜이 말했다.

마르셀은 베레모와 가죽 재킷을 벗고 셔츠 단추를 풀었다. 니콜은 그를 빤히 쳐다봤다.

세상이 언제까지나 똑같을 수는 없는 거예요, 여보.

우리한테 필요한 기계는 딱 두 개뿐이야, 뭐냐면….

니콜이 그의 말을 가로막았다.

내 생각을 말해 줘요?

그녀는 올림머리의 핀을 뽑았다. 풀린 머리가 허리까지 흘러내렸다.

내 생각엔 당신이 그렇게 화를 내는 건 당신이 트랙터를 몰 줄 몰라서 그러는 것 같아요.

필요하면 배울 수 있다고! 마르셀이 대답했다.

그 대답에 니콜은 웃음을 터뜨렸다. 그녀가 웃을 때 팔뚝의 맨살, 사십 년 동안 소젖을 짜면서 굵어진 팔뚝의 맨살이 춤을 추듯 흔들렸다.

안 될 거 뭐 있어? 그가 따지듯 물었다.

이런! 이런! 그녀가 웃음 사이로 한숨을 내쉬며 말했다. 내가 복권
함에서 뭘 뽑은 거야?

B의 교도소에서 마르셀은 그 질문에 대답했다. 아내는 자기가 도
둑놈이랑 결혼할 줄은 몰랐을 거야.

에두아르가 트랙터를 사 온 다음 날도 마르셀은 겨울 동안 준비
한 거름 뿌리는 일을 계속했다. 사과나무의 잎눈이 막 벌어지고 있
었다. 작은 잎들은 너무 어려서 거의 아무 색이 없었고, 이제 막 펼
쳐져서, 갓난아기의 피부처럼 주름투성이였다. 그의 몸은 나이를 실
감했고 몸의 마디들은 겨울이 되자 뻣뻣해졌다. 거름 무더기를 갈퀴
로 일일이 떠서 수레에 담아야 했다. 수레 세 대를 채우고, 암말과 함
께 집보다 백오십 미터 높은 곳에 있는 꼭대기 밭까지 하나씩 나르
고 나자 허리가 아파서 견딜 수 없었고, 그 뒤엔 갈퀴질을 할 때마다
아랫배에서 두 줄의 고통이 서로 뒤틀리는 것 같으면서 불알이 아팠
다. 그날 그가 귀귀에게 했던 말 중 일부는, 그의 몸이 직접 내뱉는
불평 같았다.

그 전날에는 열두 수레를 채웠다. 오른쪽 팔꿈치가 부었고, 암말
옆에서 수레를 옮기던 중 말 목덜미에 있는 마구를 거는 고리에 긁
힌 자리에서는 피가 조금 났다. 수레 하나당 네 갈퀴였다. 세 갈퀴까
지는 괭이로 평평하게 고르고, 네번째 갈퀴로 뜬 거름은 그 위에 동
그랗게 얹었다.

그는 허리를 펴고 경작지와, 골짜기와, 마을과, 공동묘지와, 멀어
지는 길을 내려다보았다. 그렇게 서 있는 동안은 몸이 쉴 수 있게, 미
동도 하지 않았다. 그는 자신이 공동묘지의 어느 자리에 묻힐지 정
확히 알고 있었다. 거기서 공동묘지를 내려다보며, 그는 기계들에
대해 스스로에게 설명했다.

평지에서는 가난한 자들이 부자들을 위해 일하는 것 외에는 선택

권이 없다. 돈을 벌기 위해서만 일하는 가난한 자들은 스스로 부를 쌓을 만큼 충분한 에너지와 열정이 없다. 바로 그 자리를 오래전에, 기계가 끼어들었다. 기계는 바보 같은 일의 생산성을 높였고, 그렇게 만들어진 부는 기계를 소유한 사람들에게 돌아갔다. 평지에서라면 나는 탈장으로 고생할 일도 없었을 것이다. 기계들이 거름을 다른 기계에 싣고, 그 다른 기계가 거름을 옮기고 뿌려 주었을 테니까.

다시 밭에서 거름을 싣던 그는 잠시 일을 멈추고 허리를 폈다. 숲 옆의 꼭대기 밭에, 기하학적으로 규칙적인 간격을 둔 거름 더미들이 세 줄로 맞춰 곧게 뻗어 있는 것을 바라보았다. 그 정도 거리에서 본 거름 더미들은 묵주의 구슬만 하게 작아 보였다. 일흔두 번의 기도.

평지에는 이제 더 이상 농민들은 없을 것이다.

저녁까지 그는 열세번째 수레를 채웠다.

자식은 모두 넷이었다. 첫째인 미셸 그리고 두 딸 마리로즈와 다니엘레는 결혼을 했다. 아직 함께 살고 있는 에두아르는 A에 있는 기술학교로 진학했고, 거기에서 자동차정비사 자격증을 땄다. 지역의 정비소에는 일이 없었기 때문에 공장에 들어가야 했다. 공장에서 몇 달을 지내면서 노점상을 하는 친구들을 사귀더니, 그 친구들과 함께 지역 시장에서 장사를 시작했다. 어릴 때부터 에두아르는 게으르기로 유명했다. 본인은 이렇게 말했다. 저도 옆에 있는 사람만큼 열심히 일하려고 합니다. 하지만 제가 바보는 아니라서 대가 없이

끈질긴 땅

일하지는 않을 거예요.

아마 노점상들에게 그렇게 끌렸던 것도, 절대 바보 취급은 당하지 않을 것 같은 그들의 자존심 때문이었을 것이다.

처음에는 비스킷이나 눈깔사탕을 팔다가 나중에는 거울과 채색 접시를 팔았다. 언젠가는 집에서 쓰라며 접시를 가지고 온 적도 있다. 수사슴이 그려진 접시였다. 아버지는 그 그림에 푹 빠졌다. 숲속에 있는 이 녀석 좀 보라고! 그는 중얼거렸다, 그냥 접시로 쓰기에는 너무 아까운걸!

트랙터는 다른 문제였다. 아버지는 그 존재 자체를 인정하지 않으려 했다. 그렇게 두 달이 지났다.

유월의 어느 날, 건초를 만들기 위해 온 가족이 모였을 때, 이제 다 자란 네 자녀는 아버지의 반대는 무시하기로 자기들끼리 합의했다.

진짜 고집 세다니까! 다니엘레가 말했다. 트랙터가 있는데, 굳이 안 쓰는 이유가 뭐야?

마르셀이 안 볼 때, 자식들은 암말을 사과나무 아래 그늘에 묶고, 수레의 끌채를 벗긴 다음 파란 트랙터 뒤에 매달아 버렸다. 모두들 아버지가 화를 내며 다시 말을 풀어 주라고 말할 걸로 예상했다. 자식들은 그 말을 듣지 않을 생각이었다. 놀랍게도, 마르셀은 아무 말도 하지 않았다. 평소처럼 수레 위에서 건초를 쌓을 뿐이었다. 처음에는 서서 작업을 했지만, 수레에 건초가 삼사 미터쯤 쌓이자 무릎을 꿇고 했다. 언덕에 세워 둔 수레 옆에서는 여자들이 갈퀴질을 하고 있었다. 남자들은 건초를 집어 그에게 올려 주었다. 그는 건초를 놓을 자리를 하나하나 지시하고, 그 위에 표시를 하고, 건초 더미의 모서리를 다듬고, 모서리와 가운데 부분의 높이를 맞췄다. 그는 매트리스를 만드는 훌륭한 장인처럼 건초 더미를 쌓아 올렸고, 수레를 밭에서 끌고 나갈 방법에 대해서는 생각하지 않거나 관심이 없는 것처럼 보였다. 건초를 보관하는 축사 이층에서는 막 실어 온 건초의 열기와 냄새가 마치 짐승의 숨결처럼 느껴졌다. 마르셀은 갈퀴를 가

돈값

지러 사다리를 타고 올라갔다. 마지막으로 옮겼던 건초들은 아직 자리를 잡지 못했다. 지붕의 목재 사이로 스며든 희미한 빛 아래서 건초들이 출렁였다. 판자벽에는 옹이가 있던 자리에 구멍이 생겼다. 그 구멍을 통해 햇빛이, 나뭇가지처럼 가늘게 비쳐 들었다. 건초를 나르다 그 빛 앞을 지날 때면, 빛을 받은 건초가 순간 불꽃처럼 환해졌다.

건초 더미 위에서 그는 다시 한번 스스로에게 기계를 설명했다. 사람들은 기계라는 것이 존재한다는 것을 확실히 알고 있다. 그때부터는 기계 없이 일하는 것이 어려워진다. 기계가 없으면 아버지는 아들에게 옛날 사람처럼 보이고, 남편은 아내에게 구두쇠처럼 보이고, 어떤 이웃은 다른 이웃에 비해 더 가난한 것처럼 보이게 된다. 기계 없이 얼마간 지내다 보니 사람들이 트랙터를 살 수 있게 돈을 빌려주겠다고 했다. 좋은 암소는 일 년에 이천오백 리터의 우유를 생산한다. 열 마리면 일 년에 이만오천 리터. 일 년 동안 짜낸 우유를 팔았을 때 받는 돈이 트랙터 한 대 값이다. 그렇게 때문에 기계를 사려면 빚을 내야 한다. 트랙터를 사고 나면 사람들은 이렇게 말한다. 트랙터를 제대로 활용하려면 다른 기계들도 필요할 겁니다. 저희가 빌려드릴게요. 선생님은 매달 갚아 나가시면 됩니다. 이 기계들이 없으면 트랙터를 제대로 활용할 수가 없다니까요! 그렇게 하나씩 하나씩 기계를 사다 보면 점점 더 빚의 수렁에 빠져들게 된다. 결국에는 다 팔아 치울 수밖에 없다. 바로 그것이 처음부터 파리에서(그는 수도의 이름을 말할 때 경멸과 인정의 뜻을 담아, 그 순서대로 말한다) 계획했던 상황이다! 세계 어디든 사람들이 점점 더 굶주리고 있는데, 트랙터 없이 일하는 농민은 국가 농업에서 가치가 없는 존재라니!

칠월, 암송아지 마키스가 마르셀의 등에 올라탔다. 마치 녀석이 황소고 마르셀이 암소라도 되는 것 같았다. 마키스는 아직 다 자라지 않았고, 젖꼭지도 여자용 장갑의 손가락 크기밖에 되지 않았다.

끈질긴 땅

마르셀은 무릎을 꿇으며 앞으로 넘어졌다. 일주일 동안 왼쪽 다리가 아팠고, 몇 번을 미루다가, 결국 A에 있는 접골원에 가 보기로 했다.

마침 장날이어서 버스는 붐볐다. 마르셀이 팔 년 만에 타 보는 버스였다. 삼십 분쯤 지나자, 지나치는 농가나 마을을 하나도 알아볼 수 없었다.

접골사는 차가운 손으로 노인의 무릎을 꽉 잡았다. 하얀 다리엔 군살이 하나도 없었다. 접골사가 무릎을 이리저리 돌리고 무슨 연고를 발랐다. 마르셀은 삼천 프랑에 꿀단지를 더해서 비용을 지불했다. 접골사는 꿀단지는 받지 않는다고 했다.

내가 직접 기른 벌통에서 나온 건데, 마르셀이 말했다.

오후까지는 돌아오는 버스가 없어서 그는 시장 구경을 했다. 매대에 있는 토마토는 니콜이 키운 것보다 상태가 좋았다. 과일과 야채 파는 곳을 지나자 카펫을 널어 놓고 팔고 있었다. 카펫과 쌓여 있는 그 두께를 보니 목이 말랐다. 그는 카페에 들어가 차가운 백포도주 두 잔을 마셨다. 카페에서 나오자 대부분 여자들로 이루어진 무리가 어떤 사람을 둘러싸고 있었는데, 누구인지는 보이지 않았다. 뒤쪽에선 사람들은 발뒤꿈치를 들고 있었다. 무리 가운데에서 남자 목소리가 들렸다. 라디오의 볼륨을 크게 올렸을 때 나오는 소리 같았다. 마르셀은 천천히 무리 속의 여자들을 둘러보며 누가 그를 제일 즐겁게 하는지 살폈다. 엉덩이가 펑퍼짐하고, 작약처럼 보이는 꽃무늬 원피스를 입은 여자였다. 여자는 꼬마 아이의 손을 잡고 있었다. 보이지 않는 연설가의 목소리가 계속 흘러나왔다.

아주머니들, 제가 사기꾼처럼 보입니까? 누가 '응'이라고 대답하시네요! 네, 좋습니다! 여자들이 원래 의심이 많죠. 만약 여러분처럼 남자들을 상대하는 입장이라면, 저도 의심을 품을 겁니다!

순간 마르셀은 목소리의 주인공을 알아차렸다. 무리들 가운데에 있는 남자는 자기 아들이었다. 그는 조심스럽게 앞으로 나갔다. 눈에 띄지 않고 확인하고 싶었다. 에두아르는 상의를 벗은 채 앞치마

돈값

만 두르고 있었다. 건초 작업을 한 뒤라 어깨와 등이 그을려 있었다. 그의 앞에는 작은 접이식 탁자가 있고 그 위에 알 수 없는 유리병과 깡통 들이 놓여 있었다. 에두아르는 유리병을 집어 들고는 빨간색 잉크처럼 보이는 액체를 흰색 앞치마에 부었다. 얼룩은 뒷다리를 매달아 놓은 토끼처럼 보였는데, 한쪽 앞다리가 조금 길어 보였다. 마르셀은 다리가 후들후들 떨렸다. 아들은 이제 녹색 액체를 부었고, 얼룩은 시냇물처럼 토끼를 가로지르며 흘러내렸다. 그사이에 목소리는 잠시도 멈추지 않았다.

댁에 자녀분들이 늘 뭔가를 쏟게 마련이죠. 남편은 (아뇨, 부인, 저는 결혼 안 했습니다) 셔츠도 안 갈아입은 채 자동차 엔진을 들여다보고요. 저녁에 외식이라도 하러 나갈 때면, 남편이 자꾸 서두르라고 재촉을 해서 불안하시죠. 그러다가 새 드레스에 매니큐어를 쏟으면….

에두아르, 그의 아들이 손가락 두 개로 은빛 매니큐어를 배 위에 걸친 앞치마의 빨간 토끼 위로 떨어뜨렸다. 마르셀은 백포도주를 마신 걸 후회했다. 더운 날씨에 사람들 틈에 끼어 있다 보니, 다리가 떨리는 것을 막을 수 없었다.

여기 솔이랑 물, 그리고 보통 비누입니다….

에두아르는 배 위를 북북 문질렀다. 얼굴이 땀으로 번들거렸다. 말을 하지 않을 때에도 입을 벌리고 미소를 짓고 있었다.

보시다시피, 비누로는 이 얼룩을 지우기 어렵습니다….

기다란 갈색 팔뚝 끝에서 손가락은 빨간색과 녹색, 은색으로 물들었다. 앞줄에 선 여자들은 엉망이 된 앞치마가 아니라, 그의 어깨를 보며 키득키득 웃었다.

이제 제가 이 특별한 세제로 한번 문질러 보겠습니다. 기름때, 잉크, 포도주, 소스… 페인트만 빼고는 뭐든 지울 수 있습니다. 페인트는 뭘 갖고 와도 지울 수가 없습니다. 그건 원죄 같은 거라서요….

마르셀의 어머니, 그러니까 에두아르의 할머니는 들판의 빨래통 앞에서 종종 말하곤 했다. 물로 뭐든 씻을 수 있지만, 죄는 씻을 수 없다고.

자, 이 특수 세제로 부드럽게 문질러 보겠습니다. 아래위로요….

세상에! 마르셀이 소리쳤다.

에두아르는 그리스도처럼 두 팔을 위로 들어 올렸다. 목에 두른 앞치마가 하얗게 변했다.

이십 프랑도 바라지 않습니다. 십오 프랑도 아니에요. 십 프랑에 드리겠습니다. 그런데 보자, 저기 작약 무늬 원피스 입으신 아름다운 분, 네, 부인 말입니다. 부인이 제 마음을 녹이셨습니다. 그래서 제가 단돈 팔 프랑에 한 봉지 드리겠습니다. 두 개 사시면 십오 프랑, 세 개에 이십 프랑입니다!

며칠 뒤에야 마르셀은 아들과 마주할 수 있었다.

A에서 너 봤다. 며칠 전에. 아버지가 말했다.

오셨다고 들었어요.

비누 팔고 있더구나.

이제 접었어요. 그건 그냥 땜빵으로.

두 남자는 부엌에 서 있었다. 마르셀은 판자로 된 바닥에, 에두아르는 리놀륨을 깐 싱크대 앞에 서 있었다. 두 남자 모두 바닥을 보고 있었다. 마르셀이 고개를 들었다.

사람들 돈을 갈취하고 있더구나. 그건 고압적인 추궁이었다.

얼룩 지워 주는 거예요, 에두아르는 미소를 지으며 대답했다.

바보 같은 짓이야! 왜 배운 기술을 안 써먹는 거냐?

제 생각에 저는 바깥에서 하는 일을 더 좋아하는 것 같아요. 에두아르는 그렇게 말하고 잠시 뒤 목소리를 높였다. 아버지한테 물려받은 거라고요! 아버지도 공장에선 하루도 못 버텼을 거예요!

아버지는 다리 위치를 바꾸었다. 아들이 달려들 것을 대비해서 다리를 넓게 벌렸다.

네가 시장에서 한 짓은 사기야!

돈값

아뇨, 장사예요.

사기라고!

장사라니까요!

시월에 마르셀과 니콜은 마지막 감자를 캤다. 십일월이 되자 사과가 빨갛게 익었다. 마르셀은 나무에 올라가 가지를 흔들어 사과를 떨어뜨렸고, 소들은 여전히 과수원에서 풀을 뜯었다. 니콜은 막 풀베기를 마친 과수원에서 기다렸고, 그녀가 펼쳐 놓은 하얀 천 위로 사과가 떨어졌다. 매일 저녁 마르셀은 암말과 수레를 끌고 가서 사과를 열 자루씩 집으로 날랐다. 모두 예순 자루였다. 쉰 자루는 사과, 나머지 열 자루는 배였다.

오후가 짧아지면서, 마르셀은 사과술을 담갔다. 온 밭에 사과 냄새가 진동을 했다. 그는 그 밭을 수없이 가로지르며 사과 원액을 지하 창고에 있는 나무통에 옮겨 붓고, 찌꺼기를 어깨에 짊어지고 가서는 커다란 탱크에 담았다. 탱크는 높이가 그의 키만 했고, 지름은 족히 1.5미터는 되었다.

눈이 내릴 때가 머지않았던 어느 날, 에두아르가 압착기가 있는 바깥채로 건너왔다. 마르셀은 사과 원액을 한 컵 따라 에두아르에게 내밀었다. 에두아르는 고개를 가로저었다.

먹으면 설사가 나서요.

압착기 좀 정리해라.

에두아르는 벨트 달린 레인코트를 벗어서 못에 걸었다.

아버지, 이 물건은 골동품으로 팔 수도 있어요. 에두아르가 말했다. 1802년이라고 찍힌 목재 압착기라니!

참나무야.

A에 골동품상이 있어요. 이 정도 물건이면 오십만은 받을 거예요.

그 사람은 이걸 가지고 뭘 하는데?

은행이나 호텔에 팔겠죠.

뭐라고?

끈질긴 땅

장식으로요.

세상이 땅을 버리고 있어, 아버지가 말했다.

도대체 땅에 뭐가 있는데요? 아들이 화가 난 목소리로 물었다. 여기 사람들 절반이 먹고살 게 없어서 딴 데로 갔잖아요! 아이들 절반이 다 자라기도 전에 굶어 죽잖아요! 왜 인정을 안 하세요?

사는 게 늘 전쟁이지. 뭐 다른 수라도 있을 거라고 생각하는 거냐?

지독하게 가난하게 살았잖아요!

마르셀은 아무 말 없이 압착기의 조임 나사를 풀었다. 기계의 옆면이 열렸다. 안쪽은 코르셋처럼 촘촘했다. 에두아르가 수레바퀴만 한 찌꺼기 더미를 들어서 창문 옆 장의자에 내려놓고는, 도끼로 잘게 쪼갰다. 축축한 왕겨처럼 밀도가 일정했고, 냄새에는 지난봄부터 과수원에서 있었던 모든 일들이 담겨 있었다.

분쇄기에 넣어 버리면 더 빨리 처리할 수 있어요, 에두아르가 말했다.

더 빨리는 되겠지만 질이 좋지 않아.

분쇄기가 있는데 왜 안 쓰세요? 에두아르가 따지듯 물었다.

손으로 으깨면 더 좋은 술이 되니까.

왜요?

마르셀은 어깨를 으쓱해 보였다. 술이 원래 그래. 이유는 나도 모른다.

에두아르는 수레바퀴만 한 찌꺼기의 남은 부분을 도끼로 무지막지하게 쪼갰다.

우리 아버지는 미쳤어, 그가 투덜거렸다. 미쳤다고!

탱크가 가득 차자 마르셀은 찌꺼기를 덮었다. 맨 처음에는 신문지를 깐다. 일주일마다 집으로 배달되는 신문은 지역 신문이었다. 지방회의 소식, 시장의 연설, 부고, 시장 가격, 결혼식이나 농림부의 발표 사항들이 적혀 있었다. 그 소식들 위로 마르셀은 호두나무 잎을 깔고, 흙을 뿌렸다. 찌꺼기가 발효되면서 매일 조금씩 부피가 줄어

들었고, 마르셀은 덮개들을 조심스럽게 눌러주었다.

탱크를 보고 있으면 그는 기분이 좋았다. 건초 더미나 그의 침대 위 천장에 매달아 둔, 돼지고기로 만든 훈제 소시지도 마찬가지였다. 그건 그가 이룬 성과였고, 눈이 땅 위의 모든 것을 지워 버렸을 때에도, 농가가 겨울 준비를 제대로 하고 있는 느낌을 주었다. 겨울이 왔다.

소나무 바늘잎이 모두 하얀 서리에 뒤덮였다. 여우가 그 옆에 서 있었다. 놀란 모습으로, 그런 계절에는 숨을 필요가 없다는 듯이.

녀석은 내가 총을 가지고 나오지 않은 걸 아는 게 분명해! 마르셀이 중얼거렸다.

그는 여우를 죽일 마음이 없었고, 여우도 그걸 알고 있었다. 마을에 내려와 니콜의 암탉 아홉 마리를 죽인 그 여우였다. 건초를 만들기 전, 풀들이 길게 자라 몸을 숨기기에 적당했을 때의 이야기였다. 이제 녀석은 몸이 좀 야위었고, 털은 갈색보다는 회색에 가까웠다. 사람도 짐승도 움직임이 없었다. 둘은, 멀리 있는 농가에서 수탉이 우는 소리를 듣는다.

머리는 왜 저렇게 흔드는 걸까, 하느님 맙소사! 녀석은 아주 영리해, 영리하고 말고, 나머지 여우들을 모두 합친 것보다 더 영리할 거야!

여우는, 마치 자기의 권리를 확신한다는 듯이, 서두르지 않고 향나무 덤불 사이의 언덕길로 들어가, 이내 바위와 소나무 아래로 사라진다.

거기 그렇게 서 있었습니다, 마르셀이 설명했다. 빈손으로요. 그러다 마음속으로 말했죠. 내일부터 사과 찌꺼기를 꺼내야겠다고. 여우를 보고 마음을 먹은 겁니다.

밀봉된 덮개를 열자 찌꺼기 냄새가 차가운 공기 속에 따뜻하게 피어오른다. 그는 삽으로 찌꺼기를 퍼서 자루에 담고, 자루들을 수레에 실었다. 마을로 가는 내리막길에서는 자루 위에 앉아서 갔다. 공동묘지 앞에서부터는 오르막길이어서 수레에서 내렸다.

눈이 내리기 시작했고 그는 욕을 했다. 고개를 들어 하늘을 보면 멀리 두 개의 전구가 보였다. 증류기를 덮은 양철 지붕에 매달아 놓은 전구였다. 전구가 반짝이고 있었다. 도착했을 때, 양조업자 마티유는 추운 날씨에도 얼굴에 흐르는 땀을 닦아냈다. 증류기 옆에는 거름 더미가 김을 내며 쌓여 있었다. 거름 더미는 담즙 색이었는데, 눈이 내리면서 더미의 노란색도 조금씩 희미해지고 있었다.

사모님은 잘 지내시죠? 마티유가 마르셀에게 물었다. 한창때는 마을에서 제일 아름다운 신부였고, 가장 아름다운 어머니였다가, 지금은 가장 아름다운 할머니시죠! 양조업자는 허리를 굽혀 인사하는 시늉을 했다.

증류기를 가지고 마을들을 돌아다닐 때 마티유는 관대하고 활달한 사람이 되었다. 일의 속도나, 나라에 낼 세금을 조금 떼어먹는다는 생각 때문에 그는 흥분했다. 한 해의 나머지 기간 동안, 그러니까 가구 공장에서 일하는 동안은, 말이 없고 주저하는 사람이었다.

너도밤나무와 좋은 소고기, 그리고 아름다운 아내라. 누구든 그런 건 지키려고 하지! 마르셀이 말했다.

추위 때문에 그의 목소리는 걸걸하고, 눈썹에는 녹지 않은 눈이 묻어 있었다. 증류기 앞에서 기다리고 있던 대여섯 명의 주민들과 악수를 하는 동안에도 그는 뿌듯한 미소를 잃지 않았다.

증류기는 보일러와 세 개의 항아리, 그리고 농축기를 오래된 틀 위에 올려놓은 게 전부였다. 항아리들은 판자로 감싸서 보온이 되게 했다. 수증기를 보일러에서 항아리까지, 그리고 다시 항아리에서 농축기까지 보내 주는 구리관은 소뿔만 한 굵기였다. 구불구불한 모양새도 소뿔과 비슷했다. 농축기 아래쪽에 배출관이 있고 그 아래에 구리로 만든 동그란 용기가 술로 채워지고 있었다. 이 엄청나게 크고 덜컹거리는, 구리로 만든 황소 같은 기계를 거치면, 작은 새의 부리만 한 관에서 술이 한 방울씩 만들어진다는 것이 이 증류기의 비

　　　　　　　　　　　　　돈값

밀이었다. 그 비밀은 노동을 영혼(spirit, '증류주'라는 뜻도 있음—옮긴이)으로 바꾸어 주는 것이었다. 항아리에 담기는 것은 노동이었지만, 새의 부리 같은 관에서 흘러나오는 것은 상상의 산물이었다.

마티유가 인상을 찌푸리고, 손을 내저으며 소리쳤다.

멈춰!

그의 조수 중 한 명이 보일러를 끄고, 나머지 조수들이 기계 위로 올라가 항아리 뚜껑을 고정시켰던 나사를 풀었다. 느슨해진 마개 아래로 새어 나오는 김은 이내 흰색 연기처럼 자욱하게 퍼졌다. 양철 지붕에는 기다리는 사람들이 눈바람을 피할 수 있게 방수포를 늘어뜨려 놓았다. 증류기와 방수포 사이는, 새하얀 김 때문에 사람들이 자기 팔도 제대로 볼 수 없는 지경이었다.

그놈들이 왔어! 보이지 않는 곳에서 누군가 말했다.

도대체 누가 왔다는 거야?

김 때문에 얼굴이 축축해졌다.

단속반!

새하얀 김 속에서 모두들 웃음을 터뜨렸다. 단속반이 다녀간 지 이틀밖에 되지 않았던 것이다.

김이 모두 빠지자 마티유가, 새카맣고 번들번들한 소시지를 망치 손잡이에 걸어서 들고 있는 것이 보였다.

접시 이리 주세요! 그가 소리쳤다.

1897년생인 에밀이 접시를 들고 앞으로 나서서는, 귀를 덮고 있던 털모자의 날개 부분을 끄르고 먹을 준비를 했다.

증류주에 재워서 요리한 소시지는 검은색 체리 빛깔이었다. 뜨거워서 가슴을 덥혀 주었고, 짠맛 때문에 정신이 들게 했고, 나무로 훈제를 해서 편안한 맛이었고, 고기였기 때문에 기운을 북돋아 주었고, 술에 절였기 때문에 꿈을 꾸게 했다. 방수포와 증류기 사이에서 남자들은 음식을 먹었다. 먹는 동안 외투 깃이 볼에 닿았고, 육즙이 입가에서 흘러내렸고, 그들은 즐겁게 떠들어댔다.

아멘! 에밀이 말했다.

아침 시간이 절반쯤 지났을 때, 마르셀이 가지고 온 찌꺼기를 항아리에 담을 차례가 되었다. 모두 열두 자루, 세 개의 항아리를 두 번씩 채울 수 있는 양이었다. 황소 증류기가 다시 한번 변신 작업을 시작했다.

증류주를 큰 병으로 세 병째 받았을 때 근처 농가의 할머니가 창문을 열고 손을 흔들며 소리를 질렀다.

마리야, 에밀이 중얼거렸다. 가만히 있게 내버려 두지를 않는다니까.

에밀은 마지못해 증류기를 떠나 지팡이로 눈을 짚으며 집으로 돌아갔다. 하지만 집에 들어가는가 싶더니 이내 지팡이를 흔들며 다시 나왔다.

증류기 옆에 모여 있던 남자들도 손을 흔들며 그를 반겼고, 함께 웃으며 구리 황소가 내는 소리에 귀를 기울였다. 잠시 뒤면 다시 **아멘**이라고 외칠 것이다.

마티유! 마티유! 에밀이 소리쳤다. 노인이 증류기 앞에 왔을 때야 사람들은 그가 하려는 말에 관심을 보였다.

단속반이 오고 있어! 에밀이 숨을 헐떡이며 말했다.

어떻게 아셨어요?

빵집에서 전화가 왔어. 삼십 분 전에 지나갔대. 전화선이 불통이라서 이제야 연락한 거라고.

다들 마르셀을 쳐다봤다.

지금까지 얼마나 나왔지, 백 리터쯤 되나? 그가 물었다.

안타깝지만 그런 것 같네요, 마티유가 말했다.

안타깝다니! 올해만큼 사과가 잘됐던 해가 없었는데. 삼천 리터! 내 기억으로는 제일 좋았을 때가 그쯤 됐어. 작년에는 사과가 거의 안 열려서, 압착을 할 가치도 없었지만 말이야. 지금, '안타깝지만'이라고 했나?

돈값

마르셀, 어리석게 왜 그러세요! 항아리 안에 든 건 양을 알 수가 없어요.

치사한 놈들이 이런 눈보라에도 나오다니, 에밀이 중얼거렸다.

아무것도 숨기지 마, 마르셀이 명령하듯 말했다.

마티유는 안 됐다는 듯이 그를 쳐다봤다.

그저께도 왔었는데, 가장 어린 조수가 말했다.

자동차 한 대가 다리 위에 멈췄다.

치사한 새끼들이 또 왔네!

두 남자가 차에서 내렸다. 시 공무원 코트를 입고, 티끌 한 점 없는 웰링턴 부츠를 신고, 머리에는 울로 된 술 장식이 달린 체크 무늬 베레모를 쓰고 있었다.

안녕들 하십니까!

선임 단속반원은 악수를 청하지 않을 만큼의 눈치는 있었다. 젊은 단속반원은 모르고 손을 내밀었지만, 아무도 그 손을 잡지 않았다.

이봐, 에밀이 큰 소리로 말했다. 지금까지 저 사람들이 어디에 세금을 매겼지? 가난한 사람들이 좋아하는 데는 다 매겼잖아. 소금, 담배, 증류주! 가난한 사람들은 뭘 좋아할 권리도 없는 거야. 가난한 사람들이 즐거움을 느끼면 부자들이 기운 빠지니까.

선임 단속반원은 일부러 노인을 무시했다. 이렇게 빨리 다시 올 줄은 모르셨죠? 그가 마티유에게 말했다.

근방에는 모두 서른 개의 증류기가 있었고, 단속반원 두 명이 정기적으로 단속을 돈다면, 한 달에 한 번 정도 찾아오는 셈이었다.

비상용 수도꼭지가 좀 이상한 것 같아서 이렇게 금방 다시 왔습니다.

선임 단속반원은 마치 아이들에게 설명하듯이 말했다. 그런 다음, 장갑을 벗고 구불구불한 농축기 주둥이에 손가락을 집어넣고는, 냄새를 맡았다.

이런 염소 똥 같은! 에밀이 투덜거렸다.

단속반원은 사악한 연극의 배우들 같았다. 그것이 사악한 이유는, 그 배우들의 연기는 객석에 없는 어떤 권력자를 향한 것이기 때문이었다.

좀 흘리셨네요, 단속반원이 팔짱을 끼며 말했다.

흘린 것들은 거기 다 있다고! 마르셀이 말했다.

선생님 겁니까?

내 거요.

서류는 작성하셨나요?

서류는 당신들 거지.

작성하셨어요?

어떻게 합니까? 찌꺼기에서 얼마나 나올지 아직 알지도 못하는데.

항아리에 든 것도 선생님 겁니까?

예, 그것도 내 거요.

법령으로 규정한 이십 리터보다는 조금 더 될 것 같은데, 그렇지 않습니까? 선임 단속반원은 현장에 없는 권력자를 향해 미소를 지어 보였다.

마티유는 보일러의 눈금을 살피는 척했다.

올해는 사과 농사가 잘됐죠, 젊은 단속반원이, 붙임성 있어 보이려고 애쓰며 말했다.

선임이 주머니에서 펜을 꺼냈다.

이게 도대체 무슨 상황인지 알겠나? 마르셀은 마치 내리는 눈에게 묻는 것 같았다. 작은 새의 부리에서 흘러내린 그의 증류주가 방금 비운 구리 양동이에 떨어지고 있었다.

내가 돈을 내야 하는 상황인 거지, 내가 직접 만든 거에 대해서 말이야!

그는 아직 흙을 덮지 않은 무덤 앞에서 기도를 올리는 성직자처럼 엄숙하게, 천천히 말했다.

돈값

마르셀의 그 찌꺼기에서는 백육십 리터의 오드비가 나왔고 세율은 오십 퍼센트였다. 그 말은, 그가 팔십육 리터에 대해 총 이십만육천사백 프랑의 세금을 내야 한다는 뜻이었다. 네 살 된 암말 가격의 절반이었다.

돌아오는 길에 눈발이 마르셀과 귀귀의 눈에 날아들었다. 나중에 그는, 수레에 걸터앉아 돌아오던 그 길에서는 어떤 설명도 할 수 없었다고 했다. 그저 다음에 할 행동만이 아주 가깝게, 그리고 점점 더 크게 그려졌다고 했다.

그는 귀귀의 마구를 풀어 주고 축사에 들였다. 말이 들어갈 칸막이, 부엌의 커다란 식탁, 증류주 병을 두는 천장 가까이의 선반, 저장고의 문(증류주 병이 비면 그 문을 열고 들어가 큰 병에서 새로 옮겨 담아야 했다), 그가 장총을 꺼낸 침실의 옷장, 걸터앉아서 부츠를 갈아 신었던 침대, 이 목재 가구들은 만져 보면 아주 단단하고, 닳아서 반질반질 윤이 났고, 눈발을 피해서, 그가 태어나기 전부터 그 집에 있던 것들이었다. 지금 창문 너머로 보이는, 그저 내리는 눈 뒤로 암흑으로만 보이는 그 숲에서 베어 온 나무로 만든 그 가구들이 그에게 어떤 힘을 떠올리게 했다. 이전에는 한 번도 경험하지 못했던 힘, 그의 가족이었던 사람들, 같은 농가에서 살았고 함께 일했던 모든 죽은 이들의 힘. 그는 자신을 위해 증류주를 한 잔 따랐다. 발에 감각이 되살아났다. 조상님들이 그와 함께 집 안에 있었다.

정오 무렵 그는 증류기가 여전히 돌아가고 있는 마을로 내려가는 길가에 서 있었다. 가죽 재킷을 코트로 바꿔 입고 모자를 썼다. 그리고 삼십 분쯤 기다렸다. 검찰에서는 이 삼십 분이 그의 행동이 사전에 계획된 것임을 밝히는 증거가 되었다.

마침내 자동차가 모퉁이를 돌아 천천히 다가왔다. 길 한가운데로 나간 마르셀이 손을 흔들었다. 총은 코트 아래 감춘 상태였다. 자동차가 멈췄다.

선임 단속반원이 눈이 묻은 차창을 내리고 물었다.

끈질긴 땅

무슨 일이십니까?

마르셀은 총을 꺼냈다.

사과 농사가 잘됐지! 그가 말했다.

앞 유리의 와이퍼가 멈췄다. 엔진 소리만이 울렸다.

키 이리 주시고. 네, 고맙소. 이제 당신 동료한테 내려서 전조등 옆에 서라고 하쇼. 문 닫고, 그렇지. 잠깐만, 어디 좀 봅시다. 저 친구랑나는 뒷좌석에 탈 테니까, 당신은 내가 가자는 데로 차를 몰고 가면됩니다.

눈밭에서의 그 노상탈취는 예티를 만난 것만큼이나 무서웠다고, 선임 단속반원은 검찰의 반대 신문에서 말했다.

예티가 뭐냐고 판사가 물었다. 예티는 히말라야 산악 지대에 사는괴물 유인원이다.

몇 분 후 마르셀은 단속반원에게 차를 멈추라고 했다. 소나무가눈의 무게 때문에 휘어 있었고, 도로 왼쪽은 급경사면이었다.

여기서부터는 걸어갑시다, 그가 말했다. 열쇠는 이리 주고 잠깐기다려요. 어디 봅시다. 그렇지, 운전석 쪽 문 열고.

그들은 급경사면에 난 길을 따라 내려갔다. 그 길 끝에 뭐가 있는지는 마르셀만 알고 있었다. 두 인질은 넘어지고, 장갑을 잃어버리고, 허리까지 올라오는 눈밭에서 허우적거렸다. 사실 미끄러져서 떨어지는 게 무서웠던 건 아닙니다, 젊은 단속반원은 증언했다. 어찌됐든 우리가 처형장으로 끌려가고 있는 게 틀림없다고 생각했으니까요.

경사면 아래는 한때는 농가였다. 지금은 모두 불타 버리고 나무로된, 마구간만 한 창고만 남아 있었다.

마르셀이 선임 단속반원에게 열쇠를 건넸다. 망치만큼이나 긴 열쇠였다.

아래쪽 문을 열어요.

문은 가슴 높이밖에 되지 않았다. 단속반원들은 그 안으로 들어가

　　　　　돈값

기 위해 허리를 숙여야만 했다. 창문도 없었다. 바닥은 돌이었고, 나무로 된 벽도 문만큼이나 두꺼웠다. 금고실만큼이나 튼튼하게 지은 창고였다.

어쩌려는 겁니까? 선임 단속반원이 물었다.

마침내 그는 현장에 없는 권력자를 향한 말투를 쓰지 않았다. 그는 총을 들고 문간에 앉아 있는 남자에게 직접 말을 걸고 있었다.

문을 닫고 밖에서 걸어 잠글 거요!

그러시면 안 돼요. 얼어 죽을 겁니다.

마르셀은 고개를 가로저었다.

우리는 옷도 젖었다고요.

마르겠지.

창문도 없잖아요. 질식해 죽을 거예요.

문간에 앉은 검은 형체가 고개를 가로저었다.

빛도 안 들잖아요.

그럼, 빛이 안 들지.

우리를 찾으러 출동할 겁니다.

아직은 안 왔잖아.

분명 말하지만, 여기 그냥 두고 가면 우리는 죽어요.

증류주 한 병 놓고 갈 테니까. 마르셀은 바닥에 병을 내려놓았다.

얼마나 오래요? 선임이 물었다.

마르셀은 대답하지 않은 채 자리에서 일어나서는, 눈밭으로 나가 밖에서 문을 잠갔다. 재무부 사기감찰반 특별부서 소속의 단속반원들은 주먹으로 천장을 쳤다.

경사면 위 도로에 세워 둔 자동차 앞에 도착한 마르셀은, 망설였다. 차를 경사면으로 밀어 버리려고 했지만, 눈 때문에 부츠가 미끄러웠다. 십 미터 정도는 운전해 갈 수 있었다. 트랙터 모는 법을 배우는 데도 오래 걸리지 않을 거라는 그의 말은 옳았다. 그는 조심스럽게 운전석에서 내렸다. 이번에는 굳이 밀 필요도 없었다. 차는 앞으

끈질긴 땅

로 고꾸라지며 바위로 된 경사면으로 떨어지다가, 중간에 소나무에 한 번 걸리더니 방향을 바꾸어 계속 굴렀다. 결국 자동차는 옆으로 누운 채 멈췄고 눈이 그 위에 쌓이기 시작했다.

차는 아직 거기에 있대? 그는 B에 있는 교도소에 면회 온 니콜에게 물었다.

해가 지기 전 그는 창고로 돌아왔다. 증류주 냄새가 났다. 인질들은 어두워서 술병에 걸려 넘어졌다고 했다. 그는 두 사람이 술을 다 마셔 버린 뒤에 뭘 자르려고, 혹은 흉기로 쓰려고 일부러 병을 깬 것이 아닌지 의심했다. 젊은 단속반원의 손에 피가 묻어 있었다.

증류주는 소독제로 씁니다, 마르셀이 말했다. 그리고 과일이나 약초를 담갔다가 손님이 오면 특별히 내놓기도 하고.

우리 가족들이 경찰에 신고했을 겁니다, 선임 단속반원이 겁을 줬다.

뿐만 아니라, 동물들이 아파할 때 달래려고 쓰기도 하고.

선임은 체크 무늬 모자를 벗어서 앞뒤로 휘청휘청 걸을 때 손 보호대로 썼다. 어느 방향으로든 두 걸음 이상 옮기지 못했다.

국가 공무원 두 명을 납치한 일은, 크게 원을 그리며 돌던 선임이 말했다. 그것도 공무 집행 중에 납치한 일은 반역죄에 해당합니다. 재판에서 실형을 받을 거라고요. 분명히 말해 둡니다. 벌써 우리를 찾고 있을 거라고!

마르셀은 창고 문간에 앉아서, 무릎에 총을 끼운 채 두 인질을 지켜봤다.

빠져나갈 생각은 포기하는 게 좋아요, 선임 단속반원이 말했다. 한마디 한마디 힘주어 내뱉는 단어가 이어지는 말에 묻히는 것을 보니, 취한 것 같았다.

마르셀은 신기하다는 듯이 그를 지켜봤다.

선임 단속반원은 원을 그리며 도는 것을 멈추고 무릎을 꿇은 채 주저앉았다.

이봐요, 아저씨, 내 말 잘 들어요. 우리를 풀어 주세요. 차 있는 데로 데려다주세요. 이 일을 보고를 안 할 수는 없지만, 그냥 장난이었다고 할게요. 그냥 장난이고 전혀 심각한 일이 아니라고요. 장난이잖아요! 장난 맞죠?

선임 단속반원은 그렇게 합의를 보자는 듯 손을 내밀었다.

빵이랑 물 가지고 왔소. 담요 두 장이랑 성냥, 양초도. 마르셀이 말했다. 양초가 밤새 타지는 않을 거니까 아껴 쓰시고.

선임 단속반원은 다시 일어나 원을 그리며 비틀댔다. 그가 목청껏 소리쳤다. 마지막으로, 장난으로 치고 넘어가자고 제안을 했는데도!

마르셀은 두 사람을 남겨 둔 채 나와서는, 집까지 가지고 갔다 오는 수고를 덜기 위해 총을 창고 위에 숨겼다. 날씨는 무척 추웠고 자신이 왔던 길을 되돌아가며 다음에 어떻게 할지 생각하는 동안 부츠에서는 끽끽 소리가 났다.

그날 저녁, 그는 이웃 장 프랑수아를 찾아갔다. 마르셀이 재수 없게 세금을 내게 되었다는 소식은 이제 온 마을이 알고 있었다. 장 프랑수아는 안된 일이라고 함께 슬퍼해 주었다. 이미 벌어진 일은 어쩔 수 없지, 마르셀이 말했다. 단속반원이 사라진 건 아직 아무도 모르고 있었다. 마르셀은 얼른 자기가 온 이유를 말했다.

양 여섯 마리만 빌려줘.

도대체 그걸로 뭐하게?

장난 좀 하게.

누구한테?

그건 말할 수 없고.

나한테?

아니.

장 프랑수아는 웃음을 터뜨렸다. 나한테 장난칠 게 아니라면, 양 여섯 마리로 도대체 뭘 하려는 거야? 어디 이상한 데 데려다 놓으려는 거지? 맞지? 절대 양이 있을 것 같지 않은 곳에 말이야. 예배당에? 이야, 정말 좋은 생각이야. 예배당에 갖다 놓다니!

말할 수 없다니까!

얼마 동안 빌려 갈 건데?

며칠만.

며칠이라. 며칠 동안 계속되는 장난이란 말이지?

교훈인 셈이지.

교훈! 이제 알겠네. 학교에 갖다 놓으려는 거야! 애들한테 몇 가지 교훈을 주려고 양들이 필요한 거라고. 근데 왜 여섯 마리지? 한 마리면 충분하지 않아?

여섯 마리여야 해.

다음 날, 마르셀은 수레를 가져가 양들을 데리고 왔다. 양들의 꼬불꼬불한 털에 파란 서리가 내려 있었고, 녀석들은 서로의 옆구리에 주둥이를 박아 댔다. 고개를 돌려 수레를 살펴보면 불안한 듯 머리를 들고 있는 녀석은 한 마리뿐이었다. 나머지 녀석들은 고개를 숙인 채, 한데 모여 있었다.

창고까지 가려면 양을 한 마리씩 어깨에 짊어지고 밭을 가로질러야 했다. 창고의 위층에는 병에 담아 절인 과일과 벌꿀, 침대보, 양모, 웨딩드레스, 아기 이불보를 보관하고, 아래층에는 밀가루와 곡물 자루, 정제 버터, 베이컨, 증류주 큰 병을 보관했다. 창고는 늘 농가에서 좀 떨어진 곳에 짓는데, 혹시 농가에 불이 나더라도 기본 식량이나 가족 기념품 몇몇은 지키기 위해서였다.

마르셀은 아래층 문을 열었다. 오줌 냄새가 났다. 두 남자는 반대편 벽에 붙은 채 갑자기 들이닥친 빛을 피하기 위해 손으로 얼굴을 가렸다.

위층으로 올라갑시다, 마르셀이 말했다.

제 동료가 병원에 가 봐야 합니다, 젊은 단속반원이 말했다. 배가 굉장히 아픕니다.

위층에 가면 조금 편해질 거요. 손은 머리 위로 올려요, 둘 다. 이리 나와 봐요! 좀 봅시다. 그렇지, 왼쪽에 있는 계단으로 올라가면 됩니다.

두 수감자는 작은 문을 지나기 위해 고개를 숙였다가, 계단을 오를 때도 허리를 펴지 않고 네 발로 기어서 올라갔다. 젊은 단속반원이 위층 문을 밀어서 열었을 때, 암양과 눈이 마주쳤다.

자리가 없습니다, 그가 더듬더듬 말했다. 양들이 가득 차서.

양들이 해치지는 않을 겁니다.

불가능하다고! 선임이 말했다.

마르셀은 욕을 하며 총을 선임에게 겨누었다.

두 사람은 몸을 접은 채 올라갔고, 양들이 울었다.

구석에 보면 건초 더미가 있을 거요, 마르셀이 말했다.

두 수감자는 건초 더미에 앉았다. 앉은 자세 덕분에 짐승처럼 보이지는 않았다.

여기서 하루 더 견딜 수는 없습니다, 선임 단속반원이 무거운 목소리로 말했다. 지금 선생이 우리에게 하고 있는 건 고문입니다, 그거 알고 계시죠? 그렇죠?

그래서 양을 데리고 온 겁니다. 우리 할머니가 이렇게 말씀하시곤 했습니다. 축사에서 잘 때 양이 있으면 땔감을 아낄 수 있다고요. 할머니는 산 반대편, 숲이 없어서 땔감이 부족했던 마을 출신이거든.

밤새 떨었단 말입니다. 젊은 단속반원이 말했다.

오늘밤에는 양들이 있으니 춥지 않을 거요.

제 동료가 병원에 가 봐야 합니다. 위궤양이 있어서, 지금 배가 굉장히 아픕니다.

빵이랑 우유는 갖다 놨습니다.

우리를 어떻게 하려는 겁니까?

당신들이 준비가 되면 내가 이야기를 할 겁니다.

이야기?

정의에 관한 이야깁니다.

정의라니! 선임 단속반원이 소리쳤다. 양들이 고개를 돌리고 놀란 눈으로 그를 쳐다봤다. 당신이 정의에 대해서 이야기한다고? 머지 않아 당신은 정의에 쫓기게 될 겁니다!

양들은 출구를 찾아 창고 안을 빙빙 돌았지만, 걸리는 거라곤 사방의 벽과 자리를 잡고 앉은 두 수감자의 다리뿐이었다. 암양 한 마리가 꼬리를 들고 오줌을 쌌다. 바깥 계단에 앉은 마르셀은 허리를 펴고 기댔고, 덕분에 방 안에서는 그의 머리가 보이지 않았다. 두 남자와 양들만 남은 것 같았고, 자신들이 짐승과 그렇게 가까이 있다는 사실 때문에 그들의 고립감은 더욱더 절절하게 느껴졌다.

선생 말이 맞습니다, 나이 든 단속반원이 말했다. 이야기 못할 것도 없지!

마르셀도 그 말을 들었지만, 고개를 들어 안을 들여다보지는 않았다.

말해 보세요, 단속반원은 말을 이었다. 우리 두 사람 몸값으로 얼마를 원하십니까? 비현실적인 금액을 생각하고 계시면 도와드릴 수가 없습니다.

마르셀은 다리를 접고 수감자들을 들여다보았다.

십 억쯤 요구하시면 너무 많다고요. 우리 몸값으로 그만큼은 안 내놓을 겁니다. 재무부의 우리 식구들하고는 연락하고 계신 겁니까?

마르셀은 그 질문은 들은 척도 하지 않았다.

우리도 알아야 하지 않겠습니까. 얼마나 요구하신 거예요? 오천만 이상입니까? 제 생각엔 우리 정도 직원 몸값으로는 오천만이 최대예요.

절망감이, 천둥소리처럼 되돌릴 수 없는 절망감이 갑자기 마르셀을 덮쳤다.

내가 얼마를 요구했든, 그는 입을 거의 다문 채 말했다. 그게 당신들이랑 무슨 상관이요?

돈값

우리 둘 다 결혼도 했고 애들이 있습니다. 가족이 걱정되어서 그 래요.

마르셀은 다시 한번 못 들은 척했다.

얼마나 요구했어요? 선임 단속반원은 끈질기게 물었다. 돈값에 대해서는 우리가 선생보다 경험이 많다는 걸 아셔야죠.

마르셀은 가까이 있던 양의 털 속으로 주먹 쥔 손을 집어넣고는, 마치 짐승한테 말이라도 거는 것처럼 소리쳤다. 돈값이라니! 돈값이라니!

나머지 양들 중 세 마리가 고개를 들고 문간에서 소리 지르는 사람을 쳐다보며 울었다. 돈값이라니! 돈값이라니! 그는 양털을 움켜쥐었다.

쥐었던 주먹을 천천히 풀었다. 양들도 잠잠해졌다. 그는 두 명의 수감자를 보며 말했다.

걱정되시나 본데, 안타깝지만 걱정을 하는 데에도 세금을 내야 한다는 말을 꼭 해드려야겠습니다! 통증을 느끼는 데에도, 추위에 떠는 데에도 세금을 내야 하죠. 한 번 떠는 데 천 프랑입니다. 두 사람다 밤새 떨었다고 했소? 둘 중 한 명만이라도 따뜻하게 보냈으면 돈을 아낄 수 있었을 텐데 말이요. 하지만, 어젯밤에 대해서는 세금을내지 않으면 안 되겠습니다. 통증을 느낄 때 서류 작성은 했소? 위궤양이라, 거 참 아픈 거지. 통증이 심하면 심할수록 세금도 더 높습니다!

제정신이 아니에요! 젊은 단속반원이 선임의 어깨를 부여잡고 흔들어 댔다. 어떻게 좀 해 보세요, 제정신이 아니라고요.

선임 단속반원은 지갑을 꺼내 농민 뒤에 있는 양 너머로 던졌다.

지갑이 계단의 맨 윗단에 떨어졌다. 마르셀은 부츠로 지갑을 밟은 다음 도마뱀을 죽일 때처럼 뒤꿈치로 이리저리 짓눌렀다. 그런 다음 그는 아무 말 없이 떠났다.

수레를 타지는 않았다. 그는 귀귀 옆에서 나란히 걸었다. 걷는 것은 생각하기의 일종이었다. 십 분 뒤 그가 말에게 말했다.

결국은 지게 될 거다, 복수라는 건 같은 세상에 사는 사람들한 테만 할 수 있는 거니까. 저기 있는 두 사람은 다른 시간에 속해 있는 거야. 그들은 우리 포로지만, 그들에게 복수하는 건 불가능한 거라. 저 사람들은 우리가 뭐에 대해서 복수하고 있는지 끝까지 모를 거야.

다음 날 아침 니콜과 함께 소젖을 짜고 나서, 그는 혼자 축사에 남아 매일 아침과 다름없이 소들의 몸이 호두나무 가구처럼 광이 날 때까지 솔질을 하며 털을 다듬어 주었다. 그런 다음 귀귀에게 마구를 씌우고 창고로 향했다.

그가 문을 열어 둔 채 양들을 어깨에 짊어지고 나올 때에도 두 수감자는 아무런 반응이 없었다.

왜 안 가는 거요?

선생이 총을 가지고 있으니까요.

지금 풀어 주는 겁니다.

이유는? 선임 단속반원이 의심스럽다는 듯이 물었다.

그것까지 알 거는 없고.

작은 문을 지나기 위해 허리를 굽힌 채 밖으로 나온 두 남자는, 눈에 반사된 햇빛을 가리기 위해 눈앞에 손을 갖다 댔다. 옷은 지저분했고, 면도를 하지 못한 얼굴은 여기저기 주름이 져 있었다. 두 사람은 이제 어떻게 할지 몰라 그대로 서 있었다.

그날 오후, 경찰이 마르셀에게 수갑을 채울 때 하늘은 파랗고 구름 한 점 없었다. 파란색은 가장 멀리 보이는 산 너머까지 펼쳐져 있었다. 산봉우리의 눈은 잠에서 막 깨어난 아이처럼, 지나간 일에 대해서는 까맣게 모르고 있었다.

그는 국가공무원에 대한 반항과 무장 강도, 국가 재산에 대한 고의적 파손이라는 죄목으로 기소되었다. 두 달 동안 구금된 후에, 재판에서는 이 년 형을 확정받았다.

B에 있는 교도소에서 그는 할 일 없이 무릎 위에 무겁게 놓인 자신의 손을 내려다보았다. 이제 일하는 습관을 잃어버렸어, 그가 말했다. 이제 다시는 건초 열세 수레를 채워서, 귀귀와 함께 언덕을 오를 수 없을 거야.

끈질긴 땅

건초

그녀 머리의 꽃
아침에는 촉촉했다가
열시에는 말라 버렸네

그녀의 앞치마가 양손처럼
돌멩이들을 움켜쥐고
주머니는 돌멩이로 무겁네

내일은
낫들이 숨을 헐떡이고
그녀의 옷이 흘러내리겠지

이 언덕에 그녀가 눕겠지
손은 언덕마루에
발은 아래 도로에 내려놓은 채

줄 맞춰 모여든
그녀의 수탉들이 웅크리겠지
달빛 아래 연인들처럼

다음 날 햇빛 아래서
그녀는 양손으로 땅을 짚고 걷겠지
불처럼 바짝 마르기 위해

여자들이 빗질을 해 주고

남자들이 들어 올리면
그녀는 수레에 오르겠지

앞바퀴를
바큇살에 막대를 끼워 고정하고
내가 그녀를 내리겠지

내가 그녀,
두번째 아내를 지붕 아래 채워 넣을 때
나는 땀으로 눈이 멀겠지.

루시 카브롤의 세 가지 삶

코카드리유는 1900년 구월에 태어났다. 흰 구름, 연기 같은 구름이 움직이는 것이 축사의 열어 둔 문 사이로 보였다. 마리우스 카브롤은 소젖을 짜고 있었다. 그의 아내 멜라니는 축사 벽 반대편 침대에 누워 언니와 이웃의 보살핌을 받고 있었다. 첫번째 아이는 아들이었고, 이름은 에밀이었다. 아버지 마리우스는 두번째도 아들이기를 바라고 있었다. 이름은 할아버지 이름을 따서 앙리라고 지을 생각이었다.

카브롤가(家)의 농가는 브린이라는 마을 위쪽 경사지에 있었다. 집 남쪽은 평지였고 거기에 배나무와 모과나무 들이 있었다. 집 옆에는 개천이 있는데, 할아버지 앙리는 기계톱을 돌릴 때 그 물을 끌어다 썼다. 거기서부터 통나무를 내려보내면 교회 앞까지 멈추지 않고 내려갔다. 나는 그 높은 곳에서 통나무를 굴려 내려보내던 일을 떠올리곤 한다. 곧은 통나무가 아니면 그것들은 짐승처럼 퉁퉁 튀면서 내려갔다. 위에서 내려다보면 마치 뜀박질하는 짐승처럼 보였다. 경사가 완만해지면 굴러가는 속도도 줄어들었다. 그만하면 멈추겠지 하는 생각이 들 때면 통나무는 한 번 더 뛰어 오른다. 평지에 도착해서도 통나무가 구르기를 멈추기까지는 시간이 좀 걸렸다.

침대에 누운 멜라니는 침대의 머리판을 붙잡았다. 부엌의 화덕에서는 이미 물이 끓고 있었다. 아이는 금방 나왔다. 그녀가 태어날 때를 생각하면, 나의 기억은 이리저리 오가다, 그녀가 물고기를 잡던 모습을 떠올린다. 그녀는 열네 살, 나는 그보다 세 살 위였다. 그녀는 개울을 거꾸로 오르며 양쪽 물가를 살폈다. 작대기로 돌 밑을 들추면 짙은 색 그림자 두 개가 미끄러지듯 반대편 물가로 움직였다. 그 순간부터 그녀는 잠시도 눈길을 떼지 않았다. 그녀는 치마를 허리춤까지 걷어 올리고는 단 한 번도 아래를 내려다보지 않은 채 강을 가로질렀다. 그러고는 미동도 없이 서서 기다렸다. 그녀의 허벅지를 지나는 물소리는 개울에 박힌 작은 돌덩이를 지나는 물소리와 똑같았다.

연어 한 마리가 돌출된 둑 밑에서 튀어나와 둥근 돌 아래로 움직였다. 그녀의 동작이 그렇게 빨라 보였던 건 몸집이 작아서였을까. 아니면, 경고를 전혀 듣지 않았기 때문에, 다른 사람들은 볼 수 없는 신호를 그녀만 볼 수 있었던 걸까. 둥근 돌 앞에서 깡충깡충 뛰며 물고기를 가둔 다음, 그녀는 작은 손으로 돌을 잡고 있는 힘껏 들어 올렸다. 물고기는 거기 기다란 혀처럼 갇혀 있었다. 그리고 역시 혀처럼, 물살의 목구멍 아래까지 움츠렸다. 물고기는 몸을 펴며 거기에서 벗어나려고 애썼다. 물고기는 옆으로 몸을 뒤집으려고 애썼다. 천천히, 손바닥의 힘을 빼지 않은 채, 그녀는 작은 손가락 하나를 혀와 돌덩이 사이에 집어넣었고, 곧 손가락 두 개를 더 뻗어 손으로 혀를 감쌌다. 그 모든 동작을 한 손으로 했다. 물고기가 동작을 멈추자, 그녀는 세 손가락으로 물고기를 잡고, 나머지 두 손가락으로는 물고기의 등을 받친 채 물 밖으로 꺼냈다.

계집애야! 이웃이 소리쳤다.

멜라니는 다정하게, 신기하다는 듯이 아이의 작은 몸을 바라보았다. 무(菁) 색의 몸뚱이가 거꾸로 들려 있었다.

이리 줘 보세요.

주름진 아이 얼굴의 이마에 짙은 붉은색 반점이 있었다.

세상에! 용서해 줘! 멜라니가 비명을 질렀다. 애한테 욕심 자국이 생겼잖아.

여성이 임신을 하면 종종 먹을 것이나 마실 것, 혹은 만질 것에 탐을 낼 때가 있다. 원하는 것을 가지는 것은, 자연의 섭리이자 모든 어머니의 권리다. 하지만 그 탐을 채우지 못할 때도 있고, 바로 그때 조심을 해야 한다. 산모가 원하던 것을 얻지 못한 채 자신의 몸 일부에 손을 대면, 배 속에 있는 아이 몸의 바로 그 자리에 자국이 남게 된다. 따라서 산모는 원하는 것을 얻지 못했을 때는 의식적으로 발이나 엉덩이를 만지는 게 낫다. 그러지 않으면 무의식중에 자신의 볼이나 귀를 만지게 되고, 그 결과 아이에게 보기 흉한 반점이 생기는 것이다.

세상에! 멜라니가 다시 울부짖었다. 애 얼굴에 욕심 자국을 남겨 버렸어.

멜라니, 진정해. 욕심 자국이 아니야. 이런 거 자주 봤어. 나오면서 머리가 눌려서 이런 거야, 언니가 말했다.

이웃이 아이를 다시 받아서 머리 윗부분이 최대한 동그랗게 되도록 꾹꾹 눌렀다.

민물고기가 먹고 싶을 때였던 것 같아! 멜라니가 계속 말했다.

언니 말이 옳았다. 며칠이 지나자 빨간 반점은 사라졌다. 한참 후에야, 멜라니는 자신의 딸이, 결국은 다른 종류의 욕심 자국을 지닌 채 태어난 것은 아닌지 자문하게 된다. 어릴 때 그 아이에게는 두 가지 남다른 점이 있었다. 몸집이 유난히 작았다. 그리고 기는 법을 익히고, 나중에는 걷고부터는, 종종 어디론가 사라지는 버릇이 있었다.

단추만큼 쉽게 잃어버리는 아이였으니까, 멜라니가 말했다.

나는 요람에 누운 아기 시절의 루시(아이의 이름은 그렇게 지었다)를 생각해 본다. 아기와 작은 동물 사이의 차이점은 뭘까. 동물은 자신의 길을 따라 곧장 나아간다. 아기는 이리저리 흔들리며, 처음에는 이쪽저쪽으로 구른다. 아기는 미소를 지으며 까르륵 소리를 내거나, 인상을 찌푸리며 목청껏 울음을 터뜨린다.

여섯 살 때, 루시는 하루 종일 사라졌던 적이 있다. 지금 문을 열고 나가 소들이 풀을 뜯는 언덕 쪽으로 몇 걸음만 올라가면, 그때 그녀가 사라졌던 길을 볼 수 있다.

그 길은 달이 뜨는 지평선으로 이어진다. 팔월이 되어 소들이 그 지평선 아래에서 풀을 뜯는 모습은 마치 커다란 등불 앞에 선 것처럼 어두운 형체로 보인다. 거기서부터 길은 언덕의 능선을 따라, 마멋이 사는 오솔길로 접어든다. 집채만 한 빙퇴석 사이를 지나고, 낭떠러지를 따라 계속 가다 보면 마침내 언덕 아래 숲에 이르게 된다.

저녁이 되자 루시는 모자 가득 버섯을 담아서 돌아왔다. 하지만 그때는 이미 브린의 마리우스가 수색조를 꾸린 다음이었다. 남자들이 등에 파라핀을 채우던 모습을 나는 기억한다.

집에서 할 일이 없을 때면 루시는 학교에 갔다. 마을 학교의 선생님은 마손 씨였다. 그는 『볼테르의 생애』에서 발췌한 구절들을 종종 읽어 주었고, 교회에서는 신부님이 그 책을 비판하는 설교를 했다. 『볼테르의 생애』에서 인상적인 부분은 한 군데밖에 없었다. 언젠가 기근이 들었을 때, 볼테르가 페르니의 농민들에게 곡물을 나누어 주는 부분. 그 부분을 제외하면, 『볼테르의 생애』는 그런 책이 있다는 것을 아는 정도의 책, 우리로서는 상상할 수 없는 어떤 삶과 관련있는 그런 책들 중 한 권에 불과했다. 사람들은 하루 중 어느 때에 책을 읽는 걸까. 우리는 궁금해하곤 했다.

마손 선생님은 베르됭에서 전사했다. 그의 이름이 전쟁기념비에 적혀 있다. 그는 매일 아침, 1교시를 시작하기 전 칠판에 그날의 요일과 날짜, 그리고 연도를 적었다. 전쟁기념비에는 그가 사망한 해와 달만 적혀 있다. 1916년 3월. 매일 아침 그날의 날짜를 적은 후에, 그는 유명한 구절을 하나씩 적었고 아이들은 공책에 받아 적었다.

모욕은 모래 위에 쓰고
칭찬은 대리석에 새겨야 한다.

학교를 다니던 마지막 해에 루시는 코카드리유라는 별명을 얻었다. 코카드리유(cocadrille, '수탉'을 뜻하는 'coco'와 '남자' '녀석' 등을 뜻하는 'drille'의 합성어로, 프랑스에서 알려진 상상의 피조물이다 ―옮긴이)는 소똥 더미에서 부화한 수탉의 알에서 유래한 동물이다. 알에서 깨어나자마자 녀석은 가장 어울리지 않는 곳으로 향한다. 자신은 보지 못하는 누군가의 눈에 띄면 코카드리유는 그 자리에서 죽는다. 그 경우가 아니면 녀석은 무엇이든 죽일 수 있는데, 족제비만은 예외다. 상대를 죽이는 독은 코카드리유의 눈에서 뿜어져 나와 눈길을 타고 상대에게 전해진다.

루시가 태어나고 얼마 뒤에, 멜라니는 아들을 한 명 낳았고 이름을 앙리라고 지었다. 앙리는 두 살이 되자 누나보다 몸집이 더 커졌는데, 그 누나는 이미 말을 타고, 난로에 넣을 장작을 나르고, 닭들에게 모이를 주고 있었다. 그녀의 작은 몸집이 질투를 불러일으켰다고도 할 수 있을 것 같다. 어린아이들은 보통 몸집 크기에 따라 권리도 생기는 거라고 생각하곤 한다. 이유가 뭐였든 간에, 앙리는 누나를 미워했다. 그 앙리가 사십 년 후 시장에게 이런 말을 하게 된다. 누나는 우리 가족에게 수치밖에 안겨 주지 않았습니다.

어느 날 멜라니는 닭 세 마리가 죽어 있는 것을 발견했다. 여우나 족제비의 소행은 아니었다. 닭들은 공격을 받은 흔적이 없었다.

누나가 죽였어요! 앙리가 소리쳤다. 누나가 그냥 쳐다보기만 했는데 죽었다고요.

건드리지도 않았어!

누나는 코카드리유예요!

아니야! 아니라고!

코카드리유! 코카드리유! 앙리가 소리쳤다.

둘이 그만 싸워. 엄마는 낮은 목소리로 말했다.

그때만 해도 그 별명이 굳어진 것은 아니었다. 그렇게 된 건 그다음의 일이었다.

부활절과 성령강림절 사이였다. 훗날 아르헨티나에 있을 때, 나는 오월의 그 산을 다시 보기 전에는 죽을 수 없다고 자주 혼잣말을 하곤 했다. 목초지와 아래쪽 길의 가운데 부분, 마차 바퀴 자국 사이에는 무릎 높이까지 풀이 자랐다. 친구와 함께 길을 걸을 때면 그 풀을 사이에 두고 걷는 셈이다. 숲에서는 너도밤나무의 늦은 새잎, 세상에서 가장 녹색인 그 잎들이 나오고 있었다. 소들이 그해 처음으로 축사에서 밖으로 나오는 시기였다. 녀석들은 뜀박질을 하고, 뒷다리로 발길질을 하고, 원을 그리며 돌고, 염소처럼 튀어 올랐다. 오월은 그 자체로 귀향 같았다.

그녀의 오빠 에밀은 전해 가을에 파리로 가서, 사마리텐에 새로 생긴 백화점의 중앙난방을 담당하는 화부로 일하고 있었다. 멜라니는 파리에서 온 엽서를 읽을 수 없어서 루시에게 건넸다.

오빠가 집에 온대요!

언제?

일요일에.

금요일에 마리우스는 가장 큰 검은색 토끼를 골라, 귀를 잡고는 털 사이로 살집을 확인했다.

그래, 이놈아, 에밀이 온단다!

그는 토끼를 한 번 더 쓰다듬은 후에, 한 방에 기절시켰다. 조심스럽게 두 눈을 파냈다. 뒷다리를 들고 거꾸로 뒤집자 피가 쏟아져 나왔는데, 피가 나오는 눈구멍 주변의 눈썹은 그대로였다. 일요일 아침에, 멜라니는 토끼의 가죽을 벗기고 사과술에 재워서 요리를 했다.

에밀이 루시에게 준 선물은 은색으로 칠한 모형 에펠탑이었다.

직접 봤어? 그녀는 흥분해서 물었다.

어디서든 보여. 높이가 삼백 미터나 되니까.

식사가 끝나자 멜라니는 접시 옆에 쌓인 뼈들을 손으로 모았다. 고기를 어찌나 깔끔하게 발라 먹었는지, 뼈들은 처음부터 상아나 뿔로 만든 것처럼, 고기가 붙어 있지 않았던 것처럼 보였다. 멜라니는 행복했다. 돌아온 아들은 벌써 자기 방에서 잠이 들었다.

매일 밤 앙리와 루시는 우유를 아랫마을의 낙농장까지 날랐다. 루시는 몸집이 작아도 힘까지 없는 것은 아니었다. 그녀는 산양처럼 강인했다. 앙리와 똑같이 이십 리터를, 학교 책가방처럼 끈으로 묶은 양철통에 담아서 등에 지고 내려갔다. 그날 밤에는 한잠을 자고 난 에밀도 함께 가겠다고 했다.

우유 이리 줘, 루시.

그녀는 거절했다. 머리가 겨우 에밀의 허리에 닿을 만했다.

파리에 내가 할 일도 있을까? 그녀가 물었다.

빵집에서 일하면 되겠다.

오빠는 직장에서 잠도 자는 거야?

지하철 타고 다녀. 지하철은 기차야, 땅 밑으로 다니는 전기 기찬데….

그 기차는 아침 몇 시부터 다니는 거야? 앙리가 물었다.

일찍 다녀, 그런데 파리 사람들은 잘 일어나지를 못해. 그래서 늘 서두르지. 사람들이 기차 잡으려고 터널을 따라 달리는 걸 너네가 봐야 하는데.

기차가 안 멈춰? 코카드리유가 물었다.

마을로 내려가는 길은 개천을 따라 나 있고, 내리막이 끝나는 곳에 라일락 나무가 한 그루 있었다. 라일락이 필 때면 삼십 미터 앞에서부터 향기를 맡을 수 있었다.

파리 이야기 더 해 줘.

사람들이 길에서 자고 그래, 에밀이 말했다.

왜?

좀 재워 달라고 해도 파리 사람들은 절대 집에 들여 주지 않으니까.

오두막이라도 지으면 되잖아.

오두막 지을 목재가 없어.

나무가 없다고?

불법이야.

레뷔즈 할아버지가 어떻게 했는지 알아? 루시가 물었다. 시장님이 아카시아 나무를 베면 안 된다고 했거든. 그런데 베 버린 거야. 벤 다음에, 나뭇잎이 너무 작아서 똥도 못 닦을 것 같다고 했거든! 그리고 그렇게 작기 때문에, 아카시아라고 할 수도 없다고 했어.

레뷔즈 할아버지는 자기가 똑똑하다고 생각하겠지만, 파리에서는 졌을 거야. 에밀이 말했다. 파리에 말이 몇 마리나 있는지 아니?

오만 마리! 앙리가 추측했다.

이백만 마리야. 에밀이 자랑하듯 말했다.

다음번에는 나도 데리고 가 주는 거야? 루시가 물었다.

사람들이 누나를 가둬 버릴 거야! 앙리가 말했다.

낙농장에 도착하자 치즈 장수가 허리를 펴고 일어나 손을 내밀며 소리쳤다.

그래, 에밀이 파리에서 돌아왔구나!

여름 동안만이요.

이제 몇 살이지?

열여섯이요. 에밀이 대답했다.

절대 어린 나이가 아니지!

아내가 틈만 나면 바람을 피우는 치즈 장수는 윙크를 해 보였다.

앙리와 루시는 지고 있던 우유통을 끌렀다. 낙농장 가운데 커다란 솥이 나무로 만든 걸이에 매달려 있었다. 낙농장은 위치가 좋아서 여름에도 시원했다. 치즈 장수의 아내는 남편 발이 늘 차갑다고 불평을 했다.

꼭대기까지 올라가 봤어?

무슨 꼭대기?

에펠탑 꼭대기 말이야!

승강기 타고 올라가야 돼, 에밀이 말했다.

승강기?

응, 승강기.

승강기가 뭔데? 그녀가 물었다.

끈질긴 땅

코카드리유는 아는 게 하나도 없어, 앙리가 웃으며 큰 소리로 말했다. 코카드리유는 그냥 똥통에 있어야 하는데.

아무도 그녀를 지켜보고 있지 않았다. 그녀는 우유통의 마개를 열고는, 마치 양동이로 물을 뿌릴 때처럼 앙리의 얼굴에 우유를 뿌렸다. 앙리의 머리칼에서 우유가 뚝뚝 떨어지는 동안 그녀가 소리쳤다.

네가 족제비만 아니었어도 내가 죽여 버렸을 거야!

치즈 장수가 욕을 하며 그녀를 때리려 했지만, 그녀는 얼른 피하고 큰 솥을 돌아 문밖으로 나가 버렸다.

그 이야기는 이내 브린의 마리우스 귀에까지 들어갔다. 그는 설거지통 옆에 있던 딸을 발견하고는 마구 때리며 소리쳤다.

우유는 물이 아니라고! 우유는 물이 아니라고!

그는 몇 대 때리다가 멈췄다. 그녀가 밝은 파란색 눈으로 그를 노려보았다. 그녀의 눈은 물망초 색이었다. 그 표정을 본 마리우스는 딸을 두 팔로 안아서 얼굴을 배에 대고 꼭 껴안았다.

아! 코카드리유. 그렇게 태어난 거지, 그렇지? 너도 어쩔 수 없는 거야. 바로 그렇게 태어난 거니까.

그녀는 작은 발을 그의 부츠 위에 올렸고, 그는 그런 자세로 딸을 태운 채 마당을 가로질렀다. 그는 웃으며 같은 말을 반복했다. 코카드리유! 코카드리유!

그렇게 코카드리유란 이름, 증오와 사랑에서 비롯된 그 이름이 루시라는 이름을 대신하게 되었다. 그녀가 열세 살 때, 곡예단이 마을에 와 광장에 공연 천막을 설치했다. 곡예단 일가족과 그때까지 본 것 중 가장 작은 착유 의자에 올라설 수 있는 염소 한 마리, 그리고 조랑말 두 마리가 전부였다. 곡예단 가족의 아버지는 진행자, 어머니는 곡예사, 아들은 광대였다. 오후가 되면 아들은 마을의 카페에서 트럼펫을 불며 저녁 공연을 알렸다. 남자들은 트럼펫 소리에 미소를 지었지만, 그 아들이 재미있게 해 주지 않는 이상 먼저 술을 권하지는 않았다.

그 곡예단에는 코끼리도 한 마리 있었다. 회색 옷감에 코를 꿰매 놓은 천코끼리. 진행자가 아이들이 앉아 있는 쪽을 돌아보며 지원자가 없냐고 물었을 때, 나는 잽싸게 튀어나갔다. 내가 코끼리의 앞부분을 맡고, 조제프, 눈사태에 죽은 조제프가 뒷부분을 맡았다. 그렇게 둘이서 광대가 연주하는 아코디언 소리에 맞춰 춤을 췄다.

자, 이제 암컷 코끼리입니다! 진행자가 두번째 회색 천을 들어 보이며 소리쳤다. 자, 예쁜 여자 친구들 두 명만 나와 주세요! 두번째 천에는 진주목걸이가 그려져 있었고, 커다랗게 접힌 귀에는 커다란 금색 귀걸이도 걸려 있었다. 귀걸이는 말의 재갈에서 떼 온 것이었다.

여자아이들은 너무 수줍음이 많았다. 아무도 손을 들지 않았다. 나는 코끼리 머리 부분을 들어 올리고 여자아이들을 향해 소리쳤다.

코카드리유! 코카드리유! 코카드리유!

그녀가 나왔다! 천막 안에 있던 사람들은 그렇게 자그만 아이가 코끼리 연기를 하려는 것을 보고 웃음을 터뜨렸다.

진행자가 아들에게 속삭이는 것을 들었다.

난쟁이야. 몇 살인지 알아 봐.

잠시 코카드리유는 눈을 반짝이며 그 자리에 홀로 서 있었다. 마침내 다른 여자아이 한 명이 자리에서 일어나 합류했다. 코카드리유 옆에 서니 그 아이는 거인처럼 보였다. 광대가 연주를 시작했다. 이번에는 바이올린이었다. 코카드리유가 맡을 수 있는 건 코끼리 뒤쪽 뿐이었다. 그녀는 허리를 굽히는 대신 꼿꼿이 서서, 코끼리 중간 부분이 꺼지지 않도록 회색 천을 팽팽하게 당겼다. 그렇게 우리는, 코끼리 두 마리, 수컷과 암컷은 바이올린 연주와 함께했다.

교과서에 코끼리 그림들이 있었다. 한니발에서 나폴레옹까지, 외국의 장군들이 산맥을 넘을 때 코끼리를 활용할 생각을 했기 때문이다. 우리 넷은 광장 한가운데서 춤을 췄고, 우리가 멈출 때마다 진행자는 우리 위로 채찍을 휘둘렀고, 관객들은 환호했다. 한 번 더! 한 번 더! 가끔씩 암컷 회색 코끼리의 뒤쪽에서 어색하게 춤을 추는 코카드리유의 맨발이 눈에 들어왔다. 나막신은 벗어 던져 버린 참이었다.

마침내 사람들은 우리를 놓아주었다. 광대 아들이 코카드리유에게 뭔가를 속삭이더니 자기 아버지를 돌아보며 고개를 가로저었다. 아버지는 어깨를 으쓱해 보였다.

다음에 학교에서 만났을 때 나는 그녀에게 곡예단이 어땠는지 물어보았다. 그녀는 코끼리 춤 이야기는 하지 않았다. 그녀가 좋아했던 건, 본인 말에 따르면, 죽마를 탄 광대였다. 하나 만들어줄 수 있냐고 내게 물었다. 나는 그러겠다고 했다.

나는 죽마를 만들지 않았다. 오십 년도 더 지난 후에 그녀가 내게 말했다. 그때쯤 그녀의 눈은 돌 색깔이 되어 있었다. 죽마 한 쌍만 있으면 큰 걸음 열 번에 골짜기를 건널 수 있을 텐데. 그 무렵 그녀는 일주일에 백 킬로미터를 걷고 있었다. 큰 걸음 열 번이면! 그녀가 한 번 더 말했다.

브린에 있는 카브롤가(家)의 농가는 아드베(advet), 즉 남쪽으로 면한 경사지에 있다. 반대편 위박(ubac), 북쪽에 면한 땅에는 라프라즈라는 작은 마을이 있다. 각각의 마을에 있는 수탉들에 대한 노래가 있다. 볕이 적게 드는 라프라즈의 수탉이 이렇게 외친다.

나는 울 수 있을 때 운다네.

브린의 수탉은 이렇게 외친다.

나는 내가 원할 때 운다네!

거기에 대해 위박의 수탉이 답한다.

그럼 만족하고 살아!

1914년 팔월, 라프라즈 반대편 밭에서 귀리를 베고 있던 카브롤 가족은 아래쪽 골짜기에서 울리는 교회 종소리를 들었다.

전쟁이 시작된 거야, 마리우스가 말했다.

세계 대학살이 시작된 거지, 멜라니가 말했다.

대혼란의 규모에 대해서는 보통 여자들이 남자들보다 잘 안다. 시장이 징집통지서를 보냈다. 국가의 부름을 받은 사람들은 대부분 열성적이었다. 마을의 카페가 징집된 군인들이 출발하던 날 밤처럼 북적였던 적은 그 이후로, 단 한 번도 없었다. 다른 징집병들보다 나이가 많았던 마리우스는 (그는 서른여덟이었다) 카페에 가지 않고 집에서 그날 밤을 보내며, 에밀에게 눈이 내리기 전까지 해 두어야 할 일을 알려 주었다. 그때쯤이면 그도 돌아오고, 전쟁도 끝날 거라고 했다.

강 옆으로 평원까지 이어지는 길을 따라 남자들이 떠날 때는 악단이 연주를 했다. 단원의 절반 정도가 떠나는 군인들이었기 때문에, 악단의 규모는 평소보다 작았다. 나는 그 전해 가을에 악단에 가입한, 가장 어린 드럼 주자였다.

마리우스는 첫눈이 내릴 때까지 돌아오지 않았다. 새해에도, 봄에도 돌아오지 않았다. 끝없는 전쟁의 시간이 시작되었다. 계절이 바뀌고, 해가 바뀌고, 우리 모두의 삶도, 아무것도 기억하지 못하는 아이들을 제외하고는, 중단되었다. 1916년 초에는, 에밀과 내가 징집되었다. 어린 남자아이와 노인 들을 제외하고는 남은 남자가 없었다. 성숙한 남자 목소리가 들리지 않게 되었다. 말들은 여자들이 하는 명령에 익숙해졌다.

멜라니와 코카드리유, 그리고 앙리가 경작지를 계속 관리했다. 해야 할 일이 너무 많았기 때문에 남동생은 누나와 대놓고 싸울 여유가 없었다. 앙리가 코카드리유를 화나게 하면 그녀는 그날 남은 시간 동안 사라져 버렸고, 앙리는 누나의 도움이 몇 시간만 없어도 일이 안 된다는 것을 깨달았다.

그녀는 몸집은 작았지만 지칠 줄 몰랐다. 그녀는 이동을 해야 할 때가 되면 멕시코만을 건너 천육백 킬로미터를 날아가는 벌새 같았다. 그녀는 집안의 두번째 여자가 아니라, 집에서 고용한 일꾼 즉 남자 같았다. 성격이 까다롭고 예측 불가능한 난쟁이 일꾼. 그녀는 말을 몰고, 나무를 해 오고, 앙리가 밭을 가는 동안 말을 끌고, 마당을 파고, 소에게 먹이를 주고, 사과술을 담그고, 과일을 재우고, 마구를 다듬었다. 빨래나 바느질은 한 번도 하지 않았다. 머리에 받침을 하면 건초를 팔십 킬로나 이고 옮길 수 있었다. 그 모습을 뒤에서 보면 무슨 마법처럼 보였다. 건초를 싼 면포가 그녀의 모습을 완전히 가려 버리는 바람에, 건초 더미가 언덕에 닿은 채 저절로 내려가는 것 같았다. 부엌에 함께 앉았을 때 멜라니와 앙리는 어쩐지 코카드리유가 무서웠다. 자신들의 말에 코카드리유가 어떤 반응을 보일지 전혀 알 수가 없었다.

1918년 초, 브린에 있던 가족은 에밀이 콩피에뉴 부근에서 심각한 부상을 당했다는 전보를 받았다. 매일 저녁 코카드리유는 나무통에 담긴, 거품이 낀 우유를 보며 에밀을 살려 달라고 빌었다.

그는 살아남았고 병원에 몇 달 입원했다가 집으로 돌아왔다. 마침내 마리우스까지 돌아왔을 때, 멜라니는 아들이 남편보다 더 늙어 보인다는 것을 알았다. 마을 사람들은 아무도 승리에 대해서 이야기하지 않았다. 그들은 전쟁이 끝나 가는 중이라고만 말했다.

전역하고 일 년쯤 지났을 때 마리우스는 멜라니가 아기를 가졌다고 에밀에게 말했다.

그 나이에요? 에밀이 물었다.

마리우스는 고개를 끄덕였다. 막내가 되겠지.

그래야죠!

아들이 놀란 표정을 지을수록 아버지는 더 크게 미소 지었다.

전쟁 내내 나 자신한테 약속을 한 거야.

어머니는요?

나는 살아남았으니까.

그럼 이제 넷이 되는 거네요, 에밀이 말했다.

그건 가족의 재산이 사등분될 거란 의미였다.

루시 카브롤의 세 가지 삶

그렇지, 코카드리유까지 치면.

코카드리유한테는 이야기하셨어요?

아직 안 했다.

걔가 어떻게 받아들일지 궁금하네요.

너네 엄마가 이야기해야겠지.

막내가 생기면 코카드리유도 달라질 거예요.

어째서 그렇지?

막내가 걔를 변화시킬 거예요. 저랑 코카드리유는, 이제 결혼해서 애를 낳아도 이상하지 않은 나이잖아요. 하지만 누가 코카드리유랑 결혼을 하겠어요? 게다가 저는 몸이 이래서 결혼은 못 하겠죠. 이제 우리 차례였는데, 대신 아버지가 애를 하나 더 만드셨네요.

노인네가 마지막으로 죄를 지었네! 마리우스는 후회하는 말을 하면서도, 미소를 멈추지 못했다.

1919년 십이월, 멜라니의 막내 아이가 태어났고, 이름은 에드몽이라고 지었다. 나는 군대에 일 년 더 있으면서 기술을 배운 후, 1920년 초에 마을로 돌아왔다.

이어지는 유월, 네 남자가 가파른 길을 따라 고지대에 올라갔다. 모두 젊었고, 덕분에 빠르게 산을 탔다. 그들은 아코디언 한 대와 빵 여덟 덩어리, 그리고 가축들에게 먹일 거친 소금 자루를 가지고 올라갔다. 하루 종일 일을 하다 해 질 녘이 되었다.

길 양쪽으로 쿠민이 자라는 곳에서 일행을 이끌던 남자가 걸음을 멈추었고, 넷은 칠백 미터 아래에 있는 마을을 돌아보았다.

앙드레네 양이 보이네, 로베르가 말했다.

그들은 강을 따라 평원으로 이어지는, 마을에서 나가는 길도 볼 수 있었다.

참 느리네, 앙드레는.

오노린이 죽고 나서 더 느려졌어.

재혼해야 해.

누구랑?

필로메네!

그들은 웃음을 터뜨리고는, 젊음의 확신을 가지고 마을을 내려다보았다. 그건 젊은이들은 더 분명하게 세상을 볼 수 있기 때문에, 노인들이 하는 실수를 피할 수 있을 거라는 확신이었다.

필로메네는 앙드레보다 힘이 센 남자도 집에서 나오게 할 수 있지!

정신을 나가게 하는 거겠지.

정상의 방목장에는, 풀들 바로 위로 날아다니는 새들이 가득했다. 그 새들의 비행은 마치 바느질 같았다. 새들은 나비처럼 빨리 날갯짓을 했고, 그러면서 높이 오를 수 있는 힘을 얻었다. 올라간 후에는 날개를 펴고 미끄러지듯 날았고 고도가 낮아지면 다시 날갯짓을 하며 그렇게 또 한 번의 바느질 자국을 남겼다. 그렇게 나는 동안 짹짹 우는 소리가 캐스터네츠 소리처럼 들렸다.

자신들의 머리 높이에서 나는 새들을 보며, 남자들은 지금 자신들이 만나러 온 여자들의 눈과 이름을 생각했다. 머지않아 새들이 비행을 멈추고 밤이 찾아올 것이다.

가끔씩 수석사제들이 와서 젊은 여성들을 고지대에 혼자 두는 관습의 비도덕성에 대한 설교를 하곤 했다. 마을의 주임 신부는 대안이 없다는 것을 알고 있었다. 소를 돌볼 줄 알고 치즈를 만들 수 있는, 두 손 멀쩡한 미혼의 딸 정도가, 산 아래 경작지에서 제일 빼기 쉬운 일손이었다. 나이 든 여인들은 지금도 고지대에서 보낸 여름 이야기를 한다.

그날 밤 여자들을 찾아가기 전에 네 젊은이는 노래를 부르기로 계획했다. 삼면이 바위로 둘러져 있어서 교회의 성가대처럼 울림이 많은 자리가 있었다. 거기서 젊은 남자들은 노래를 불러 젊은 여자들에게 자신들이 왔음을 알리려 했다. 이미 각자가 상상 속에서, 찍어 놓은 여자들이 있었다. 하지만 그 노래가 깜짝 행사가 되기 위해서는, 고지대의 오두막들이 모여 있는 곳을 벗어나 발굽처럼 생긴 바위벽 안에 들어가 숨어야 했다. 그렇게 돌아가려면 오두막 하나를 지나지 않을 수 없었지만, 그건 중요하지 않았다. 코카드리유의 오두막이었기 때문이다.

네 남자가 다가오자 코카드리유는 문간에 나왔다. 어른 여자의 옷을 입기는 했지만, 엉덩이도 가슴도 없었기 때문에 작은 몸집이 더욱 강조되었다. 그녀는 이상적인 하인의 모습이었다. 작지만 활달하고, 나이도 성별도 알 수 없는 그런 존재. 그해 여름, 그녀는 스무살이었다.

아코디언 가지고 왔네, 그녀가 말했다.

응, 가지고 왔어.

나 춤출 수 있는데. 그녀가 말했다.

그 나막신을 신고는 못 해. 못 하지!

그녀는 코끼리 뒷부분을 맡아서 춤출 때처럼 나막신을 벗어 던졌다. 발은 때가 끼어서 새까맸다. 음악이 시작되기도 전에 그녀는 치마를 무릎 위로 들어 올리고 축사 입구 주변, 소들이 드나들면서 풀들이 다 밟혀 지워져 버린 땅에서 격렬하게 춤을 추었다. 일단 춤이 시작되자 로베르가 몇몇 화음을 연주하기 시작했다.

멈춰! 내가 소리쳤다. 음악이 들리면 우리가 왔다는 걸 알게 될 거야.

아코디언 소리가 잦아들었다. 코카드리유는 눈도 깜짝하지 않고 나를 노려보면서, 다시 신발을 신었다. 아무런 변화가 없어서 오히려 혼란스러운 표정이었다. 마치 그녀의 머리와 목이 갑자기 마비가 된 것만 같았다.

우린 가려던 데가 있어서.

누구 한 명만 기름통 옮기는 거 도와주면 안 될까? 그녀가 물었다. 로베르가 앞으로 나섰다.

너 말고, 그녀가 말했다. 군대에서 방금 돌아온 사람 중에 한 명이면 좋겠는데.

나는 어깨를 으쓱하며 나머지 세 친구에게 잠깐 기다리라고 했다.

나머지는 가도 돼, 그녀가 말했다.

친구들은 손짓을 해 보이고 낄낄 웃으며 떠났다.

라 난한테 내가 올 거라고 얘기해 줘! 내가 친구들의 뒤에 대고 소리쳤다.

기름통에는 등에 쓸 기름이 들어 있었다. 통을 옮겨 주자 코카드리유는 커피 한잔 하라고 했다. 처음에는 오두막 안이 거의 보이지 않았다. 나는 컵을 손에 쥔 채 거기 가만히 서 있었고, 그녀는 묻지도 않고 증류주를 따랐다. 내가 들고 있는 컵에 술을 따르려면 그녀는 손을 자기 어깨보다 높이 올려야 했다.

너는 몸이 작아서 굴뚝 청소도 할 수 있겠다, 나는 다른 할 말이 없어서 그렇게 말했다. 나도 여자야, 그녀가 대답했다. 굴뚝에 똥이나 싸 줄까 보다.

희미한 조명 아래서 그녀의 모습은 거의 보이지 않았고, 그런 상태에서 그녀의 목소리는 여자의 목소리로 들렸다.

이번 가을에 파리에 일하러 갈 거야?

응.

마멋 잡아 줄 테니까 가지고 가.

어떻게?

그건 나만의 비밀이야.

자고 있을 때 땅을 파서 잡는 거야?

에펠탑에도 가 볼 거야? 그녀는 내 말을 무시하고 다시 물었다.

다른 애들이 기다리겠다, 내가 말했다. 커피 잘 마셨어.

걔들 지금 노래하고 있어, 그녀가 말했다. 안 들려?

안 들리는데.

그녀가 문을 열었다. 친구들의 노랫소리가 들렸다. "우리 아버지는 양이 오백 마리나 있지."

버터 좀 챙겨 줄게, 그녀가 말했다.

필요 없는데.

집에 버터가 많아서 더는 필요 없다는 거야?

그녀는 나를 남겨 둔 채 문을 지나 축사로 들어갔다. 그때쯤 달이 떠 있었다. 희미한 달빛이 먼지 낀 창으로 비쳤다. 책 한 권을 비출 정도, 그리고 나무 굴뚝 아래로 떨어질 정도였다. 식어 버린 재 주변에 달빛이 연못처럼 고였다.

코카드리유가 돌아왔을 때 나는 숨이 멎는 줄 알았다. 그녀는 블라우스와 속치마를 벗어 버린 상태였다. 가슴이 보였다. 각각 나무 숟가락의 동그란 부분만 했다. 그녀는 가까이 다가와 내 앞에 섰다. 짙은 젖꼭지에 우유가 묻어 있는 것이 보였다.

다음 날 아침이 되어서야 나는 그녀가 축사에 가서 소젖을 자기 젖꼭지에 묻히고 온 이유에 대해 생각해 보았다. 그 순간에는 나를 감싸 안은 그녀의 가냘픈 팔뚝을 제외하고는 아무 생각도 할 수가 없었다.

우리는 침대에, 그러니까 방 한쪽 끝에 붙여 놓은 나무 선반 위에 가서 누웠다. 침대에 누운 그녀를 만지는 동안, 그녀의 몸집이 점점 커지는 것 같은 느낌이 들었다. 그녀의 몸이 대지만큼 넓게 펼쳐져, 그 위에 내 몸을 던질 수 있을 것 같았다.

정신이 없어! 그녀가 소리쳤다. 젖이 나올 것 같아!

여자와 잠자리에 들어 본 건 군대가 주둔했던 L에 있는 사창가가 유일했다. 그 방의 조명은 분홍색이었고 매춘부는 돼지처럼 희멀겋고 피둥피둥했었다. 코카드리유가 군대에 다녀와 본 사람이 좋겠다고 말한 것도 그 이유 때문이었을까. 나중에야 그런 생각이 들었다.

새벽 두시, 그녀는 옷을 챙겨 입고, 잊지 말고 버터 챙겨 가라고 했다. 그녀는 나가려는 나를 붙잡고 뒤통수 쪽의 머리칼을 헤집더니 손톱으로 두피를 꾹꾹 눌렀다. 나는 심장으로 이어지는 길을 알고 있거든.

갑자기 구름이 달을 가리며 아무것도 보이지 않았다. 발밑 덤불에서 소리가 나서 걸음을 멈췄다. 덤불에는 온통 짓이겨진 자국이 있었다. 그날 밤 세번째, 혹은 네번째로 심장이 빨리 뛰었다. 하지만 이번에는, 나머지 경우와 달리, 온몸이 얼음처럼 차갑게 얼어붙었다. 나는 내달리기 시작했다. 십 분쯤 멈추지 않고, 마치 저주에서 벗어나려는 듯 죽을힘을 다해 달렸다.

나중에야 코카드리유가 자기 가슴에 소젖을 묻혔던 이유를 생각했던 것처럼, 역시 나중에야 집으로 돌아오는 길에 잠든 염소들을 깨운 것을 깨달았다.

다음 날 저녁 다시 그곳을 찾은 이유는 무엇일까. 왜 나는 친구들을 피해서, 혼자 올라갔던 걸까. 내가 온 것을 보고 그녀는 전혀 놀라지 않았다.

버터 다 먹었구나! 그녀가 말했다.

좀 더 줄 수 있어?

그래, 장. 그녀는 낮은 목소리로 아주 진지하게 내 이름을 말했다. 마치 그녀 자신이 지어 준 이름 같았다. 내 이름을 그렇게 불러 준 사람은 아무도 없었다. 그 목소리가 나를 장이나 테오필, 프랑수아 같은 이름의 다른 남자들과 구분해 주었기 때문에 나는 혼란스러웠다.

그녀가 커피를 끓였다. 나는 무슨 일을 했는지 물었고, 그녀는 자신의 하루를 이야기했다. 나에 관한 것은 아무것도 묻지 않았지만, 가끔씩 나를 쳐다보며, 자신이 불러 준 그 이름에 맞게 내가 반응을 보이고 있는지 확인했다. 우리는 탁자를 사이에 두고, 어둠 속에서 서로를 마주하고 앉아 있었다. 그때쯤엔 바깥도 실내만큼이나 어두웠다. 다른 오두막의 창가에는 불빛이 있었을 것이다. 나는 그녀가 등을 켜지 않은 이유를 알고 있었다. 혹시 다른 사람이 찾아오면 그녀가 이미 잠들었다고 생각할 것이다. 축사에 있는 암소가 머리를 움직이며 건드린 종소리가 오두막 안에 울려 퍼졌고, 마치 그 소리가 우리가 막 하려던 일을 재촉하는 것 같았다. 그때쯤엔 둘 다 말이 없었다. 축사에 있는 암소들의 숨소리까지 들릴 정도였다. 그때 그곳을 떠날까 하는 생각이 들었지만, 이미 너무 늦은 시간이었다. 바깥의 모든 것들은, 배의 뒷부분에서 바라본 해안선처럼 이미 너무 멀리 있었다.

그녀는 침대 옆에 초를 놓고, 아무 말 없이 불을 붙였다. 흰색 담요에서는 햇빛 냄새가 났다. 아침에, 소들에게 풀을 뜯긴 다음 담요에 묻은 피를 지웠을 것이다. 나는 거기 누워 그녀가 옷을 벗는 모습을 지켜봤다. 그녀는 자신의 옷을 탁자 위에 벗어 놓고 성큼성큼 침대로 다가왔다.

정신없게 해 줘! 그녀가 나를 내려다보며 말했다.

나는 그녀에게 고함을 질렀다. 저속한 욕을 하고, 그녀의 몸에 대해 동물들의 신체 부위를 말할 때 쓰는 말들을 썼다. 그녀는 미소만 짓고 있다가, 웅크린 자세로, 말을 타듯 내 위로 올라왔다. 나는 그녀를 떨어뜨리려 했고, 그녀는 내 어깨를 잡은 채 웃음을 터뜨렸다. 그녀의 웃음에 나도 웃음이 났다. 나는 고함을 멈췄다. 나는 말 울음소리를 냈다. 내가 말 울음소리를 내고 그녀는 내 귀 위의 머리칼을 말갈기처럼 움켜쥐었다. 나중에, 그녀가 어떻게 나를 그렇게 만들 수 있었을까 하고 혼자 궁금해했다.

우리는 그렇게 장난을 치고, 나무 침대 위에서 온 마을의 기운을 다 가진 것처럼 사랑을 나누었다. 어쩌면 노인의 자기 자랑에 불과한 것인지도 모르지만, 나는 말 그대로 한 팔로 그녀를 들어 올릴 수 있었다. 내가 침대에서 나오려고 할 때마다 그녀는 어떻게든 다시 나를 끌어들였다. 그녀가 전쟁 첫해에 그렇게 자주 봤던 여자, 혼자 밭에서 일을 하던, 욕을 하며 이미 지친 몸으로 시들어 가던 여자와 같은 여자라는 걸 믿을 수가 없었다. 나는 그녀의 몸 마디마디, 부분부분을 나의 몸으로 가늠하며 그녀를 웃게 했다. 오늘 나는 부엌 문설주에 그녀의 실제 키, 우리 모두 그렇지만, 나이가 들어 줄어들기 전의 키를 표시해 두었다. 일 미터 이십오 센티미터에 표시를 했다.

끈질긴 땅

나머지는 그 어느 것도 가늠할 수 없었다.

마침내 우리는 지쳤고 나는 신선한 공기를 쐬려고 일어났다. 카브롤가의 오두막 아래 경사면에 도랑처럼 꺼진 부분이 있었고, 거기에 실개천이 흘렀다. 실개천 덕분에 그 주변에는 꽃이 많이 피었는데 특히 도랑 양쪽으로 미나리아재비, 아주 작은 흰색 꽃잎이 다섯 개 열리는, 소들이 먹지 않는 그 꽃이 잔뜩 피어 있었다. 나는 그 꽃밭에 자리를 잡고 앉았고, 남자 모자를 쓴 코카드리유가 밖으로 나와 옆에 앉았다. 나머지 오두막들은 고요했다. 귀뚜라미들은 오래전에 울음을 멈췄다. 언덕 아래 마을의 지붕들이 주사위만 하게 보였다.

그녀는 잔디와 미나리아재비 위에 드러누워 별들이 꽃밭과 같은 모양으로 퍼져 있는 하늘을 올려다보았다. 그렇게 누워서 그녀가 이야기를 시작했다. 자신에 대해, 오빠 에밀에 대해, 언젠가 자신이 물려받게 될 땅에 대해, 소들에 대해, 신부님을 어떻게 생각하는지에 대해, 결혼을 절대 하지 않겠다는 자신의 생각에 대해 이야기했다. 처음에 나는 그녀의 이야기에 큰 관심을 가지지 않았다. 그런데 듣다 보니 차츰, 왠지 그녀의 이야기와는 반대되는 일들이 일어날 것 같았다. 그녀는 자신의 계획과는 정반대로 이야기하고 있는 것이 틀림없었다. 절대로 결혼하지 않겠다는 말은 사실이 아니었다. 그녀는 나를 자신의 남편으로 삼을 계획을 가지고 있었다. 그녀는 자신이 틀림없이 임신을 했으며 그렇기 때문에 내가 자신과 결혼할 수밖에 없을 거라고 믿었다.

루시! 내가 그녀의 말을 끊었다. 창공 같은 꽃밭에 앉아서, 왜 그녀의 원래 이름을 불렀는지 이유는 알 수 없다.

응?

나 다시는 안 올 거야.

다시 올 거라고 기대 안 해, 장.

그녀의 대답이 내가 의심한 최악의 상황을 확인해 주었다. 그건 이미 내가 빠져나갈 수 없다는 의미였다.

자, 버터, 그녀가 말했다. 나를 똑바로 바라보는 그녀의 시선에 겁이 났다. 처음 왔을 때, 그녀가 나의 이름을 이상하게 불렀을 때처럼, 내가 홀로 떨어져 있는 것 같은 느낌이 들었다.

다음 날 밤, 남동생과 함께 잠이 들었을 때 그녀의 꿈을 꾸었다. 코카드리유가 불타는 듯한 눈을 하고 겁도 없이 우리 집에 왔다. 애 아버지는 한 명밖에 없어요, 장이 아버지예요! 그녀가 꿈속에서 말했다. 사실이냐? 아버지가 나를 돌아보며 물었다. 나는 대답할 수 없었다. 코카드리유랑! 아버지가 고함을 질렀다. 아니야. 못 믿겠다! 증명할 수 있어요, 그녀가 말했다. 해 봐라! 아버지가 명령하듯 말했다. 장 엉덩이 바로 위에 사마귀가 몇 개 있는지 알아요. 코카드리유가 말했다. 몇 갠데? 어머니가 물었고 코카드리유가 숫자를 말했다. 나는 세 사람 앞에서 바지를 내릴 수밖에 없었고, 아버지가 사마귀를 셌다. 너 인생 망친 거야, 아버지가 말했다. 아무것도 아닌 일로 망친 거라고! 숫자는 정확했다. 나는 겁을 먹고 식은땀을 흘리며 잠에서 깼다.

그해 여름엔 몇 번이나 저녁에 고지대로 올라가 그녀가 임신을 했는지 안 했는지 확인하고 싶은 유혹을 느꼈다. 그때마다 가지 않는 게 낫다고 나 자신을 설득했다. 나는 조마조마해하며 마을에 머물렀다. 마침내, 팔월 말, 결혼식이 열린 교회 밖에서 그녀를 보았는데, 다행스럽게도, 그녀는 어떤 식으로든 나를 특별히 대하지 않았다.

겨울 두 번을 파리에서 보내고 왔을 때 브린의 마리우스가 병이 들었다. 칠월이었고, 나는 마을에 돌아와 있었다. 멜라니는 병상 옆에 앉아서 성심껏 남편에게 용기를 북돋아 주었고, 코카드리유는 열이 나는 아버지의 배에 올려 줄 얼음을 가지러 고지대로 올라갔다. 우리 넷이서 노래를 부를 예정이었던 말발굽 바위 근처에는 해가 전혀 들지 않는 동굴이 있었다. 그녀는 깨진 얼음을 양철통에 담고, 숄로 덮은 다음 브린까지 달려서 내려왔다. 내가 첫날 밤에 염소들에 놀라 한걸음에 달려 내려왔던 그 길이었다. 집에 도착할 때쯤엔 얼

　　　　　　　　끈질긴 땅

음의 절반이 녹아 버렸고, 통증 가득한 아버지의 배에 얹어 놓을 거라곤 모서리가 동그래진 은빛 조각들뿐이었다. 그녀는 그날만 세 번 동굴에 다녀왔고, 세번째로 내려왔을 무렵인 오후에 마리우스는 죽었다.

조문을 하러 그 집으로 갔다. 마리우스는 검은색 정장과 부츠 차림으로 누워 있었다. 침대 발치에서 카브롤 집안의 식구들이 자리를 지키고 있었다. 코카드리유는 어머니와 같이 미망인 복장을 하고 있었는데, 얼굴을 숙이고 있어서 제대로 볼 수는 없었다. 나는 마리우스의 멎어 버린 심장과 눈을 감은 얼굴 위에 회양목 가지로 성호를 그었다. 막내아들인 에드몽은 이제 겨우 세 살이었다.

조문객들을 위한 음식과 술이 나왔다. 코카드리유가 망자가 있는 방에서 나와 내게 튀긴 사과파이를 대접했다. 음식을 먹는 동안, 그녀가 나를 지켜봤다. 눈물로 얼룩지고 굳은 그녀의 얼굴, 검은색 옷을 배경으로 보니 파란 눈은 내가 기억하고 있던 것보다 훨씬 더 강렬했다. 사월이 되자 첫번째 물망초가, 떨어진 하늘 조각처럼, 잔디 사이로 모습을 드러냈다. 그 꽃을 뿌리째 뽑아 집 안에 들여놓으면 맑은 날씨도 함께 따라온다. 그녀의 눈도 똑같은 파란색이었다.

그래서 다시 떠나는 거야? 그녀가 물었다.

응. 파리로 가는 게 아니야. 남미에 갈 거야.

죽기 전에는 돌아와, 그녀가 깊은 목소리로 말했다.

그녀의 그 말에 나는 화가 났다. 나는 한 번 더 위로의 말을 전하고 그 집을 나왔다. 아버지가 죽은 후에도 코카드리유는 계속 농사일을 했다.

1936년, 에밀이 전쟁에서 입은 부상으로 결국 사망했다. 이 년 후 멜라니도 남편과 큰아들을 따라 묻혔다. 앙리는 옆 마을 처녀 마리와 결혼했다. 코카드리유는 소젖을 짜고, 축사를 관리하고, 채소를 기르고, 장작을 마련하고, 소들을 먹였다. 올케인 마리는 그녀에 대해 불평을 했다.

언니는 무슨 닭장처럼 지저분해요. 그리고 부엌에서는 손가락 하나 까딱 안 해요. 무슨 여자가 그래?

이 년이 지났다. 이차세계대전이 터졌다.

어느 날 아침 코카드리유는 자신의 낫으로 사과나무 사이의 풀을 베고 있었다. 다른 사람은 절대 쓰지 못하게 하는 낫이었다. 오랫동안 쓰면서 갈고, 두드려 펴고 하는 과정에서 낫은 많이 닳아서 이제 엄지손가락 정도 폭밖에 되지 않았다. 네가 나한테 돈을 아무리 많이 줘도 이런 낫은 절대 구할 수 없어, 그녀는 말했다. 여름을 스무 번쯤 지나야 이렇게 가벼운 낫이 되는 거니까. 스무 번의 여름 동안 나는 이 낫을 아들처럼 소중히 다루었거든. 이제 그녀는 자신만의 독특한 말버릇으로 유명한 사람이었다.

아직 공기가 풀들 아래의 흙보다 차가웠다. 과수원 너머로, 숲은 아직 한낮의 빛이 아니었다. 코카드리유가 고개를 들었을 때, 두 남자가 나무들 앞에서 그녀를 손짓으로 불렀다. 두 동생도 그녀가 일손을 놓는 것을 보고는 그녀를 따라 두 남자를 쳐다봤다. 숲 가장자리에 선 두 이방인은 어린이 한 명과 농부 두 명이 벌판에서 자신들을 가리키는 모습을 봤을 것이다. 때는 1944년이었다.

씨발! 앙리가 내뱉었다.

지하조직원(marquisard, 이차세계대전 중 독일에 저항한 프랑스 지하조직을 일컬음—옮긴이)이다. 에드몽이 말했다. 이제 에드몽도 어른 몸집에, 알 건 아는 표정을 하고 있었다.

아니면 뭐겠어? 앙리가 투덜거렸다.

세상에! 다른 사람들이 보면 안 되는데.

코카드리유는 아무것도 못 본 척했다. 항상 먼저 입을 여는 건 에드몽이었고, 앙리는 기다리는 쪽이었다. 앙리는 그런 자신이 더 영리하다고 자랑스러워하고 있었다.

마리가 음식을 좀 주면 그냥 갈 거야, 한참 후에 앙리가 말했다.

이방인 중 한 명이 언덕을 내려오기 시작했다. 반쯤 내려왔을 때,

남자는 산 그림자에서 벗어나 아침 햇살이 비치는 곳으로 나왔다. 남자는 키가 작고 땅딸막했으며 농민처럼 걸었다.

두 남자 형제는 혹시라도 자신들의 몸짓이 환영의 뜻으로 비칠까 봐 꼼짝도 하지 않았다. 몇 미터 앞까지 다가온 이방인이 인사를 했다. 안녕하십니까?

벌판에서는 의도적인 침묵이 강력한 무기가 된다. 앙리는 아무 말도 하지 않은 채, 집을 지키는 개처럼 목을 어깨 사이로 깊게 묻었다. 에드몽은 양손을 엉덩이에 댄 채 거만하게 노려보았다.

이십사 시간 동안 쉴 곳이 필요합니다. 이방인이, 형제가 전하려는 뜻은 잘 알겠다는 듯이 오랫동안 침묵을 견디다가 입을 열었다.

누가 우리 밭에 들어오라고 했습니까?

아무도 안 했습니다. 누구네 밭에 가면 안 되는지는 압니다.

이런 세상에! 앙리가 투덜거렸다. 그는 숫돌을 꺼내 낫을 갈기 시작했다. 날붙이에 닿는 숫돌 소리 역시, 좀 전의 침묵처럼, 더 이상 이야기하고 싶지 않다는 뜻을 전하기 위함이었다.

이방인은 사과나무 사이에서 낫질을 하고 있는 몸집이 작은 사람에게 다가갔다.

우리 숙녀분도 안녕? 그가 코카드리유에게 인사했다.

그녀가 돌아서자 남자는 그녀가 얼굴에 주름이 진 중년 여성임을 알아차렸다. 거의 어머니뻘이었다.

아, 제가 잘못 보고…. 이방인이 변명을 늘어놓았다.

나도 이 집안 사람이오, 그녀가 말했다.

남자는 아직 숲 앞에 서 있는 동료에게 신호를 보냈다. 두번째 남자는 다리를 절었고 양손에 총을 들고 있었다.

코카드리유가 지하조직원과 이야기를 나누는 것이 두려웠던 남동생들이 사과나무 쪽으로 다가왔다.

어디서 오셨습니까? 에드몽이 물었다.

나는 드랑스에서 왔습니다. 나치친위대가 거기 있는 우리 아버지

집을 태워 버려서요.

그럼 잃을 게 없겠네요. 에드몽이 말했다.

전혀.

그 한마디에는 위협이 담겨 있었다. 이번에도 침묵이 흘렀고, 들리는 소리라고는 풀들을 베어 나가는 코카드리유의 낫질 소리밖에 없었다.

음식을 좀 줄 테니 이대로 나가 주십시오. 앙리가 단호하게 말했다.

안 됩니다. 내일까지 머물러야 합니다.

다리를 절고 총을 든 남자가 합류했다. 아직 어린 남자였고 면도를 하지 않은 얼굴은 피곤하고 고통스러워 보였다.

숨기에 제일 좋은 방법은 우리랑 함께 일하는 겁니다. 앙리가 영리하게 말했다. 마침 건초도 좀 들여야 하던 참이니.

여기 이 동지는 부상을 입어서 치료를 받아야 합니다, 드랑스에서 온 농민이 말했다.

여기 병원 아니거든요!

코카드리유는 낫질을 멈추고 청년을 쳐다보며 물었다. 다친 데가 어디요?

오른쪽 허벅지입니다, 그가 대답했다.

내가 치료해 줄 테니.

독일군이 오면 어쩌려고? 앙리가 소리쳤다. 집 안에 들일 수는 없어.

선생님 말이 옳습니다, 드랑스에서 온 농민이 끼어들었다. 여기 그대로 있는 편이 낫겠습니다.

독일군이 당신들을 쫓고 있다는 뜻입니까?

아마도요.

부상당한 사람을 데리고, 게다가 독일군을 뒤에 달고 와서는 우리한테 목숨을 걸고 당신들을 숨겨 달라는 겁니까?

닭장에 숨으면 돼.

아닙니다, 선생님 말씀처럼 여기 밖에 있는 게 더 안전합니다. 우리는 건초 들이는 걸 도와주러 온 친척인 겁니다. 집 안에 누가 더 계십니까?

내 아내요.

그럼 모두 네 분이군요.

여기 코카드리유까지, 네 그렇습니다.

아주머니, 뜨거운 물과 붕대 좀 가져다주시겠습니까? 그 사이에 무기는 우리가 숨기겠습니다.

그녀는 집 안에서 면으로 된 띠를 몇 개 가지고 와서는, 개울 옆의 길쭉하고 평평한 땅으로 환자를 데리고 갔다. 그녀의 할아버지가 기계톱을 쓸 때 물을 끌어오던 그 개울이었다. 허벅지 위쪽의 상처는 어느 세대든 똑같은 그런 상처였다.

검은 원피스 차림의 그녀는 퍼질러 앉아서 몸을 숙인 채 상처를 살피며 뜨거운 물로 닦아 주었다. 전에 발라 두었던 소독약을 닦아내는 데 오래 걸렸다. 소고기처럼 빨간 상처였다. 그녀는 증류주를 희석해서 상처를 적셨다. 통증이 있을 때면, 청년은 잔디 위에 있던 손을 들어 옷 위로 그녀의 장딴지를 움켜쥐었다.

감사합니다. 그녀가 다시 상처 부위를 매 주고 치료를 마치자 청년이 말했다. 손이 참 부드러우시네요.

풀밭 위에 누운 청년의 몸이 아주 길어 보였고, 양말도 신지 않은 발은 십자가에 못 박힌 예수님의 발처럼 앙상했다.

부드럽기는! 일을 너무 많이 해서 부드러울 틈이 없어. 똥도 많이 만지고.

그가 눈을 감았다.

몇 살이요? 그녀가 물었다.

열아홉 살입니다.

어머니는 살아 계시고?

그럴 거라고 믿고 있습니다.

아버지는?

판사십니다.

이가 참 고르네. 이곳 출신이 아니지요?

네, 파리에서 왔습니다.

건초 들이는 일을 해 본 적은 있고?

하시는 거 보고 따라하겠습니다.

그녀는 청년이 일어서는 걸 도와주었다. 잠시 후, 그는 걸음을 멈추고 셔츠 자락으로 얼굴을 닦았다.

그녀가 청년에게 물병을 건넸다. 건초 들일 때는 물을 아무리 마셔도 오줌 싸러 갈 일이 없지!

정오쯤 자동차 한 대가 집 쪽으로 다가왔다.

모르는 척 하십시오, 드랑스에서 온 농민이 말했다. 계속 일하세요.

군복을 입은 남자 두 명이 차에서 내렸다.

민병대가 아니야, 독일군이야. 에드몽이 말했다.

파리에서 온 청년과 함께 있던 코카드리유가, 갑자기 손을 뻗어 손바닥으로 청년의 목덜미를 철썩 내리쳤다.

왜 그러세요! 청년이 소리쳤다.

말파리가 물려고 해서.

잠시 후, 아직 언덕의 그늘에 가려 있는 독일군의 거친 숨소리가 들렸다. 먼저 온 사람은 허리띠를 졸라매고 높은 모자를 눈 위까지 내려 쓴 장교였다. 그 뒤를 반자동소총을 든 하사관이 따르고 있었다.

모두 들으십시오! 장교가 말했다. 그는 건초 들이는 일을 하고 있는 다섯 사람을 둘러보았다. 농민 넷에 난쟁이 여자 한 명이었다.

암살범 여섯 명을 찾고 있습니다. 우리는 그자들을 알고 있습니다. 오늘 아침에 이쪽으로 지나간 사람 없었습니까?

내가 말씀드리리다, 코카드리유가 말했다. 머리도 가끔 새로 고쳐 줘야지 원. 오락가락해서 말이요. 돈만 있으면 새로 하나 사고 싶은데, 아, 머리를 파는 곳이 있다면요. 그럼 내일 새 머리를 달 수 있을 텐데. 그녀는 풀려 있던 원피스 단추를 채웠다. 오늘 아침에 자동차 한 대가 지나가는 걸 봤어요. 아니면 어제 아침이었나? 어쩌면 부대 하나가 지나갔을 수도 있어요, 확실히 모르겠네. 그 자동차를 보고 생각을 했어요, 참 이상하다고. 장교 한 분이 운전을 하고 있었거든. 선생님 쓰신 그런 모자랑 똑같은 거요. 그녀가 들고 있던 쇠스랑의 뾰족한 끝을 장교의 얼굴에 들이밀자, 하사관이 그녀를 밀쳤다. 그래서 생각을 했어요, 꼭 가면을 쓰고 있는 것 같다고요. 어쩌면 그 남자가 두 분이 찾고 있는 사람들 중 한 명일지도 모르겠네요. 암살범이요. 모자를 꼭 지금 선생님처럼 푹 눌러쓰고 있었어요, 마치 얼굴을 숨기려는 것처럼. 그게 오늘 아침이었나 어제 아침이었나, 내가 그 자동차를 본 게요. 그 차도 훔쳤을지 모르겠네요, 아시겠지만요, 선생님. 어제였던가? 확실히 알면 좋겠는데. 그녀가 손가락으로 귀를 팠다. 제 말이 틀림없습니다, 믿어 주세요, 여기 제 사촌들한테도 물어보세요. 그녀가 쇠스랑으로 두 지하조직원들을 가리켰다.

아무도 못 봤습니다, 드랑스에서 온 농민이 말했다. 적어도 해가 뜨고 나서는 못 봤어요. 우리가 다섯시에 일어났거든요. 지나간 사람은 하나도 없었습니다. 숲속에 처박혀 있다면 우리가 볼 수는 없으니까.

드랑스에서 온 농민은 무심한 눈길로 눈 덮인 산봉우리를 바라보았다. 파란 하늘에 세워 둔 새하얀 베개 같은 그 산을 보며, 그는 방귀를 뀌었다.

장교는 에드몽에게 다가가 부드럽게 얼굴을 만지며 그의 눈을 들여다보았다.

이쪽으로는 오지 않았습니다, 에드몽이 아부하는 투로 말했다. 그 사람들도 우리가 누구 편인지 아니까요.

아니지, 장교가 말했다. 당신들 우리 싫어하잖아!

자네는? 하사관이 총으로 파리 청년을 가리키며 물었다.

건초 다 말랐어요. 그는 난쟁이 여인의 아들인 양 느릿느릿 바보처럼 말했다.

오늘 아침에 뭐 본 거 없어?

파리랑 날파리요.

숲에서 나온 사람 없냐고?

파리랑 날파리요.

바보 같은 대답에 화가 난 하사관이 총구 끝으로 청년의 배를 세게 찔렀다. 난쟁이 여인이 대드려는 듯 쇠스랑을 치켜들었다. 장교는 마르지 않은 건초로 미끄러운 경사지에서 벌어진 소동에 인상을 찌푸렸다.

시간 낭비야, 그는 하사관에게 무뚝뚝하게 말했다. 그리고 농민들을 향해 이렇게 말했다. 만일 거짓말이면, 분명 약속하는데 내 꼭 돌아옵니다. T에서 그랬던 것처럼.

그 전해 겨울의 어느 날 밤 독일 군인들이 T에 있는 마을을 찾아왔다. 무장 트럭 두 대, 장교가 탄 차, 그리고 탐조등을 단 사이드카 달린 오토바이를 끌고서였다. 탐조등으로 문을 비추고 그들은 한 집 한 집 차례대로 수색했다. 군인들은 여자들을 숲으로 몰아낸 다음, 남자들을 한 줄로 세워 놓고 총살했다. 축사와 가축 들이 불타는 동안 군인들은 노래를 불렀다.

하사관이 먼저 떠났다. 장교는 언덕길을 내려가며, 미끄러지지 않게 부츠 뒷굽으로 땅을 단단하게 밟았고, 건초 더미에서 날린 먼지가 광을 낸 부츠 뒤에 묻었다.

자동차가 떠나자 그사이 있었던 일의 흔적이나, 앞으로 있을 일의 기미 같은 것은 어디에도 보이지 않았다.

여기 아주머니께서 말씀을 썩 잘하시네! 드랑스에서 온 농민이 말했다. 그녀는 남자가 자신을 바보 취급하는 것 같아 인상을 쓰고 노려보았다. 첫번째 삶에서 코카드리유는 다른 사람들의 평가에 결코 무관심하지 않았다.

이제 안전해. 다른 사람들 다 조사해 보기 전에는 다시 안 올 거요, 그녀는 자신이 붕대를 감아 주었던 청년에게 말했다. 이제 가서 건초 창고에서 좀 쉬어요.

일 해야지. 앙리가 따지고 들었다. 처음부터 그러기로 한 거잖아. 저 사람들이 다시 와서 쉬고 있는 걸 보면….

다리 때문에 쉬어야 합니다.

세상에! 당신 집이 아니라고 그런 말 하지 마쇼.

가서 건초 창고에서 쉬어요, 군인들이 다시 오면 거기 건초 더미 위에서 일하면 되니까. 코카드리유가 말했다.

잠들면 어쩌려고?

내가 같이 있을게.

같이 있는다고! 하나님 맙소사! 이 건초 다 들여야 한다고.

아주머니 말이 맞습니다, 드랑스에서 온 농민이 말했다. 아주머니 말 들으세요.

건초 창고는 절반쯤 비어 있었고, 나머지 절반에는 새로 쌓은 건초가 천장 들보까지 쌓여 있었다. 코카드리유가 창고 문을 닫으니 황혼 녘처럼 어두웠다. 그녀는 다친 청년, 아들뻘이 되고도 남을 것 같은 청년에게 어떤 일이 있어도 건초 사이에 숨으면 안 된다고 말했다. 지난해에 지하조직원 한 명이 다른 농가의 건초 더미 사이에 몸을 숨겼는데, 이탈리아 군인들이 수색을 한다며 뾰족한 쇠스랑으로 건초 더미를 찔러 댔다. 지하조직원은 목이 찔렸지만 소리를 지를 수도 없었다. 이탈리아 군인들은 창고로 어슬렁어슬렁 들어와 농가의 부인에게 농담을 걸었다. 상처를 입은 지하조직원은 건초 더미를 빨갛게 물들인 채 과다 출혈로 죽었다.

저들도 자신들이 졌다는 걸 알아요. 장교 눈빛에서 눈치 못 채셨어요? 청년이 물었다.

루시 카브롤의 세 가지 삶

코카드리유는 어깨를 으쓱해 보였다.

전쟁이 끝나면 뭐 할 거요?

공부 계속해야죠, 청년이 대답했다.

그리고 나중에는 아버지처럼 판사가 되고?

아뇨, 제가 믿는 건 그것과는 다른 정의입니다. 민중들의 정의, 아주머니나 동료 일꾼들 같은 농민들의 정의, 공장에서 일하는 사람들에게 공장을 되돌려 주고, 땅을 일구는 사람들에게 땅을 되돌려 주는 정의입니다. 그렇게 말하면서 청년은 부끄러운 듯 미소를 지었다. 뭔가 은밀한 고백을 할 때처럼.

자네 아버지는 부자요? 그녀가 물었다.

꽤 부잡니다.

그럼 그 돈을 자네도 좀 물려받는 건가?

아버지가 돌아가시면 전부요.

그럼 우리는 같은 사람이 아니네.

그녀는 나막신을 벗고 뒤꿈치를 다른 쪽 다리에 문지르는 버릇이 있었다.

그 돈으로 신문을 발행할 거예요. 그때는 자유언론을 가지게 될 겁니다. 자유언론은 민중들을 제대로 움직이기 위한 전제 조건입니다.

자네 발도 뜨겁나? 그녀가 물었다.

건초에 먼지가 많네요, 그가 말했다. 그는 진지하게 자신이 말한 모든 것을 편견 없이 동등하게 고려했다.

그나저나 지금 자네는 위험한 거 아니요, 그녀가 한마디 했다.

아주머니가 더 위험하죠.

그 말은 맞아, 오늘은 우리 둘이 평등하네.

동생분들도 아주머니와 같은 생각입니까?

아닐 거요.

저분들은 믿을 수 없습니다, 그가 말했다.

끈질긴 땅

동생들은 염소 뒷다리만큼 단순한 사람들이지. 이제 좀 쉬어요. 나중에 상처 한 번 더 소독해 줄 테니까. 이름은 뭐요?

생 쥐스트입니다.

그런 이름은 처음 들어 보네. 이제 쉬어요, 생 쥐스트.

그는 미동도 없이 잠이 들었다. 저녁에 나머지 사람들이 식사를 하는 동안 그녀는 청년에게 빵과 수프를 갖다주었다.

기운이 좀 나네요, 그가 씩씩하게 말했다.

상처 다시 소독합시다.

아닙니다, 그냥 옆에만 계셔 주세요.

코카드리유가 옆에 앉자 청년은 그녀의 무릎을 베고 누웠다. 그녀는 손가락으로 청년의 머리를 쓸어 주었다.

손이 참 부드러우시네요. 청년이 두번째로 그 말을 했다.

꼭 건초에 갈퀴질하는 것 같네, 그녀가 웃으며 말했다.

그녀는 거기서 이야기를 멈췄다. 두 사람이 사랑을 나누었는지는 알 수 없다. 어쩌면 그 기억을 떠올리다 보니 그게 궁금해졌을 뿐인지도 모른다. 하지만 코카드리유가 자신이 만났던 남자들 이야기를 하는 걸 듣다 보면 늘 뭔가 궁금한 점이 생기곤 했다.

두 지하조직원은 다음 날 떠났다. 사십팔 시간 뒤에 마을 사람들은 민병대가 지하조직원의 은신처를 습격했다는 소식을 들었다. 지하조직원들은 감옥에 가거나, A로 끌려간 후 벌판에서 총살당했다. 모두 여섯 명이라고 했는데 그중에는 드랑스에서 온 농민과 생 쥐스트도 있었다. 민병대가 은신처를 발견할 수 있었던 것은 밀고자가 있었기 때문이라고 했다.

코카드리유는 그 소식을 듣고 오열했다. 그날 저녁 식사 자리에서도 그녀는 퉁퉁 부은 눈으로 계속 울었다.

세상에, 좀 그만해요, 아줌마! 앙리의 아내가 소리쳤다. 나이도 있으신 분이 창피한 줄 아셔야지!

개랑 함께 잔 사람은 몸에 벼룩이 옮게 마련이지, 에드몽이 말했다.

거 좋네! 앙리가 소리쳤다. 거 좋아! 개랑 함께 잔 사람은 몸에 벼룩이 옮게 마련이라!

그녀는 이 모욕을 한시도 잊지 않았다. 그녀는 어린 시절에 그랬던 것처럼, 사라지기 시작했다. 남동생들에게 말도 없이 하루 종일 모습을 감추었고, 어떨 때는 밤에도 돌아오지 않고 이틀씩 없어지기도 했다. 그녀에게 규칙적인 일을 맡기는 것이 불가능해졌다. 점차 그녀는 일을 아예 하지 않게 되었다. 이 일 저 일 모두 수치스럽게 느껴졌다. 일 자체가 수치스러운 게 아니라, 용서할 수 없는 두 남자를 위해 그 일을 해야 한다는 것이 수치스러웠다.

얼마 후, 그녀는 집안의 그 누구와도 말을 나누지 않았다. 잠은 축사에서 잤다. 식사는 혼자서 했다. 하루에 한 끼 이상 식사를 하는 것이 귀찮아, 담배를 말아 피웠다. 동생들은 그녀가 고의든 실수든 조만간 집에 불을 낼 것 같아서 두려웠다. 축사에서 담배 피우다 걸리면 두들겨 팰 거라고 협박했다. 복수로, 그녀는 동생들 중 누군가가 나타낼 때마다 불붙이지 않은 담배를 입에 물었다.

코카드리유가 도둑질을 한다고 마을에 맨 처음 소문을 낸 것은 앙리였다. 그녀가 아내의 닭장에서 달걀을 훔쳤다는 것이다. 일을 안 하기 때문에 달걀을 가질 권리가 없다고 앙리는 말했다. 그녀가 돈을 마련하기 위해 달걀을 판 거라고.

어떤 사람들은 앙리의 말을 믿고 그를 불쌍히 여겼고, 또 어떤 사람들은 그래도 어쨌든 누나 아니냐고, 그러니 그녀도 유산에서 본인 몫이 있는 거 아니냐고 따졌다. 시간이 지나자 그녀가 다른 농가에서도 이것저것 훔치고 있음이 분명해졌다. 상추 몇 포기, 자두 몇 개, 호박 한두 개 같은 것들. 앙리와 에드몽이 그 사소한 도둑질을 심각하게 여기고 있는 줄은 아무도 몰랐다. 그들은 그런 일이 자신들에 대한 모욕이라고 생각했다.

파국은 불과 함께 찾아왔다. 어느 가을 아침, 카브롤가의 곡물 창고에 불이 났다. 두 남동생은 코카드리유가 고의로 불을 지른 거라고 고발했다.

두 사람은 시장을 찾아가 더 이상 누나의 행동에 책임을 질 수가 없다고, 누나가 광기를 통제하지 못해서 물건을 훔치고 불을 지른다고 했다. 시장은 그 문제가 시 바깥으로 새어 나가는 것을 원하지 않았다. 마침내 해결책을 제시한 건 시장의 아내였고, 시장은 그 방법을 앙리와 에드몽에게 제안했다. 두 사람은 매우 좋아하며 받아들였다. 그 제안 때문에 코카드리유의 첫번째 삶이 끝을 맞이하게 되었다.

　　　　　　　　　　루시 카브롤의 세 가지 삶

루시 카브롤의 두번째 삶

농민에게 거리는 그가 땅에서 어떤 농사를 짓느냐에 따라 달라진다. 체리나무 두 그루 사이에서 멜론을 재배하는 농민이라면 오백 미터는 꽤 먼 거리다. 고지대의 목초지에서 소를 기르는 농민이라면 오 킬로미터도 그리 먼 거리가 아니다. 코카드리유에게, 이제 가진 땅이 하나도 없어서 아무것도 키우지 않는 그녀에게는, 이십 킬로미터도 짧은 거리가 되었다. 그녀는 빨리 걸었다. 할머니가 된 후에도, 사람들은 그녀가 순식간에 사라지곤 한다고 말할 정도였다. 산길을 오르는 모습이 보이는가 싶더니, 어느새 언덕과 지평선 그 어디에도 보이지 않는 식이었다. 그녀는 보통 자루를 하나 들고 다녔고, 가끔씩 등 뒤로 커다랗고 파란 우산을 매달고 있었다.

1967년 구월의 어느 아침, 그녀는 일찍 길을 나섰다. 가려는 곳은 고지대 숲에 있는 평원, 당시 그녀가 살고 있는 곳에서는 팔 킬로미터쯤 떨어진 곳이었다. 벼락에 맞아서 쓰러지거나, 강풍에 뿌리째 뽑힌 소나무들은 회색으로 변할 때까지 그 자리에 그대로 쓰러져 있었다. 겨울에는 눈을 맞으며 얼어붙었고, 여름이면 햇빛에 달아올랐다. 그 숲에는 길이 없었다. 쓰러진 나무 둥치 위에는 촘촘하게 분해된 솔방울 잔해가 수백 개씩 흩어져 있었다. 봄에 눈이 녹고, 다람쥐들이 갉아 먹은 흔적이었다. 나무뿌리와 바위 주변에는 어디나 산딸기가 가득 자라고 있었다.

산딸기 줄기가 그녀보다 길었다. 줄기를 쥘 때면 그녀는 웅얼웅얼 소리를 냈다. 뱀들을 겁주기 위해서였다. 그녀는 아래쪽에 주렁주렁 달린 딸기들이 위로 오게 왼손으로 줄기를 뒤집은 다음, 오른손 엄지와 나머지 손가락으로 훑으며 딸기를 땄다. 그렇게 한 다발 한 다발씩 따다가 뒤집은 줄기의 맨 끝에 있는 다발을 딸 때는 자칫 몸이 앞으로 거꾸러질 수도 있었다. 하얀 고갱이에서 쉽게 떨어지지 않는

끈질긴 땅

딸기들은 그대로 뒀다. 딴 딸기들은 왼손에 옮겼다. 산딸기는 젖꼭지처럼 따뜻하고 오돌토돌했다. 그녀는 주름지고 때가 잔뜩 낀 손으로 산딸기가 터지지 않게 조심스럽게 쥐었다. 손안에 다 담을 수 없을 정도로 많아지면 골풀 바구니에 담았다. 그렇게 숲을 지나는 동안, 그녀가 지나간 자리에는 열매가 떨어져 나간 새하얀 고갱이 수천 개가 떨어져 있었다.

나는 그녀를 지켜보고 있었다. 같은 날 아침, 나는 고지대 평원의 가장자리, 소나무 숲이 끝나는 경계를 따라 자라는 그물버섯을 따기 위해 거기 있었다. 나무들 사이로 검은색 옷을 입은, 몸집이 아주 작은 여인의 모습을 발견하고 놀랐다. 고향에 돌아온 뒤로는 코카드리유 소식은 다른 사람들을 통해서만 듣고 있었다.

부에노스아이레스에서 지내게 되면서는 그녀 생각은 거의 하지 않았다. 어쩌다 생각이 날 때에도, 그녀의 교활한 속임수에 넘어가지 않은 건 운이 좋았던 거라고만 생각했다. 나는 여전히 그녀가 나를 속여서 결혼하려고 했던 거라고 굳게 믿고 있었다. 다행히도 그녀의 계획은 실패했다. 아마도 그녀는 불임이었을 것이다. 예상과는 달리, 시간이 지날수록 그녀 생각이 자주 났다. 그녀와 얽히지 않게 된 건 당연히 나의 운이라고 생각하고 있었다. 부에노스아이레스의 바람 한 점 없는 뜨거운 밤에, 세상에서 가장 낡고 지저분한 동네에서 멀지 않았던 방에서 종종 고지대의 여름에 있는 상상을 했다. 카브롤가의 오두막 옆, 별빛 아래 풀들이 길게 자라 있던 것이 특히 자주 생각났다. 그럴 때면, 나를 향한 그녀의 계략마저도 한가하고 순수한 삶의 일부였던 것처럼 느껴졌다.

숲의 나무 사이에서 그녀는 가끔씩 허리를 펴고 방금 딴 산딸기를 먹곤 했다. 나는 그녀의 눈에 띄지 않게 숨었다. 나는 그녀 몰래 그녀를 보고 싶었다.

아르헨티나에서 이십오 년을 지낸 후에 나는 북쪽의 몬트리올로 갔고, 그곳에서는 잠시 부자로 지냈다. 내 이름으로 된 술집을 운영하기도 했다. 이따금씩 사람들에게 달밤의 염소 무리와 코카드리유에 대한 이야기를 했다. 언젠가 손님 한 명이 그 여자는 난쟁이였느냐고 물었다. 설명을 해야만 했다. 아뇨, 난쟁이는 아니고, 그냥 작았어요. 발육이 덜 됐다고 할까, 세상도 잘 모르는, 난쟁이랑 비슷하지만, 난쟁이는 아녔고요. 신체적으로 난쟁이와 비슷하면, 그게 난쟁이인데, 손님이 말했다. 아닙니다, 나는 대답했다.

다시 숲을 돌아봤을 때 그녀는 사라지고 없었다. 숲에서는 나뭇가지 하나도 움직이지 않았다. 빨간 솔방울이 흩어져 있었는데, 그해에는 유난히 야한 빨간색이었다. 그런 빨간색은 처음이었는데, 마치 긴팔원숭이의 똥구멍 같은 빨간색이었다. 코카드리유의 흔적은 보이지 않았다. 어쩌면 그녀의 모습을 봤던 것이 착각이 아니었을까 싶었다. 하지만 그녀가 있던 자리에 가 보니, 산딸기 줄기가 모두 뒤집혀 있고, 그녀가 딴 산딸기 열매의 새하얀 고갱이들이 잔뜩 흩어져 있었다.

며칠 전에는 학교에서 돌아오는 아이들이 그녀 이야기를 하는 것을 들었다.

길에서 마주치기만 해도 무서워.

왜 그렇게 높은 곳에서 살까? 그 먼, 벼랑 옆에서 말이야.

우리 엄마 말이 마멋을 잡아서 껍질을 벗긴대.

우리 아버지는 거기 엄청난 재산을 숨겨 놓고 있다던데.

개라도 한 마리 데리고 살면 안 되나?

마녀는 개 안 키워. 고양이 키우지.

그 할머니가 쳐다보면 입을 벌리게 돼. 그거 알아챘어? 입을 다물 수가 없는 거야!

나는 버섯을 찾아 땅만 보며 걸었다. 나이가 들면서 귀가 조금 안 들리기 시작했다. 뭔가 낌새가 느껴져서 옆을 돌아보았다. 검은 원피스를 입은 여자가 상처투성이 무릎 위까지 원피스를 들어 올린 채 나무 밑에 쪼그리고 앉아 있었다.

끈질긴 땅

누가 똥 싸고 있는 걸 지나가다 봤으면 모자를 벗고 인사를 해야지, 그녀가 까마귀 같은 목소리로 말했다.

나는 쓰고 있던 베레모를 살짝 들어 보였고, 그녀는 역시 까마귀 같은 목소리로 웃음을 터뜨렸다.

그녀는 나를 못 알아본 것 같았다. 몸을 일으키고 치마를 내린 다음 나를 향해 다가오던 그녀는 갑자기 걸음을 멈추고 소리쳤다.

장이잖아!

나는 고개를 끄덕였다.

나 알아보겠어?

코카드리유잖아.

아니야! 그녀는 그렇게 말하고는 갑자기 웃음을 멈췄다.

왜 나를 따라오는 거야? 그녀가 물었다.

그물버섯 따러 온 거야.

좀 찾았나?

뭘?

좀 찾았냐고. 그녀는 끈질기게 물었다.

나는 자루를 열어 보였다. 그녀의 머리는 완전히 백발이었고, 입가의 주름은 깊었다. 얼굴 양쪽으로 땀이 흘러내린 자국이 보였다. 입술 주위에는 좀 전에 먹은 산딸기의 진홍색 자국이 묻어 있었다. 그 자국이, 주름진 얼굴이나 백발의 머리와 함께, 빨리 늙어 버린 어린이 같은 으스스한 인상을 풍겼다. 아니면 철없어 보이는 노인 같은 분위기라고 할까.

나한테 줘. 그녀는 내가 딴 그물버섯에서 눈을 떼지 않고 말했다.

어디에 쓰려고?

내 거야! 그녀가 소리쳤다.

그녀는 자신이 살고 있는 곳에서 반경 십 킬로미터 안에서 자라는 것들 중, 사람들이 일부러 심어서 키우는 것이 아니라면 당연히 자기 소유라고 믿고 있었다.

　　　　　　　　　　루시 카브롤의 두번째 삶

나는 자루를 닫았다. 그녀는 고개를 돌리고는 혼잣말로 조용히 욕을 했다.

그러니까 돌아온 거네, 잠시 후 그녀가 말했다.

어, 돌아왔어.

너무 오래 나가 있었어. 그녀는 파란 눈으로 나를 뚫어질 듯 쳐다보았다. 이제 그 눈은 더 이상 꽃의 파란색이 아니라, 남정석(藍晶石)이라는 돌의 파란색이었다.

나도 여기 올라오는 길 알아, 내가 말했다.

나 염탐하러 왔구나.

염탐?

나 염탐하러!

내가 왜 너를 염탐해?

그럼 버섯 나 줘.

싫어.

왜 거절했냐고? 내가 찾은 버섯이니까 그것들은 내 것이었다. 그건 아주 기초적인 정의다. 하지만 나와 그녀는 둘 다 정의와는 상관없는 삶을 살았다. 나는 그냥 습관처럼 거절을 한 것이다.

그녀는 들고 있던 자루에서 빈 골풀 바구니를 꺼내 다시 산딸기를 따기 시작했다. 나는 가득 찬 골풀 바구니들을 자루 안에 어떻게 놓으면 딸기가 상하지 않는지 궁금했다.

너 없는 동안 모든 게 다 바뀌었어, 그녀가 어깨 너머로 말했다.

네가 집을 떠나고 나서도 많은 것이 바뀌었겠지.

내가 떠난 거 아니야. 그놈들이 나한테 아무것도 안 물려준 거지.

그녀는 산딸기를 따라 걸음을 옮기며, 내게서 멀어져 갔다. 잠시 후에는 내가 거기 있다는 사실을 잊어버린 것 같았다. 그녀는 산딸기가 유난히 많이 달려 있는 가지를 하나 찾아서 뒤집었다.

고맙네, 아기 돼지 같은 것이, 그녀가 까마귀 같은 목소리로 말했다. 고마워!

나가 살면서 결혼은 했나? 그녀가 큰 소리로 물었다.

응.

그녀의 말을 더 잘 듣기 위해 내 쪽에서 딸기나무를 헤치고 다가갔다. 그녀는 스타킹도 없이 맨 다리에 부츠를 신고 있었다. 여기저기 긁힌 자국이 있는 다리는 암소 앞다리처럼 굽어 있었다.

그런데 왜 혼자 돌아온 거야?

아내는 죽었어.

그럼 홀아비네.

그렇지, 홀아비지.

자식들은 있고?

아들 둘. 걔들은 둘 다 미국에서 일해.

돈이 모든 걸 다 바꾸더라고, 그녀가 말했다. 그녀는 왼손에 가득한 산딸기가 마치 동전이라도 되는 것처럼 들어 보였다. 돈 없는 사람은 이빨 없는 늑대나 마찬가지야. 그녀는 그 숲이 마치 세계의 전부인 것처럼 한번 돌아보았다. 그리고 돈이 있는 사람은, 그 돈으로 뭐든 할 수 있지. 돈으로 음식을 먹고 춤을 출 수도 있어. 돈으로 더러운 것을 깨끗하게 둔갑시키기도 하고, 멸시해야 할 것들을 존경받게 만들 수도 있지. 심지어 돈으로 난쟁이를 크게 만들 수도 있어.

그녀가 **난쟁이**라는 단어를 쓰는 걸 듣고 나는 놀랐다.

나한테 이백만이나 있어! 그녀가 까마귀 같은 목소리로 말했다.

그럼 은행에 잘 모셔 둬야지.

꺼져! 그녀가 욕을 했다. 꺼져, 사라지라고!

그녀는 숲이 아니라 문을 가리키며 나가라고 할 때처럼 손가락으로 방향을 가리키며 말했다. 마을 사람들은 모두 그녀가 두려움이 없다고 했다. 나는 그 말이 사실이 아니라고 생각한다. 그녀가 중요하게 생각하는 건 다른 사람들에게 두려움을 불러일으키는 일이다. 그녀는 사람들이 자신을 무서워한다는 걸 안다. 그때 그녀가 화가 난 건 내게 자신이 모아 둔 돈 이야기를 해 버렸기 때문이다. 그녀는 아마 그 이야기는 자신만의 비밀로 해 두고 싶었을 것이다. 내가 고분고분 사라지면 그녀는 내가 그 돈 이야기에는 관심이 없는 것으로 생각할 것이다. 내가 가지 않고 있으면 그건 돈에 대한 나의 호기심을 인정하는 것이 된다. 그래서 나는 그 자리를 떠났다.

큰 버섯은 처음 자리를 잡을 때부터 큰 거라고 사람들은 말한다. 전날만 해도 아무것도 없던 자리에 다음 날 이미 다 자란 것 같은 버섯이 떡하니 생긴다. 작은 버섯이라고 해서 큰 버섯들보다 더 어린 건 아니다. 그건 계속 그렇게 작은 상태로 지낸다. 코카드리유가 작은 사람으로 지냈던 것처럼.

나는 가끔씩 버섯을 따러 가서 멀리서 색 바랜 그녀의 파란 우산을 볼 때가 있었다. 우산의 파란색은 어딘가 그녀의 눈 색깔과 비슷했다. 눈 색은 나이를 먹는다고 사라지지 않는다. 그냥 색이 말라 버리는 것뿐이다, 돌처럼.

정오 무렵 내가 본 것 중 가장 큰 그물버섯을 발견했다. 몇 분쯤 지켜보던 자리였는데 갑자기 그 버섯이 눈에 띄었다. 어느 순간엔가 버섯이 고사리와 이끼, 죽은 나무와 회색빛 소나무의 바늘잎, 그리고 흙 사이로 모습을 드러냈다. 바로 내 눈앞에서, 정말 아무것도 없던 곳에서 버섯이 생겨나는 것만 같았다. 지름이 삼십 센티미터 정도 되고, 두께는 둥글넓적한 빵 정도였다. 가끔 꿈에서 버섯을 딸 때가 있는데, 꿈속에서도 나는 '곧장 따지 마. 먼저 경의를 표하고 나서'라고 혼잣말을 한다. 그 버섯은 무게가 이 킬로그램이었고, 아직 신선했다.

숲의 다른 곳으로 갔다. 가문비나무가 아니라 낙엽송이 자라고, 짐승들 내장처럼 부드러운 잔디가 카펫처럼 깔려 있는 곳이었다. 거기서 점심을 먹고, 늘 하던 것처럼, 잠깐 낮잠을 잘 계획이었다. 햇빛을 피하기 위해 베레모로 얼굴을 가렸다. 거기 그렇게 누워서 잠들기 전에, 이 고장을 한 번도 떠난 적이 없는 노인처럼 보이겠구나 하고 생각했다. 그 생각이, 그리고 좀 전에 딴 버섯과, 점심 때 마신 포도주와, 부드러운 잔디밭이, 위로가 되었다. 나는 자루에 든 어마어마한 버섯을 다시 한번 보았다. 그 버섯이 내가 고향에 돌아왔음을 확인해 주었다.

이런 세상에!

그녀가 소리를 지르지 않았다면 나는 잠에서 깨지 않았을 것이다. 일개 부대도 소리 없이 행군을 할 수 있는 잔디밭이었다. 그녀는 둥글넓적한 빵만 한 그물버섯을 손에 든 채 살펴보고 있었다. 내 자루까지 이미 둘러메고 있었다. 내가 몸을 일으켜 앉았지만, 그녀는 조금도 주저하지 않았다. 과장된 발걸음으로 성큼성큼 숲의 다른 쪽으로 향했다. 나는 왜 따지지 않았을까? 오전에 딴 버섯들을 모두 잃어버리는 것, 내가 그때까지 보았던 가장 큰 버섯을 잃어버리는 것, 거기에 자루까지 덤으로 잃어버리는 것은 소리 지르며 따질 일이었다. 그녀를 쫓아가 번쩍 들어서 흔들어 버릴 수도 있었다. 하지만 나는 그 자리에 가만히 있었다. 그녀에 대해 들었던 이야기는 모두 사실이었다. 그녀는 수치스러움을 몰랐고, 그녀는 도둑질을 했다. 분명 내 버섯을 팔아 버릴 것이다. 왜 자기에게 달라고 다시 한번 말하지 않았을까? 조금은 나눠 줄 수도 있었을 텐데. 이번에는 그럴 생각이었고, 딱 한 번만, 그녀가 챙겨 간 것들을 그냥 주기로 했다.

자루는 돌려줘, 내가 소리쳤다.

내가 어디 사는지 알잖아!

그녀는 그 말이 자신이 한 행동을 완벽하게 정당화시켜 준다는 듯 큰 소리로 말했다.

며칠 후 자루를 찾으러 갔다. 마을 동쪽에서 산으로 이어지는 길을 삼십 분 정도 걸으면 돌기둥이 하나 나오는데, 그 위에 작은 성모상이 있다. 성모상은 편안하게 팔을 내리고 마치 방문객을 환영한다는 듯 손바닥을 길을 향해 보이고 있다. 성모상 양쪽으로는 난간이 있는데, 그 뒤로는 깎은 듯한 절벽이고 육칠십 미터 아래는 잘랑 강의 자갈밭이다.

성모상을 지나 다음 모퉁이를 돌면 코카드리유가 두번째 삶을 살고 있는 집이다. 집 옆에는 거의 지붕 높이와 비슷한 바위가 있고, 바위 위에 물푸레나무가 한 그루 자라고 있다. 그 집은 뒤쪽의 절벽에서 벗어나 길을 향해 툭 튀어나온 것 같은 인상을 풍긴다. 원래는 일차세계대전 전에 도로정비사를 위해 지은 집이었다. 도로정비사는 일 년에 몇 주 정도, 이 외진 길에서 작업하면서 말 한 마리와 함께 그 집에서 머물렀다. 트럭이 등장하면서 그 집은 쓸모가 없어졌고, 그렇게 잠가 둔 채 열쇠는 시장의 사무실에 보관하고 있었다. 시장의 아내가 했다는 제안은 코카드리유를 그 도로정비사의 집에서 공짜로 지내게 하자는 것이었다. 거기라면, 마을에서 충분히 떨어져 있기 때문에 문제를 일으킬 일도 없었고, 그녀 문제로 법을 들먹일 일도 없었다.

반대편에서 그 집을 향해 다가가는 사람은 집 바로 앞에 도착할 때까지 집을 볼 수가 없다. 나무가 자라는 바위에 완벽하게 가려 있기 때문이다. 바위는 마치 돌로 가득 채운 두번째 집처럼 보였다. 내가 가고 있는 방향에서는 창문이 보였는데, 커튼은 없었다. 사람이 살고 있는 집이었다.

나는 문을 두드렸다.

누구요?

장이야.

너무 늦게 왔어.

아직 여덟시 반도 안 됐는데.

문이 살짝 열렸다.

무슨 일로 왔어?

내 자루 찾으러.

이 시간에!

집 안에 들어가지는 않을 거야.

그제서야 그녀는 문을 활짝 열었다.

끈질긴 땅

커피 한잔 줄게.

방에는 자루나 판지 상자 들이 가득했고, 장작 두 더미가 쌓여 있었다. 내가 있는 자리에서 보이는 것만 말하자면 의자와 탁자가 하나씩 있고, 탁자 위에는 오래된 신문 뭉치와 헤이즐넛 더미, 뜨개질 거리가 있었다. 파란색 우산은 모퉁이에 세워져 있었다. 천장은 그을음이 끼어서 돼지 넓적다리 껍데기처럼 짙은 갈색이었다. 방은 작은 트럭 크기만 했다.

그녀는 내가 문을 두드리기 전에 하고 있던 일을 계속했다. 헤이즐넛을 바구니에 담아 저울에 올렸다. 저울은 쇠로 만든 구식 물건, 그러니까 몇몇 나라의 지폐에서 정의의 여신이 가슴 앞에 들고 있는 것과 같은 종류의 저울이었다.

이런 썩을! 그녀가 투덜거렸다. 빛이 안 들어서 보이지가 않잖아.

나는 안경을 쓰고 그녀 어깨 너머로 철제 눈금의 표시된 부분을 읽었다.

육 킬로 삼백 그램, 내가 말했다.

그녀에게서 해가 절대 비치지 않는 숲속의 냄새가 났다. 그녀에게서 멧돼지 냄새가 났다.

그녀는 무게를 단 헤이즐넛을 판지 상자에 옮겨 담았다.

삼 년 만에 처음 오는 손님이네. 그녀의 말을 제대로 들으려면 귀를 쫑긋 세워야 했다. 그녀는 마치 혼잣말을 하는 것처럼 말했다. 마지막으로 왔던 사람은 1964년에 왔던 신부님이었지. 내가 거추장스러우니까 여기다가 넣어 버린 거야. 안경 좀 벗지 그래? 안경 쓰니까 신부 같잖아.

눈금을 못 읽을 정도면, 너도 안경 써야겠네.

읽을 수 있어! 그녀가 까마귀 같은 목소리로 말했다. 읽을 수 있다고!

그녀는 앞치마 주머니에서 담뱃갑을 꺼내 직접 담배를 말았다. 그리고 난로 앞에 걸려 있던 우유 냄비를 조금 옮겨서 장작불의 불빛이 비치게 했다.

내가 등을 돌리면 너는 넘치겠지, 그녀는 우유에 대고 말했다.

수탉 한 마리가 방과 붙어 있는 축사에서 넘어왔다. 녀석은 한 발을 허공에 뻗은 채 그렇게 서 있었다.

의자에 앉아! 그녀가 말했다. 지난번 신부님이었어, 지금 신부님이 아니라. 늘 건강이 좋지 않은 분이었지. 어디 가는 길에 걸어서 여기까지 올라오셨던 거야. 내가 물 한 잔 대접했지. 집 안에 들어오자마자 이렇게 말씀하시더라고. 아! 당신은 땅의 자손입니다, 루시. 땅도 없는데요, 내가 대답했지. 그렇게 불만에만 잠겨 있으면 안 돼요, 그분이 말씀하시더라. 감사할 일들도 있을 거예요. 무슨 말씀을 하실 건지 알겠더라고. 이 집 말씀이지요? 다들 내가 집세도 내지 않고 이 집에서 지낸다고 수군거리는데, 거참 대단한 집이긴 하지. 원래는 남자 한 명과 말 한 마리가 지낼 수 있게 지은 집이야. (그녀가 불에서 우유 냄비를 들었다.) 말이 죽고 나서는 아무도 안 살던 집이지. 이 집에서 잠을 잔 여자는 나밖에 없다고. 신부님한테 물었거든, 마을에서 이 집에서 혼자 살 수 있을 것 같은 여자가 나 말고 또 있냐고. 그 사람들 중 누구도 땅의 자손이 아닙니다, 신부님은 같은 말만 하더라. 내가 말했지. 언젠가 제가 어떤 사람인지 보여드리죠. 모두 깜짝 놀라게 해드리겠습니다! 너무 많은 것을 바라면 위험합니다, 신부님이 말씀하셨다. 당신은 세상을 기쁘게 하지 않습니다. 그건 본받을 만한 건 아니죠. 목소리가 아주 근엄했던 게 기억나네. 그녀는 닭을 다시 축사 안으로 몰아넣었다. 신부님, 저는 행복을 믿는데요! 내가 말했어. 그때 어떤 일이 벌어졌는지 알아? 신부님이 하얗게 질린 얼굴로 내 팔뚝을 잡는 거야. 루시, 물 좀 더 주시겠습니까? 나지막이 말하더라고. 증류주를 드렸더니 물처럼 들이키시더라. 그러고는 교회에서 성경을 읽을 때처럼 말을 하기 시작했어. 성경에 이렇게 적혀 있습니다. 슬픔은 많은 이들을 죽음에 이르게 하고, 아무런 득 될 것이 없다고요. 행복을 믿는 건, 자매님, 잘하시는 겁니다.

끈질긴 땅

좀 누워서 쉬세요, 내가 말했지. 어디에요? 침대가 안 보이는데. 나는 신부님을 탁자로 안내했지. 거기 누워서, 눈을 감고 미소를 지으시더라고. 그리고 웅얼웅얼 말씀하셨어. 천사들은 야곱의 사다리를 타고 내려오고, 또 올라갔습니다. 날개가 있었지만, 날아다니지 않고 그렇게 사다리를 차근차근 오르내렸죠. 나는 신부님이 들고 있던 잔을 받아 들고는, 옷이 너무 꽉 끼는 곳에 단추를 풀어드렸어. 신부님은 한 번도 눈을 뜨지 않았지. 잠에서 깨면 부끄러우실 거예요, 내가 말했지. 그 말을 들으셨는지 이렇게 말씀하셨어. 지금도 부끄럽지만 기분은 훨씬 낫습니다. 천천히 하세요, 신부님, 내가 말했지. 천천히 기운 차리세요. 그분이 마지막 손님이었어. 그녀는 커피를 따랐다.

앙리나 에드몽은 한 번도 안 왔어?

그때 그녀가 남동생들과 지하조직원 이야기를 해 주었다. 그녀는 난로 옆의 자루에 쭈그리고 앉아 이야기를 했다. 부엌은 점점 더 어두워졌다. 보이는 것이라고는 난로의 오렌지색 불빛과 그 불빛을 받아 번들거리는 그녀의 새하얀 머리뿐이었다. 밖에는 단단해 보이는 달이 떠 있었다. 배신자들이야, 이야기를 마친 그녀가 그렇게 말했다.

배신자?

민병대에 밀고한 게 그놈들이야.

증거는 있고?

증거 같은 거 필요 없어. 내가 그놈들을 너무 잘 아니까.

왜 그런 짓을 했을까? 전쟁이 거의 끝나 가던 무렵이고, 모두들 독일이 지고 있다고 생각했는데?

무슨 애국자 행세야? 그녀가 코웃음을 쳤다. 천 킬로미터나 떨어진 곳에 있었으면서.

만 킬로미터야. 내가 말했다.

그녀는 바닥에 침을 뱉고는 발로 비벼 문질렀다.

루시 카브롤의 두번째 삶

동생들이 여기를 찾은 건 내 가구를 갖다주러 왔을 때뿐이었어. 내내 감자 파종을 그날 중에 마무리해야 한다는 핑계만 댔지. 그게 1949년 사월이야. 수프를 다 먹고 나서야 짐을 싣기 시작하더라고. 그러고는 어둠을 틈타서 출발했지. 왜 그랬는지 알아? 대낮에 친누나를 집에서 내쫓는 걸 사람들에게 보이기가 부끄러웠던 거지. 이 집에 도착했을 때는 지금처럼 깜깜했어. 친동생들이, 같은 어머니의 젖을 먹고 자라고, 같은 아버지의 정액에서 나온 놈들이 그 깜깜한 밤에 나를 여기 버려 둔 거야. 나는 등도 하나 없었어. 매달 나한테 일정한 돈을 주기로 되어 있었지. 돈은 무슨 개뿔! 그날 밤 창문으로 동생들을 본 게 마지막이야.

수레가 돌아가는 걸 지켜보다가, 그녀는 말을 이었다. 멀리 간 걸 확인하고는 따라가 봤어. 성모상 있는 데까지 나갔지. 그녀는 어두운 창으로 다가가 가만히 밖을 내다봤다.

물고기 모양의 구름이 있더라고, 그녀가 말했다. 그런 구름은 다시 보지 못했거든. 물고기 눈이 있을 자리에 딱 달이 걸려 있었지. 거기 성모상 발밑에서 엄마 아빠한테 말했어. 당신들 아들들이 어떤 인간들인지 모르셨죠? 늘 요람에 있던 모습 그대로일 거라고 생각하셨죠? 썩을! 저런 사악한 모습이 어떻게 생겨났는지 모르시겠죠, 그렇죠? 아빠는 아이를 하나 만들려면 남자와 여자, 그리고 악마가 필요하다는 것도 모르고 돌아가셨죠, 그렇죠? 그래서 그 일이 그렇게 근사해 보이는 거예요! 거기 성모상 발밑에 서 있는 그 순간에도 아버지가 뭘 하고 있는지 보이더라고. 아버지가 발정한 것처럼 어머니한테 달려들고, 어머니는 아버지를 끌어당기고 있었지! 살아 있을 때 충분히 못하셨잖아요, 그렇죠? 늘 피곤했고, 늘 등이 아팠으니까. 계속하세요. 내가 축복해드릴게. 계속하세요. 그렇게 말했어. 여기는 아무것도 남지 않았어요. 당신들 아들들은 아무것도 돌려드리지 못해요. 아무리 큰 소리로 말해도 그놈들은 듣지 않을 거예요. 하던 짓을 멈추고 나를 보면 괴로우시겠죠. 고통스럽지 않게 해드릴게

　　　　　　　　　　　끈질긴 땅

요, 아빠, 고통스럽지 않게 해드릴게요, 엄마, 왜냐하면 나는 살아남을 거니까요. 이 모든 걸 두고 떠나신 두 분이잖아요! 고통스럽지 않게 해드릴게요. 맹세해요. 나는 살아남을 거니까요.

어둠이 깔린 방에선 자루와 흙냄새가 났다. 자동차 한 대가 길을 따라 올라오면서 그녀가 서 있는 창에 빛을 비추고, 온 방이 환해졌다. 밝은 상태에서 보니 그 방은 더더욱 상점의 창고 같았다. 난로 반대편 모퉁이에 사다리가 있고 그 위에 통풍창이 있었다. 자동차가 지나가고 나자, 잠시 밝았던 실내는 더욱 어둡게 느껴졌다. 엔진 소리가 멀어졌다. 침묵과 어둠 속에서, 우리 둘은 마치 관 안에 있는 것만 같았다.

수프 먹을 건데 같이할래?

포도주 한 병 있어.

여기서 잘 생각이었구나!

아니야, 집에 가서 마실 생각이었어.

사십 년 만에 나타나서는, 보여 줄 게 포도주 한 병밖에 없다니!

다른 것도 있어.

뭐?

저승에 끌려갈 때까지 먹고살 건 충분해.

그러니까 죽으려고 돌아온 거네.

이제 젊지 않으니까.

나는 아직 죽을 수 없어, 그녀가 주장하듯 말했다.

저승사자가 언제 허락받고 찾아오나?

그래서 너는 잘 먹고 잘 사는 거야? 그녀가 물었다.

부자는 아니야. 기대했던 것만큼 많이 벌지는 못했으니까. 운이 없었지. 근데 늘 이렇게 어두운 데서 지내?

남미에서는 뭘 찾은 거야? 전기? 어두워서 아무것도 안 보이면 잠자리에 들어. 마을에 어머니 집은 그대로 둘 거지?

형제들한테 그 집 샀어.

언제 그렇게 한 거야?

심문 같은 대화를, 그것도 서로 보이지도 않는 어둠 속에서 하고 있으니 마치 고해소에 무릎을 꿇고 있는 기분이었다. 돈이 있을 때 형제들한테 보내 줬어.

그녀는 내 생각을 읽었던 게 분명했다. 이렇게 물었다. 부인이 있을 때 바람은 안 피웠고?

남자가 자기 몸을 어떻게 다루는지는 알 필요 없지. 내가 말했다.

이십 년 동안 해가 진 후에는 닭이나 염소하고만 말했어. 그것도 녀석들이 있을 때 이야기지만.

내 자루 돌려줘, 그만 가 보게.

안 돼, 기다려! 등 좀 켤 테니까.

그녀는 성냥을 그어서 들고는 선반에 가 초를 찾았다.

이제 다 데워졌나? 그녀는 나에게 문을 열어 줄 때처럼 조심스럽게 냄비 뚜껑을 들어 보며 수프에게 물었다. 넣어 줄 감자가 한 알도 없구나, 사람들이 다 가져가 버려서. 저기 등 좀 내려 줄래? 내가 하려면 의자 위로 올라가야 하거든.

등은 벽난로 위 선반에 있었다. 내가 등에 불을 밝혔다. 그녀는 사다리를 타고 다락으로 올라가 의자를 하나 더 가지고 내려왔다. 그런 다음 난로 뒤의 벽에 걸려 있던 백랍 국자를 내려서는 입고 있던 검은 원피스에 슥슥 닦았다.

마침내 우리 둘은 탁자를 사이에 두고 앉았다. 그릇에 담긴 수프에서 김이 났다. 이미 자정은 넘긴 시간이었을 것이다.

그러니까 빈손으로 돌아온 거네! 그녀는 내 얼굴을 보며 말했다.

대단한 부자가 된 건 아니지.

그건 잘 알겠고.

그녀는 포도주를 한 잔 달라는 듯 잔을 내밀었다.

살아남아서 부자가 되겠다고 맹세했지, 그리고 부자가 됐어. 그녀가 말했다. 내가 포도주 한 잔 마시는 것에 대해서 돈 내라고 할 권리는 세상 그 누구한테도 없으니까! 지금부터는 매일 저녁 포도주 마실 거야.

아침에는 몇 시에 일어나? 내가 물었다. 그만 가 봐야 할 시간이었다.

젖 짤 시간에.

소도 없잖아.

젖 짤 시간에 일어나. 여기 온 뒤로 이십 년 동안 매일 아침에.

다섯시에?

그녀가 고개를 끄덕였다.

자명종이 있어?

이 안에 있지. 그녀가 머리를 가리키며 말했다.

내일은? 내가 물었다.

오늘은 예외야, 그녀가 다시 채워 달라는 듯 잔을 내밀며 말했다. 오늘은 너한테 지난 이십 년 이야기를 해 줄 거니까.

그게 나랑 무슨 관련이 있나?

빈털터리로 돌아왔지만, 적어도 세상은 보고 왔잖아.

성모상 아래서 살아남겠다고 맹세를 할 때에도, 그녀는 부자가 될 방법에 대해서는 별 생각이 없었다. 당시의 그녀는 부에노스아이레스행 배를 탈 때의 나보다도 아는 것이 없었다. 아는 거라곤 마을에 계속 있어서는 부자가 될 수 없다는 사실뿐이었다.

그래서 마을 이름을 새로 지었어, 그녀가 말했다. 코카드리유의 집이라고! 그녀는 웃음을 터뜨리더니 분홍색 혀로 아무 색도 없는 입술에 침을 묻혔다.

오십 킬로미터쯤 떨어진, 국경 바로 지난 곳에 B라는 도시가 있는데, 브린의 마리우스는 그곳이 아주 부자 도시라고 했다. 그의 아버지도 그렇게 말했다. 마리우스는 B에 사는 사람들은 아무것도 버리는 것이 없다고도 했다. 아주 구두쇠들이어서 눈을 녹여서 거기 남은 것들을 빈민들을 위한 구호품으로 주는 사람들이라고! 코카드리유는, 돌아가신 부모님이 서로 껴안고 있는 모습을 보며, 진짜로 돈이 있는 곳은 B라고 결론을 내렸다. 자기 마을에 들어오는 돈은 그저 흘러 다니는 돈일 뿐이었다. 그녀는 돈이 생겨나는 본고장으로 가야만 했다.

뭘 갖고 가야 B에서 팔 수 있을까. 새끼 염소를 잡는 시기였지만 그녀에게는 염소가 없었다. 지난여름에 만든 치즈를 먹을 때였지만, 소도 없었다. 닭들이 달걀을 낳는 때였지만 아직 닭장은 짓지도 못했다. 당연하게도, 즉시 해결책이 떠오르지는 않았다. 그녀는 성모상 아래를 벗어나 달빛으로 환한 길을 걸어서 되돌아왔다.

여기서 첫날 밤을 보냈지, 그녀가 말했다. 다락방에 올라가기까지 일 년이 걸렸어. 축사의 짐승들이 그립기도 하고, 반쯤 허공에 떠 있는 곳에서, 그 추위에 잠을 잔다는 게 내키지가 않더라고. 차라리 바닥에서 자는 게 낫겠다 싶었지, 너는 안 그러나?

나는 십팔층에서 산 적도 있어.

그래서 뭐 좀 생겼어?

그녀는 엄지와 검지를 맞대고 지폐 세는 시늉을 하더니, 손가락으로 내 손등을 슬쩍 건드렸다.

도로정비사의 집에서 맨 처음 자던 날 밤, 그녀는 성모님 꿈을 꾸었다. 꿈에서 성모님은 사람들이 가지려고 하는 건 뭐든 가장 먼저 집어서 도시로 가져가라고 그녀에게 말했다. 그것이 길 끝에 있는 성모상이 손을 활짝 편 채 길가의 풀들을 가리키고 있는 이유였다.

다음 날 그녀는 마을의 가장 높은 곳에 있는 밭으로 갔다. 고도 구백 미터의 그곳에서는 이제 풀들이 막 자라고 있었다. 그녀는 샐러드에 들어갈 민들레를 캤다. 아직 잎이 작고 줄기가 새하얀 어린 풀들이었다. 이 킬로쯤 따서 내려왔다. 다음으로는 그보다 오백 미터 낮은 곳에 있는 밭과 과수원이었다. 민들레가 이미 꽃을 활짝 피우고 잔디가 정강이까지 자란 그곳에서는 곰보버섯을 캤다. 손끝이 이끄는 대로 배나무 아래, 쐐기풀 사이, 그리고 돌담 아래를 더듬었다.

지금도 버섯이 어디 있는지는 알 수 있어, 발정한 암캐가 수캐를 찾는 것처럼.

하루가 다 지날 때쯤 그녀는 바구니 하나를 가득 채웠다.

해가 진 후에는 다시 제비꽃과 앵초를 따러 숲 가장자리로 갔다. 제비꽃은 젖은 천으로 묶어서 꽃다발을 만들고, 앵초는 뿌리와 흙까지 함께 캐냈다. 한밤이 되자, 그녀는 길을 따라 성모상까지 내려가서 받침대 앞 잔디밭에 앵초를 심었다.

B 근처의 국경 마을까지 가는 기차가 있었다. 그 기차에 대한 노래까지 있어서 멜라니가 자주 부르곤 했다. 노래 가사에서 기차는 정오에 국경 마을을 떠나, 천천히 강을 따라 이동하며 자주 정차했다. 기관차에서 나는 연기가 곧장 하늘로 올라갔고, 해가 지기 전에는 절대 마을에 도착하지 않았다. 그래서 연인들은, 따뜻한 객차의 천을 댄 좌석에서 아무런 방해를 받지 않고 서로의 몸을 만질 수 있는 것이 좋았다. 멜라니는 노래를 부르며 연인들이 껴안고 있는 모습을 따라하곤 했다. 코카드리유는 그 기차를 탔다. 노래 가사에서 이야기했던 방향과는 반대로 가는 기차였고, 훨씬 빨랐다. 두 시간이 채 안 되는 여정이었다. 그녀는 기차가 너무 매끈하게 달려서 두려웠다. 그녀는 말이 끄는 마차의 삐걱거림과 덜컹거림에, 나무에 부딪혀 멍이 들지 않게 긴장하고 몸에 힘을 줘야 하는 그런 이동에 익숙해져 있었다. 부드럽게 달리는 기차 때문에 멀미가 나려 했다. 땅이 더 이상 존재하지 않는 것만 같았다.

기차가 종점에 도착하고 그녀는 사람들을 따라 역 밖으로 나왔다. 아는 사람이 한 명도 없었기 때문에 국경이 어딘지 물어볼 수도 없었다. 그녀는 많은 사람들이 걸어가는 방향으로 가 보기로 했다. 아직 이른 아침이었고, 그 사람들이 B에서 일하기 위해 가는 사람들임을 알 수 있었다. 국경에서 세관원이 신고할 물건이 있는지 물었다. 그녀는 무슨 말인지 모르겠다는 표정이었다. 가지고 가는 물건 있습니까? 세관원이 물었다. 곰보버섯이요, 그녀가 말했다. 가격을 잘 쳐

주면 선생님한테 팔게요!

두 시간을 헤매다 시장을 찾았다. 다른 사람들도 자신이 갖고 온 것과 같은 것을 파는지 살펴보려고 한 바퀴 돌았다. 제비꽃은 없었고, 민들레 새싹은 생각했던 것과는 가격이 달랐다. 백 그램에 이백이고, 일 킬로에는 이천이었다! 그녀는 B라는 도시의 부를 조금 이해할 것 같았다. 곰보버섯은 일 킬로에 오천에 팔리고 있었다! 그늘진 모퉁이를 골라 바구니 두 개를 발 양쪽에 놓고 손님을 기다렸다. 오전 내내 그렇게 서 있었다. 정오가 되자 나머지 행상들이 모두 장사를 접기 시작했다. 그녀는 아무것도 팔지 못했다. 입도 벙긋하지 못했다.

국경으로 돌아오는 길에 물을 한 잔 얻어 마시려고 카페에 들렀다. 거리 어디에도 펌프나 샘이 보이지 않았다. 카페 주인은 곰보버섯이 든 바구니를 쳐다보더니, 아무 말 없이 하나 집어서 손가락으로 만지작거렸다.

바구니에 든 거 다 해서 천 주겠습니다.

이 킬로예요. 달아 보세요.

그럴 필요 없습니다.

시장에서는 일 킬로에 오천에 팔던데요, 그녀는 말했다. 분했다.

주인 남자는 어깨를 으쓱해 보이고는 돌아섰다. 그녀는 그를 노려보았다. 볼이 아연으로 된 카운터 높이까지밖에 오지 않았다. 뒤를 돌아본 주인 남자가 말은 하지 않고 갑자기 웃음을 터뜨렸다.

당신 몸무게는 얼마나 나갑니까? 여분으로 당신까지 팔든가! 천이백 줄게요.

그녀는 그 가격을 받아들일 수밖에 없었다. 그게 마지막 기회였다.

B에서 자리를 잡기까지 일 년이 걸렸다. 부에노스아이레스에 있을 때 나는 도시에 막 도착한 농민들을 봤는데, 그들 역시 마찬가지로 혼란스러워했고, 너무 어리숙했다. 그들 중 많은 사람들이 끝내

끈질긴 땅

그 한계를 극복하지 못했다. 나와 코카드리유는 극복했다. 우리 둘 중에 코카드리유가 더 적응이 빨랐다. 집이나 마을에서는 농민들 본인이 직접 모든 것을 결정하고, 그 결정을 내리는 방식이 그에게 어떤 권위를 부여한다. 물론 사고나 그의 통제를 벗어나는 많은 일들이 있지만, 그런 일들의 결과를 처리해야만 하는 것도 그 자신이다. 하지만 도시에 도착하면, 너무 많은 일이 일어나고, 너무 많은 것들이 이루어지고, 자리를 바꾸는 그곳에서는, 그는 놀라움과 함께, 자신이 아무것도 통제할 수 없음을 깨닫게 된다. 유리창 안에 갇힌 벌의 신세와 비슷하다. 그는 사건들과 색과 빛을 볼 수 있지만 무언가가, 그가 볼 수 없는 무언가가 그를 그것들로부터 분리시키고 있다. 농민들에게 그 무언가는, 어떤 일들을 처리하고 직접 해내는 습관을 쓸 수 없는 강제적 상황이다. 소매 밖으로 늘어진 그의 손이 그토록 우둔해 보이는 것도 그런 이유 때문이다.

한 달 한 달 지나면서 코카드리유는 각각의 상품들을 도시의 어디에서 팔면 되는지 익혀 나갔다. 상품들이란 계절에 따라, 산을 뒤져 모은 것들이었다. 야생 체리, 은방울꽃, 달팽이, 버섯, 블루베리, 나무딸기, 블랙베리, 금매화, 주니퍼베리, 쿠민, 야생 진달래, 겨우살이.

도시에서 보는 것은 모두 장난처럼 대수롭지 않다는 것을 이해해야만 한다. 도시에서 인상적인 것들은 모두 환상이다. 쉽지는 않다. 인상을 받으면서 동시에 인상을 받지 않는 것이다! 도시에서 실제로 일어나고 있는 일들은 숨어 있다. 무언가를 얻으려면 은밀히 준비해야 한다.

그녀는 카페들을 돌아다녔다. 그녀를 부르는 윙크나 고갯짓을 하나도 놓치지 않았고, 얼른 불러 주는 주소를 한 번도 잊어 먹지 않았다. 그녀는 도시 지도를 사서 손님들의 주소를, 우리 모두 앙드레 마손 선생님에게 배웠던 그 흐르는 듯한 대문자 서체로 표시했다.

그 지도 보려면 돈 내야 해! 그녀가 까마귀 같은 목소리로 말했다.

205   루시 카브롤의 두번째 삶

나는 마지막 남은 포도주를 따랐다.

고지대에 올라가는 길에 쿠민이 자라는 데가 있잖아? 한 통 가득 등에 지고 와서 축사에서 말리는 거야. 신문지를 밑에 깔고 씨가 떨어지면 받는 거지. 쿠민 씨 백 그램이면 천도 받고 오백도 받고 그래!

가격을 말할 때 그녀는 열 손가락을 탁자에 두드려 댔고, 접시 위에 놓여 있던 스푼이 떨렸다. 그녀는 B에 갈 때 차비를 낼 필요가 없다는 것도 알게 되었다. 도로 위에서 트럭이나 자동차를 얻어 타고 갈 수가 있었다. 그녀는 일주일에 두 번 그 도시로 갔다. 가지 않는 날에는 일 년 내내, 눈이 오는 날을 제외하고는, 새벽부터 어스름까지 이런저런 상품들을 모으고 다녔다.

운전사들이랑도 친해졌어. 그녀의 손이 다시 한번 내 손등을 스쳤다. 가끔은 멋대로 달려드는 놈들도 있었지만, 두 번 다시 못 하게 했지.

전기 기술자 르네가 어느 날 그녀를 태워 주었다.

국경까지 가세요? 그녀가 물었다.

르네가 고개를 끄덕였고 그녀는 뒷좌석에 탔다. 그는 백미러로 그녀를 살폈다. 이제 막 새로 산 차였고, 그녀는 아직 광이 나는 뒷좌석 가운데에 앉아, 바닥에 놓은 자루를 꼭 쥐고 꼿꼿한 자세로 있었다. 르네는 옆자리에 앉은 조수를 쿡 찌르며 말했다.

미친 숫염소 이야기 들어 봤어?

아니요.

그 염소는 수탉이 알을 낳는 농장에서 키우던 거였어.

그게 어떻게 가능해요?

주인 아줌마 말로는 확실하대. 어느 날 아침에 닭장에 가 보니 수탉이 암탉 자리를 차지하고 앉아서는 알 낳는 소리를 내고 있더라는 거야. 아줌마가 녀석을 쫓아내고 보니까 그 아래 달걀이 있데! 아줌마는 남편에게는 말 안 하고 달걀을 거름 더미에 묻었지. 그런데

사 주 후에….

탁탁거리는 소리가 나서 그는 말을 멈추었다. 뒤를 돌아보니 코카드리유가 부츠 신은 다리를 위로 한 채 누워 있었다. 그녀 옆 좌석 등받이로 깨진 노른자가 흘러내리고 있고, 그녀의 무릎 위에는 달걀을 싸고 있던 신문지가 놓여 있었다.

이야기 마저 하세요, 그녀가 말했다. 코카드리유가 숫염소한테 무슨 짓을 했는데요?

르네는 입을 다물고 운전에 전념했다. 국경 세관원이 신고할 게 있냐고 물었을 때 코카드리유는 고개를 내밀고 이렇게 말했다.

이 두 분한테 깨진 달걀이 열 개쯤 있네요.

르네는 고개를 저으며 세관원에게 윙크를 했다.

바닥에 있는 것까지 하면 열두 개네요, 그런데 아직 이분들이 저한테 돈을 안 냈어요. 이렇게 좋은 차를 타는 사람들이, 나이 든 여자한테 달걀 열두 개 값도 못 준답니다!

어떻게 깨진 겁니까? 세관원이 웃으며 말했다.

숫염소가 그 위에서 굴렀어요…. 그녀는 그렇게 설명하고는, 고맙다는 말이나 잘 가라는 말도 없이 차에서 내려 전차 노선을 따라 걸었다.

그녀는 국경을 경계로 양쪽에서 돈의 가치가 다르다는 것을 알게 되었다. 무슨 물건을 사든 싼 쪽과 비싼 쪽이 있었다. 돈을 되가져 오는 건 바보 같은 일이라는 것도 알게 되었다. 반대편에서 비싸게 팔 수 있는 물건을 가지고 오는 게 그나마 나았다.

우리는 자연적인 경계에 둘러싸여 있다. 눈, 산맥, 바위산, 강, 협곡 같은 것들. 또한 우리는 수세기 동안 보이지 않는 정치적 경계의 언저리에서 살았다. 그 경계가 정확히 어떻게 그어지는지는 외국 정부나 군대의 힘에 따라 다르다. 그 경계가 부자와 가난한 자를 구분하지만, 건너기는 가장 쉽다. 채찍질당하고, 추방당하고, 처형당하고, 노예선에 태워질 위험에도 불구하고, 사람들은 경계를 오가며 이루어지는 밀매를 멈추지 않았다. 대부분은 혼자서 했지만, 가끔은 군대처럼 무리를 이루기도 했다. 그런 무리의 우두머리들을 그녀는 외우고 있었다. 르 그랑 조제프, 르 드라공, 라 당스 아 롬브르, V에서 처형당한 위대한 루이 망드랭 등….

오늘은 신고할 거 안 갖고 계세요, 할머니?

여기는, 아무것도 없어, 그녀는 우묵한 배를 가리키며 말했다. 그 밑에라면 젊은 남자들을 위한 선물이 있지. 원한다면 말이야!

내게 보여 주지 않았던 지도에 그녀는 책력 같은 걸 기록했다. 거기, 해마다 장소별로 곡물들을 수확하는 달을 적어 두었다. 매주 닷새씩, 왜냐하면 그녀는 일요일에도 물건 모으기를 멈추지 않았으니까, 그녀는 시골길을 훑고 다녔다. 까마귀처럼, 그녀는 눈에 띄는 것은 하나도 놓치지 않았다.

그녀는 길만 알았던 것이 아니라 수없이 많은 공터와 바위 들이 모여 있는 곳, 개천, 쓰러진 나무들, 사람들이 가지 않는 웅덩이, 땅이 갈라진 곳, 절벽, 경사지까지 모두 꿰고 있었다. 필요한 지도는 B 시의 지도뿐이었다. 숲의 경계에서 야생 딸기를 따려면 어디를 기어들어 가야 하는지 정확히 알고 있었다. 어느 나무 아래 앵초가 자라는지도 알고 있었다. 야생 수퇘지가 그 뿌리를 먹는다고 해서 '돼지 빵'이라고 하는 앵초였다. 어느 외지고 가파른 경사지에 첫 진달래가 피는지도 알고 있었다. 어느 담장에서 달팽이들이 떼를 지어서 숨어 지내는지도 알고 있었다. 뿌리가 굵은 노란색 용담이 자라는, 게다가 흙에 돌이 적게 섞여 있어서 캐내기가 비교적 수월한 산기슭도 알고 있었다. 그녀는 혼자 일하며 그런 것들을 모았다.

해가 있을 때는 내 그림자랑 이야기를 해, 둘이서 우리가 모은 전리품들이 돈을 얼마나 갖다줄지 계산하는 거지. 이제 전문가가 됐어, 둘 다. 서로를 가여워하지, 자루 무게나, 손에 박힌 가시나, 오랫동안 일하는 것들 때문에 말이야. 가끔은, 너처럼, 한낮에 낮잠을 자기도 하고.

그녀는 갑자기 의자를 뒤로 물리고 선반으로 다가갔다.

요즘도 증류주 마시나?

늦었어, 내가 불평을 했다.

그녀의 비웃음 소리가 방 안을 채웠다. 그녀는 술병에서 술을 따랐다.

이거 한 병은 구천에 팔지!

고향에 돌아온 후에 처음 맛보는 용담이었다. 향이 아주 강했다. 용담 뿌리에서 흙 맛이 나고, 흙에서는 산(山)의 맛이 났다.

그녀는 야생 체리를 딸 수 있는 나무들이 어디에 있는지도 알고 있었다. 작은 사다리를 가지고 다녔고, 본인의 키만 한 사다리 덕분에 나무에 오를 수 있었다. 자리를 잘 잡으면, 등을 가지에 기대고 부츠 신은 발로 다른 가지를 지지대처럼 딛은 다음, 바구니를 잔가지에 정확하게 매달고 나면, 보지 않고도 체리를 딸 수 있었다. 올빼미처럼 눈을 감은 채 가지 위에 설 수도 있었고, 그 상태에서 손가락으로 줄기를 찾아서 체리가 네다섯 송이 달린 가지를 순식간에 부러뜨렸다. 눈을 반쯤 감은 상태에서도 그녀는 열매는 조금도 다치지 않게 했다.

그런 물건들을 식당이나 약초상, 꽃가게, 여관 여주인에게 팔았다.

은색 엉겅퀴에 삼천 줄게요, 여주인이 말했다. 귀 먹었어요? 내 말 들려요? 여주인은 오천짜리 지폐를 내밀었다.

잔돈이 없는데, 코카드리유가 말했다.

잔돈도 없이 매주 여기까지는 어떻게 와요? 화가 난 여주인이 따지듯 물었다.

차 얻어 타고 오는데!

여주인은 가서 직접 돈을 바꿔 올 수밖에 없다. 썩을 년! 코카드리유가 한마디 한다.

갑자기 소나기가 내렸던 어느 날 오후, 그녀는 수많은 여자들 틈에 뒤섞였다. 백화점의 유리문을 나서다가 상점 앞에 멈춰 선 여자들이었다. 젊은 판매원이 스타킹이나 레이스 달린 속옷을 파는 상점이었다. 검은색 레이스를 놀란 눈으로 바라보던 코카드리유는 어느새 사람들 틈에 떠밀려서, 이번에는 다른 여자들과 함께 승강기 안으로 들어갔다. 승강기가 올라가는 동안, 그녀는 성호를 긋고 속으로 말했다.

에밀 오빠, 오빠가 이걸 봐야 하는데!

승강기 안내원은 그녀 또래의 남자였는데, 악단 제복 같은 옷을 입고 있었다. 그가 말했다. 커피, 차, 초콜릿, 빵과 케이크가 있습니다, 부인.

승강기 문이 열리면서 카펫이 깔린 승강기 바닥과 바깥 바닥이 같은 높이가 되었다.

그다음 십 년 동안 매주, 가지고 간 물건을 모두 팔고 나서 그녀는 위층에 있는 그 찻집을 찾았다. 찻집에 가기 전에는 담배 가게에 들렀다.

오늘은 뭘로 드릴까요, 부인?

말보로 팔백 줘요.

담배 장수는 담배 네 보루를 황금색 비닐 봉투에 담았다. 황금색 봉투를 들고, 그녀는 백화점에 들어가고, 승강기에 탄 다음 안내원의 안내를 기다렸다. 커피, 차, 초콜릿, 빵과 케이크가 있습니다, 부인.

사층에서 그녀는 숙녀용 화장실에 갔다. 거기서 문을 잠그고 능직으로 만든 검은 치마를 내렸다. 엉덩이쯤에 천으로 된 복대를 차고 있었다. 어머니 멜라니가 입던 면 속옷으로 만든 그 탄띠 같은 복대에는 일반 탄창보다 조금 큰 주머니가 달려 있었다. 주머니를 달기 전에 그녀는 꼼꼼하게 계산을 했다. 두 줄로 된 주머니는 말보로 담배 서른아홉 갑을 넣으면 딱 맞았다.

빨간색과 흰색이 섞인 담배, 그녀 본인은 아무 맛도 없는 담배라고 부르는 그게 있으면 수입을 두 배로 늘릴 수 있었다. 그녀가 있는 국경 건너편에서는 미국 담배가 두 배 가격에 팔리고 있다. 치마를 고쳐 입고 헐렁한 카디건을 내린 다음 변기에 물을 내리고, 그녀는 손에 모자를 든 채 화장실에서 나왔다. 세면대 위에 있는 거울을 보며 머리를 다듬었다.

그녀는 빈민 같은 외모였지만 동시에 뭔가 의지에 가득 찬 표정을 띠고 있기도 했다. 도시에서 그런 조합은 광기를 암시한다.

찻집에서 초콜릿 음료를 주문하는 건 일종의 의식(儀式)이었고, 그건 따로 빼 둔 한 갑의 담배에서 한두 개비를 꺼내 피우는 것도 마찬가지였다. 그녀는 직접 말아 피우는 담배를 더 좋아했다. 하지만 그런 곳에서 만 담배를 피우는 것은 적절하지 않다는 것을, 그녀는 직감적으로 깨닫고 있었다.

일주일 중에 그녀가 다른 사람들과 함께 있는 것은 그때가 유일했지만, 그녀는 종업원을 제외하고는 그 누구와도 이야기를 하지 않았다. 두번째 삶이 시작되기 전에는 본 적도 없는 금박 입힌 고리버들 의자에 앉아, 거품 가득한 크림 위에 육두구(肉荳蔲)를 갈아서 뿌린 초콜릿 음료를 홀짝이면서, 긴 필터가 달리고 완벽하게 원형으로 말린 담배를 피우고, 가끔씩 뻣뻣한 손가락으로 복대가 제대로 있는지 확인을 하면서, 그때만큼은 그녀도 자신의 계획이 완성되는 꿈을 꾸곤 했다. 그녀는 다른 손님들을 관찰했다. 거의 모두가 쇼핑을 나온 여자들이었다. 그녀는 여자들의 손과, 화장한 얼굴과, 보석과, 뒤꿈치가 높은 신발을 눈여겨보았다. 그들에게 말을 걸고 싶은 생각도 없고, 그들이 부럽지도 않았지만, 그런 모습들을 관찰하는 건 즐거웠다. 그건 돈이 해 줄 수 있는 것들을 일주일에 한 번씩 확인하는 일이었다. 매달, 그녀는 국경 너머에서 몰래 들여온 담배로 번 돈의 절반을 저축했다. 저축해 놓은 금액은 한시도 잊지 않았다. 매주 그 숫자가 기운을 북돋아 주었다. 그건 아버지 같은 존재였다. 그 숫자 때문에 어두워진 뒤에도 침대에서 나올 수 있었다. 밖으로 나와 해가 뜰 때까지 이십 킬로미터를 걷는 동안, 이슬에 치마가 젖고 양말이 축축해져도, 그 숫자를 떠올리면, 치마 따위는 한 시간 안에 마를 거라고 생각할 수 있었다. 비만 오지 않는다면 말이다. 배가 고플 때도 그 숫자를 떠올리며 불평하지 않았다. 나중에 먹으면 되는 일이었다. 등이 쑤시고 어깨가 아프고, 산에서 금방 내려와 무릎이 걸리고 비명이 나올 만큼 아플 때에도, 그 숫자를 떠올리며 나중에 새 침대를 살 수 있다고 생각했다. 그림자와 이야기를 나눌 때면, 그 숫자는 언젠가 마을로 돌아갈 수 있을 거라고 약속해 주었다.

초콜릿 음료를 마시는 동안, 저축액은(그녀는 그날 받게 될 돈을 늘 계산하고 있었다) 장식된 천장 가까이 매달린 커다란 스피커에서 나오는 음악만큼이나 위안이 되었다. 매주마다, 해마다, 십 년마다 저축액은 늘어 갔다.

돈만 충분히 있으면, 벌거벗고 물구나무를 서도 뭐라고 안 하지!

어떤 남자에게 그렇게 말했다. 담배 가게에서 모피 코트를 입은 여인과 나란히 서서 차례를 기다리고 있던 남자였다. 여자가 낮게 비명을 질렀고 남자는, 그녀를 거지로 착각하고, 동전을 찾아 바지 주머니를 뒤졌다. 코카드리유는 거절했다. 나도 충분히 가지고 있어! 그녀가 낮은 목소리로 남자에게 말했다. 나도 충분히 가지고 있다고, 그녀는 탁자 너머 나에게 똑같이 말했다.

그녀는 증류주를 마시고 담배를 새로 말았다.

곧 겨울이 오겠지, 그녀가 말을 이었다. 그럼 나는 혼자야. 눈 때문에 밖에도 못 나가겠지. 크리스마스에는 B에 가서 겨우살이를 팔 텐데, 한 다발 팔면 천은 받아. 그리고 남는 시간에는 뜨개질을 하겠지. 다른 건 할 수 없으니까. 엄마처럼 뜨개질하는 건 못 배웠어. 어쨌든 지금은 양이 없으니까. 스웨터나 모자를 떠서 B에 있는 상점에 넘기는 거야.

그녀는 남은 증류주를 털어 넣었다.

의상실 옆에 골동품 가게가 있거든. 그 가게 진열장에 나무로 만

끈질긴 땅

든 요람이 있더라고. 내 요람이 남아 있었으면 팔았겠지. 한 번은 가게에 들어가서 소젖 짤 때 쓰는 나무 의자가 얼마냐고 물어봤어. 얼마였을 것 같아? 의자값이 그 정도라면, 나는 얼마요?라고 그 사람들한테 물었어. 조각조각 나눠서 팔아도 된다고 말이야. 소젖을 짜는 손은 십만, 팔뚝은 오만 정도 하지 않겠냐고. 내가 물었어. 진짜 농촌 여자의 똥구멍은 얼마에 팔 수 있냐고.

그녀는 담배를 한 모금 빨았다.

겨울 내내 뜨개질만 해. 이 집에는 매일 나랑 코바늘 두 개밖에 없다고. 차 한 대가 다가와서 멈추지도 않고 지날 때면(절대로 멈추지 않지) 운전사를 총으로 쏴 버릴까 하는 생각이 들어. 못할 게 뭐야?

왜 나한테 그런 이야기를 다 하는 거지?

내가 하는 이야기를 너도 알아야 하니까.

이제 방 안에서 어두운 곳은 구석뿐이었다. 등 불빛이 노랗게 빛나고, 지저분하게 먼지가 앉은 창으로 햇빛이 비치고 있었다. 그녀가 등을 집어 들었을 때 나는 그녀가 불을 끄려는 줄 알았다. 하지만 그녀는 구석에 있는 굴뚝 앞에 서더니 등을 머리 위로 들어 올렸다.

잘 봐! 그녀가 명령하듯 말했다.

벽난로 위 선반에는 체리와 꽃이 그려진 사기 접시, 바위 위에 선 채 허공을 향해 고개를 들고 있는 알프스 영양의 조각상, 그리고 성 프랑수아 드 살의 흉상이 놓여 있었다. 방 안의 다른 물건들과 달리 선반 위의 그것들은 먼지 한 점 없이, 광을 내며 가지런히 놓여 있었다.

정말 이백만을 모은 거야? 내가 물었다.

그녀는 달팽이를 돌에 부딪쳐 깨는 찌르레기처럼 고개를 핵 돌렸다.

밤새 이야기를 들어 줬잖아, 내가 말했다. 나한테는 숨기는 거 없는 것 같던데!

그녀는 불을 끄고, 등을 돌린 채 한마디도 하지 않았다.

루시 카브롤의 두번째 삶

사흘 후, 저녁에 집으로 돌아와 보니 문 열쇠 구멍에 동그랗게 만 쪽지가 끼워져 있었다. 마을을 지나던 코카드리유가 문이 잠겨 있는 것을 보고 쪽지를 남겨 둔 게 틀림없었다. 쪽지에는 그녀만의 꽃 같은 글씨로 이렇게만 적혀 있었다. **더 듣고 싶다면, 나는 해 줄 이야기가 많아.** 낮에 그녀를 찾아가는 건 소용없는 일이었다. 그녀는 방대한 자신의 영토 어딘가에 있을 테니까. 그래서 나는 다음 날 저녁 성모상이 있는 길을 따라 올라갔다. 모퉁이를 돌았을 때 놀랍게도, 도로정비사의 집 창문에 이미 불이 들어와 있었다. 나는 문을 두드렸다.

누구요?

장이야! 내가 대답했다. 혼자 있어?

그녀가 자물쇠를 풀었다.

올 줄 몰랐는데.

쪽지 남겼잖아.

무슨 쪽지?

어제 네가 우리 집 문에 끼워 둔 쪽지.

어제는 마을에 가지도 않았는데.

그럼 누가 그런 거지?

서명이 있었나?

그녀는 대답을 이미 알고 있다는 듯이, 혹은 짐작이 간다는 듯이 장난스럽게 웃으며 물었다.

아니, 없던데.

창고와 가정집을 겸한 방은 달라진 것이 없었고, 구석의 사다리 밑에 불룩한 자루가 몇 개 놓여 있고 거기서, 내 생각에는, 용담 뿌리 냄새가 났다. 용담 뿌리와 마찬가지로 그녀의 손에도 흙이 묻어 있었다.

그동안 뭐 했나? 그녀가 물었다.

라 로슈의 시장에 다녀왔어.

나는 세르클 숲에 있었어.

코카드리유가 아니라면 누가 그 쪽지를 쓴 건지 생각해 보았다. 누가 썼든 그 사람은 코카드리유가 쓴 쪽지처럼 보이게 만들었다. 내가 이미 그녀를 찾아온 적이 있다는 것을 아는 사람임에 틀림없었다.

왜 이렇게 이른 시간에 등을 켜 둔 거야? 내가 물었다.

뭘 좀 쓰려고.

나한테 쪽지 또 주려고?

다른 사람한테 쓰는 거야.

그 말을 듣고 나니, 나한테 말했던 것과 달리, 그녀를 찾아오는 다른 사람들도 있는 건 아닌지 궁금했다. 아마 남자들일 것이다, 그건 확실했다. 그녀는 농담과 이야기를 미끼처럼 활용하며 친구들을 잠시 머물게 했고, 탁자를 사이에 두고 함께 술을 마셨다. 나에게 와인을 한 병만 가지고 왔냐고 했던 것도 그런 의미였다. 어쩌면 그 남자들의 아내들을 속상하게 하려는 나쁜 마음도 조금은 있었을 것이다. 그렇다면 우리 집에 쪽지를 남긴 사람은 직전의 방문객이었을 것이다.

앉아, 그녀가 말했다, 수프 좀 데워 올게.

오래는 못 있어.

할 일이 퍽이나 많겠다!

그녀는 불 앞에 무릎을 꿇고 앉아 속삭이듯 말했다, 물어보고 싶은 게 있어. 불에게 한 말인지 나에게 한 말인지 알 수 없었다.

그녀가 축사로 들어갔다. 양동이에 담긴 물로 손을 씻는 소리가 들렸다.

뭐 마실래? 다시 방으로 돌아온 그녀가 물었다.

적포도주 조금만.

모두 내가 등에 지고 올라온 거야!

그럼 백포도주면 조금 더 가벼운가?

그녀는 웃음을 터뜨리고는, 함께 나쁜 짓을 하는 동료를 바라보듯 나를 쳐다보았다.

잠깐만! 그녀가 사다리를 올라갔다.

난로에서 장작이 소리를 내며 탔다. 나는 수프 냄새를 맡아 보았다. 나이가 들면서 식탐이 생겼다. 식사량이 늘었다거나, 혼자 살게 되면서 대단한 요리를 해 먹게 되었다는 뜻이 아니다. 그냥 음식 생각을 자주 하게 되었다는 뜻이다. 음식 생각이 마치 제대로 얻어먹지 못한 고양이처럼 나를 성가시게 한다. 나는 벽난로와, 그 위 선반에 놓인 체리 가지 장식이 들어간 반짝이는 사기 접시들을 바라보았다. 선반에 먼지가 쌓이지는 않았는지 손가락으로 문질러 보며 생각했다. 코카드리유는 정말로 속을 알 수 없는 사람이라고!

밖에는, 이미 해가 록 당페르 뒤로 넘어가고 있었다. 멀리 있는 바위산, 쿠민이 자라는 그 바위산이 창백한 산호처럼 보라색으로 바뀐 것을 보고 알 수 있었다. 해가 있을 때는 숯처럼 회색이었다. 문을 열고 밖으로 나갔다. 아래 잘랑 강의 물소리가 들렸다. 마을 사람들은 코카드리유가 좀처럼 입던 옷을 빨지 않는다고 했다. 옷감이 먼지로 더러워지면 그냥 절벽 아래로 던져 버린다고.

강 건너는 과수원이 있고 소를 풀어놓은 평원이 있었다. 풍경은 버터를 담는 나무틀에 새겨진 그림 같았다. 멜라니는 아래쪽에 강이 있고 중간 부분에 소 두 마리가 있고, 멀리 사과나무가 보이는 그런 그림이 들어간 나무틀을 가지고 있었다. 오십 년 전 코카드리유가 고지대에서 사용했던 나무틀이었다.

닭장 뒤쪽도 구경하고, 꼭대기에 나무가 자라고 있는 커다란 바위도 한 바퀴 돌고, 길이 꺾이는 곳까지 걸어 내려가서 주변의 산을 한 번 둘러보았다. 아무도 없었다. 쪽지를 쓴 사람이 누구였든 그날 밤에는 장난을 칠 생각이 없는 모양이었다. 나는 조금 실망했다. 그가 왔으면 함께 길에 서서 코카드리유의 계략에 대해 이야기를 나눌 수 있었을 텐데. 공기가 차가워지는 것 같아 집 안으로 돌아왔다.

끈질긴 땅

난로 위에서 냄비가 끓고 있었다.

내가 사는 곳이 어떤 곳인지 보고 왔구나!

고개를 들었다. 그녀는 사다리를 내려오는 중이었다. 그사이 옷을 갈아입었다. 그녀는 나막신이 아니라 구두를 신고, 양모 대신 실크 스타킹을 신고, 무거워 보이는 검은색 실크 스커트와 흰색 블라우스, 그리고 치마와 짝을 이룬 재킷 차림을 하고, 머리와 어깨까지 얇은 흰색 베일을 쓰고 있었다. 마치 결혼식을 위해 교회에 가는 여자처럼 차려입은 것이다.

이런 세상에, 지금 뭐 하는 거야! 내가 소리쳤다.

그녀의 눈빛이 너무 강렬해서 마치 자신의 광기에 동참하라고 강요하는 것만 같았다. 이렇게 생각을 했던 게 기억난다. '왜 사람들이 너를 코카드리유라고 부르는지 처음으로 이해할 것 같네'라고. 그녀의 눈빛은 우리 두 사람이 지내 온 길었던 삶도 순간처럼 보이게 만들어 버렸다.

불쌍한 장! 그러다 오줌 지리겠네!

사다리를 내려온 그녀는 난로 앞으로 가 국자로 수프를 저었다. 오래전, 그녀가 축사에서 방으로 들어왔을 때는 너무 놀라서, 그녀가 축사에서 뭘 하고 왔는지 다음 날에야 제대로 이해할 수 있었다. 그때가 돼서야 나는 그녀가 자기 가슴에 소젖을 바르고 왔다는 것을 깨달았던 것이다. 이번에는 나도 무슨 일이 있었는지 알 수 있었다. 그녀는 며칠 밤을 그 실크 옷들을 수선하며 보낸 것이 틀림없었다. 비록 어머니인 멜라니에게 물려받은 옷이라고 해도, 코카드리유 본인이 입기에는 컸을 테니까 손을 많이 봐야 했을 것이다. 그녀는 분명 그런 상황을 준비했다. 그건 계획의 일부였다.

연극 참 좋아하나 봐! 내가 한마디 했다.

내가 하는 일에 연극 같은 건 없어.

그럼 왜 그렇게 입은 건데?

지난번에는 옷을 벗었지! 그녀는 웃음을 참으려는 듯 손으로 갈비

뼈 주위를 만지며 말했다.

우리는 빵을 뜯어서 수프에 담갔다. 우리 둘 다 아무 말이 없었고 방 안을 가득 채운 침묵 사이로 그녀가 수프를 먹는 소리만 들렸다. 그녀는 이도 반 이상 빠지고 없었다. 수프를 다 먹은 그녀는 접시를 옆으로 물리고 일어났다가, 증류주를 들고 돌아왔다. 그녀에 관해 들은 이야기 중에, 그녀가 습관적으로 술을 마신다는 이야기는 없었다. 신발도 새것이었다. 그럴 수밖에 없었을 것이다. 다른 사람들 신발은 맞지 않을 테니까.

마을에서 남자들이 올 때마다 그렇게 입는 건가?

그녀는 잔을 들고 급하게 술을 들이켰다. 마치 닭이 물을 먹을 때처럼, 머리를 뒤로 휙 젖히며 마셨다.

돈이 충분하지 않다면, 그녀가 외치듯이 말했다, 앞으로 십 년 더 모으면 돼. 하지만 지금도 충분하다고. 이십 년 동안 이런저런 것들을 모으고 다녔으니까. 남은 인생은 즐기고 싶어. 다시 마을로 돌아가고 싶어. 너는 마을에 집이 있지만, 다른 거는 별로 없잖아. 이제 나는 죽을 때까지 네 집을 나누어 쓸 수 있는 돈은 준비가 됐어. 집값은 지금 당장 줄 수 있고. 내가 쓸 돈도 있어야 되니까 조금은 남겨 놓고. 어때 관심 있어?

집이 너무 작은데.

나도 알아.

네가 사는 방식은 (나는 일부러 부엌을 둘러보며 말했다) 내가 사는 방식과 달라. 이 나이쯤 돼서 내가 바뀔 수는 없어.

내가 바뀌면 돼. 그래서 내가 접시랑 영양상을 보여 준 거야.

나는 고개를 설레설레 저었다. 다른 집 하나를 통으로 빌리지 그래?

빌릴 집이 없어. 그리고 그건 돈 낭비이기도 하고.

함께 살게 해 달라고 다른 사람한테 부탁한 적 있나?

나를 아는 사람은 **너**밖에 없으니까! 그녀가 속삭이듯 말했다. 마치 우리가, 아무 곳으로도 이어지지 않는 외딴 길에 덩그러니 있는 집에 단둘이 있는 것이 아닌 것 같았다.

그 쪽지 네가 쓴 거야?

그녀가 고개를 끄덕였다. 오늘 밤에 하나 더 쓰던 중이었어.

진짜 원하는 건 나랑 결혼하는 거잖아! 내가 소리쳤다. 너는 늘 그걸 원했다고!

맞아, 그녀가 말했다. 교회에서, 베일 쓰고.

제정신이 아니네.

이번에는 아무도 너를 말리지 않아. 너 혼자잖아. 그녀가 말했다.

하느님 맙소사.

결혼 비용은 따로 줄게. 지참금 말이야.

그 정도로 부자는 아니잖아!

일단 원칙적으로 합의만 하면 돈 문제는 따로 상의하자. 그녀가 내 손 위에 자기 손을 얹었다.

너랑 결혼 못 해.

장!

다시 한번 그녀는 사십 년 전에 불렀던 것과 똑같은 방식으로 내 이름을 불렀고, 다시 한번 나는, 어딘가에서 떨어져 나와 세상의 모든 남자들과 다른 사람이 되었다. 산에서 과거는 절대 뒤에 남겨지지 않는다. 그것은 늘 옆으로 물러나 있다. 어스름 무렵 숲에서 내려오면 오두막에 있던 개가 짖는다. 한 세기 전에도 같은 자리에서 하루의 같은 시간이면 개는, 숲에서 사람이 나오는 소리를 들으며 짖었다. 두 사건 사이의 간격은 개가 한 번 짖고 다시 짖을 때까지의 간극보다 크지 않다.

그녀가 똑같은 방식으로 나의 이름을 불렀던 두 시간 사이의 간극에서, 나는 과거 한때의 어린 나를 보았다. 마손 선생님의 칭찬에 들떠서 자신이 평균보다 더 똑똑하다고 믿었던 나. 나는 전도유망한 젊은이였던 나를 보았다. 막내였지만 가장 야심이 많았던 청년. 처음 파리로 갔던 일, 중심이자 세계의 수도로서 내게 깊은 인상을 남겼던 그 도시, 개선문에서 갈라져 세계를 가로지르는 길을 가 보기로 마음먹었다. 가족들과 작별했던 일. 어머니는 언제나 떠나지 말라고 간청했고, 내가 말에 마구를 채울 때 아버지는 마차에 짐을 실어 주셨다. 거기는 죽음의 땅이야, 어머니는 말씀하셨다. 배를 타고 떠났던 여정. 나는 매일 고향에 돌아갈 때의 모습을 꿈꾸었다. 명성을 얻고, 부자가 되고, 어머니에게 드릴 선물을 사던 모습. 주변 사람들의 말을 한마디도 알아들을 수 없었던 부두에 있는 나를 보았다. 엄청나게 컸던 대로와 오벨리스크, 아버지에게 쓴 편지에서 묘사해 보려 했던 포장 공장의 위엄, 소를 잡아 고기를 팔아야 할지 결정하는 데 한 달이 걸렸던 아버지, 아버지의 사망 소식, 오 년간 지냈던 하숙방 창밖으로 들리던 기차 소음, 역정을 잘 내던 카르멘, 자기 이름으로 된 술집을 열려 했던 그녀의 계획, 내가 캐내던 석탄 색과 같았던 그녀의 까만 머리칼, 판자촌을 덮쳤던 전염병, 직선으로 뻗은 철로가 영원이 이어질 것만 같았던 땅. 파타고니아의 리오 가예고스 남단을 향하던 기차 안에 있는 나를 보았다. 양털 깎는 일, 나의 향수병처럼 절대 멈추지 않던 바람. 아내 우르술라의 친척 일흔세 명이 참석했던 마르 델 플라타에서의 결혼식을 보았다. 육 개월 후 태어난 가브리엘, 그로부터 다시 십팔 개월 후에 태어난 바질, 둘째 이름을 바질이라 지으며 아내 집안 식구들과 싸웠던 일. 옷을 만들던 우르술라, 장모님의 빚, 질과의 우정, 그와 함께 다시 모국어로 이야기할 때의 즐거움. 질의 죽음을 보았다. 우르술라가 나를 장례식에 보내지 않고 아들들을 대신 보냈던 일, 몬트리올로의 비행, 아이들이 내가 하지 못하는 영어를 배웠던 일, 어머니의 사망 소식, 우르술라의 사망 소식, 술집에서 있었던 화재와 경찰 조사. 야간 경비원으로 일하는 나를 보았다. 숲에서 보냈던 일요일들, 고향으로 돌아오는 표를 샀던 일, 그 간극에서 나는 압축된 사십 년의 세월을 보았다.

장이나 테오필, 혹은 프랑수아 같은 이름의 다른 남자들과 나를

끈질긴 땅

구분해 준 것은 이번에는 욕망, 말보다 강한 욕망이 아니었다. 그것은 상실감, 그 어떤 이해보다 깊은 불안이었다. 고지대의 오두막에서 처음 내 이름을 불렀을 때 그녀는, 당시 내가 계획하고 있던 삶과는 다른 삶을 제안했었다. 돌아보니, 그제야 그녀가 제안했던 삶에 담겨 있던 희망과, 내가 선택한 삶의 절망이 보였다. 내 이름을 다시 한번 부르는 그녀는, 마치 잠깐만 쉰 후에 같은 제안을 다시 한번 하는 것 같았다. 다만 희망이 사라지고 없었다. 우리의 삶이 희망을 녹여 버렸다. 나는 그녀가 미웠다. 죽일 수도 있을 것 같았다. 그녀는 나의 삶을 헛된 것으로 만들어 버렸다. 그녀는 그대로 서 있었고, 내 눈에 들어오는 것은 모두, 사과술용 사과 같은 주름진 얼굴, 온 고장을 파헤치고 다니느라 멧돼지 어금니처럼 뻣뻣해진 손, 지금은 애타게 부탁하듯 가슴 위에 올리고 있는 그 손, 허술한 베일, 입술에 붙어 있던 담배 종이, 그것들이 모두 그녀의 제안이 무너져 버렸음을 나타내는 증거였다. 하지만 나는 (처음이자 마지막으로) 다정한 목소리로 그녀에게 대답했다.

시간을 좀 줘, 루시!

내가 원래 이름을 부르자 그녀는 미소를 지으며 눈물을 글썽였다. 순간, 유난히 날카로운 그 눈빛이 흐려졌고, 눈가에 있던 수천 개의 잔주름이 두 배로 늘었다.

원할 때면 아무 때나 와서 이야기해 줘, 장.

내가 고민 끝에 대답을 전해 주기도 전에 그녀는 죽어 버렸다.

길 쪽으로 난 창문이 망가져서 덜렁거리는 것을 본 우체부가 그녀의 시체를 발견했다. 다음 날에도 창문 상태가 여전한 것을 본 그가 문을 두드려 보고는 집 안으로 들어갔다. 그녀는 도끼에 맞아 쓰러져 있었다. 도끼날이 머리에 박혀 있었다. 정황으로 볼 때 그녀가 저항하며 술병을 던져 창문이 망가진 모양이었다. 철저하게 수색을 했지만 그녀의 돈은 발견되지 않았다. 가장 그럴듯한 설명은, 그녀가 모아 둔 돈을 노린 강도가 들었다가 그녀에게 들켰고, 결국 죽였을 거라는 이야기였다. 도끼는 축사에 있던 그녀의 것이었다. 경찰은 나를 포함해 마을 주민 거의 모두를 조사했지만, 아무도 체포할 수 없었고, 범인은 밝혀지지 않았다.

그녀는 만성절을 한 달 앞두고 묻혔다. 장례식에는 백 명이 조금 안 되는 사람들이 참석했다. 그녀의 죽음은 마을에는 일종의 수치였다. 돈 때문에 살해를 당했는데, 그 돈의 존재를 아는 것은 마을 사람들밖에 없었다. 그녀의 관 위에 꽃이 많이 놓였고, 내가 주문한, 이름을 적지 않는 커다란 화환은 금방 눈에 띄지는 않았다.

끈질긴 땅

루시 카브롤의 세번째 삶

내가 여섯 살 때, 어느 날 아침 아버지가 이렇게 말했다. 오늘 소들 풀어 줄 때 푸제레는 남겨 둬라. 도축장에 갈 거니까. 나는 다른 소들을 묶어 두었던 사슬을 풀어 주었고 (그냥 팔을 뻗어 머리 위의 자물쇠를 끌러 주면 되는 일이었다) 개가 소들을 축사 밖으로 몰아냈다. 나는 그 소들을 우리가 '님(Nimes)'이라고 부르는 곳 옆에 있는 경사지로 몰고 갈 것이었다. 혼자 축사에 남은 푸제레는 불안한 눈빛으로 주변을 둘러보았다. 녀석의 귀가 날개처럼 활짝 펼쳐졌다. 오후쯤이면 너는 죽어 있겠구나, 내가 말했다. 녀석은 여물통에 있는 건초를 먹었다. 먹을 때마다 고개를 흔들며 몇 입 먹고 나더니, 다시 고개를 들고 주변을 살핀 후에 계속 먹었다. 나머지 소들은 이미 밖에서 풀을 뜯고 있었다. 워낭 소리가 들렸다. 축사 벽에 난 구멍을 통해 들어오는 햇빛이 내가 청소를 하며 일으킨 먼지 사이로 비쳤다. 아버지는 푸제레가 차고 있던 넓적한 가죽 목걸이를 풀었다. 목걸이에 달린 워낭 무게만 오 킬로그램이었다. 목걸이와 워낭을 벽에 걸려고 돌아서기 전에, 아버지는 짐승을 바라보며 말했다. 미련한 놈 같으니, 너는 다시는 님에 못 가겠구나.

교회 안에서 장례식이 진행되는 동안 우리 남자들은 대부분 밖에 서 있었다. 엄숙한 표정으로 가만히 서 있는 사람들은 산의 높이 때문에 항상 난쟁이처럼 보인다. 우리는 낮은 목소리로, 살인에 대해 이야기했다. 모두들 경찰이 살인범을 찾을 수 없을 거라는 데 동의했다. 한 명 한 명이 모두 진실을 정확하게 알고 있다는 듯이 말했다. 그들의 말에 따르면 그녀는 겁이 없었고, 이 사건도 그녀 본인의 문제 때문이었다.

교회에서 관이 나오고, 사람들은 묘지까지 행렬을 이루어 움직였다. 이동하는 동안은 아무도 말이 없었다. 관이 너무 작아서 어린아이의 장례식 같은 생각이 들었다. 묘지에서 처음으로 그녀의 목소리가 들렸다. 그녀는 속삭이고 있었지만, 그 말을 알아듣는 데는 아무 문제가 없었다.

누가 범인인지 알려 줄까? 이 사람들 중에 있어. 여기 묘지에 있다고, 도둑놈이.

살인범이지, 내가 중얼거렸다.

이 도둑놈은 절대 용서 못 해!

그녀의 목소리가 나를 두렵게 했다. 다른 사람들은 그녀의 목소리를 들을 수 없는 것 같았다. 나는 그녀가 소리를 지를까 봐 두려웠다. 그러면 내 반응 때문에 내가 뭔가를 듣고 있다는 게 알려질 것 같았다.

내가 도둑놈 이름을 크게 외치면 어떻게 할 거야? 그녀가 내 생각을 알아차리고 말했다.

다른 사람들은 못 들어.

너는 들을 수 있잖아, 장, 너는 내가 말하면 들을 수 있잖아, 장, 그렇지?

맞아, 나는 그렇게 말하고 그녀의 관 위에 십자가를 그었다.

관이 지나가고 나면 행렬은 더 속도를 높였다.

내가 그런 거 아니야.

나를 죽이는 생각을 했었잖아.

묘지 밖에서 그녀의 동생 에드몽과 앙리는 전통적으로 망자의 가장 가까운 가족들을 위해 비워두는 벽 앞의 자리에 서 있었다. 돌에도 감정이 있다면, 그 벽은 거기에 기댔던 사람들의 고통 때문에 핏빛으로 물들었을 것이다.

내 동생들 아주 진지하고 희망에 차 있는 것 같지 않아? 그렇지? 진지하고 희망에 차 있어!

사람들이 흩어지고 남자들은 술을 마시러 카페로 갔다. 나는 함께 가자는 제안을 몇 번이나 거절하고, 그녀의 목소리와 함께 서둘러

집으로 돌아왔다. 거기서라면 사람들의 눈을 피할 수 있으니까.

집에서, 그녀가 결혼 후에 우리 둘이서 함께 살려고 계획했던 그 집에서 나는 그녀에게 말을 걸었다. 그녀는 대답하지 않았다. 실은 그녀가 거기까지 나와 함께 오지 않은 것 같은 느낌을 받았다. 어쩌면 그녀는 카페 쪽으로 가 버린 것 같았다.

다음 날 아침 나는 일찍 일어나 창밖을 살폈다. 계곡 아래는 짙은 안개가 하얗게 끼어 있고, 안개가 끝나는 곳에서 투명한 구름의 끝자락이 하늘로 올라가는 김처럼 드리워져 있었다. 계곡이 마치 빨래터처럼 보였다. 저주받은 자들의 빨래터, 삶고, 비누칠하고, 물에 휘젓고, 바위로 된 욕조에서 끊임없이 묵묵히 일만 하는 곳. 바위에 낀 이끼는 저주받은 자들의 목소리였다.

나랑 결혼 안 하기로 결정한 거야?

아직 결정 못 했어.

그럼 결정할 때까지는 안 나타날게.

만성절이 되자 묘지에는 꽃이 가득했다. 많은 사람들이 사랑했던 이들의 무덤 앞에 서서 망자의 목소리를 들어 보려 애썼다. 그날 밤 그녀의 목소리가 다시 들렸다. 마치 옆에 놓인 베개에서 나는 것처럼 가까운 목소리였다.

알게 된 게 있어, 장. 만성절에는 전 세계의 죽은 사람들이 술을 마셔. 다들 술을 마시고, 아무도 거절하지 않아. 매년 똑같아, 다들 취할 때까지 마시지. 살아 있는 사람들을 만나러 가야 한다는 걸 아니까. 그래서 취할 때까지 마시지.

뭘 마시는데?

오드비!(eau de vie, 증류주의 일종으로 '생명의 물'이라는 뜻임— 옮긴이)

그녀는 웃음을 터뜨리며 빨리 말했다. 귀에 그녀의 침이 튀는 것이 느껴졌다.

다시 숨을 고른 그녀는 말을 이었다. 그래서 죽은 사람들은 산 사람들이 정말로 바보들인지, 아니면 자기들이 술이 취해서 그렇게 보이는 건지 헷갈리는 거지!

지금 네가 취한 것 같은데.

왜 나를 죽일 생각을 했어?

네 돈 훔친 게 내가 아니라는 건 너도 알잖아.

왜 나를 죽일 생각을 했어?

너 취했어.

말했잖아, 오늘 맨 정신으로 오는 죽은 사람은 하나도 없다고.

너희 어머니 멜라니 아주머니도 오셨어?

지금 커피 끓이고 계셔.

마시면 술 좀 깨겠네!

죽은 사람이 끓이는 블랙커피로는 안 되지! 그녀는 다시 한번 웃음을 터뜨렸다.

그러니까 너는 취한 거네, 나한테 말 걸 때마다.

아니, 죽은 사람들은 산 사람들을 잊어버려, 나는 아직 안 잊은 거고.

잊는 데까지 얼마나 걸리는데?

네가 왜 나를 죽일 생각을 했는지 알아.

알면서 왜 묻지?

네 입으로 말하는 걸 듣고 싶어서.

혼자 온 거야, 루시?

직접 살펴봐.

어두워서 안 보여.

나한테 사실대로 말하면 보일 거야.

맞아, 네가 드레스 차려 입은 날 죽일 생각을 했어.

그녀가 침대에서 일어나고, 발 아래 마루가 삐걱거리는 소리가 들렸다.

정말 너를 죽인 사람을 보러 간 적은 있어?

관심 없어.

도둑놈을 절대 용서할 수 없다고 했잖아.

생각이 바뀌었어. 이제 저축한 돈 필요 없어. 왜 나를 죽일 생각을 했어?

나랑 강제로 결혼하려고 했으니까.

강제라니! 강제라니! 내가 어떻게?

그녀는 떠났다.

방에서 멧돼지 냄새가 났다. 그것을 제외하면 그녀가 다녀간 다른 흔적은 없었다.

십이월 십삼일은 그녀의 성명축일이었다. 성 루시 축일. 연감에서 이런 내용을 봤는데, 옛날 달력에서 성 루시 축일은 보통은 이십삼일, 그러니까 동지 직후였다.

> 성 루시 축일이 지나면
> 낮이 벼룩만큼씩 길어진다.

그녀는 십삼일에도, 이십삼일에도 찾아오지 않았다. 낮이 조금씩 길어졌다.

마침내 날씨가 풀렸다. 혈액 순환도 좀 나아졌다. 노인의 피도 햇빛에 조금씩 반응을 보였다. 사과나무에 꽃이 피고, 감자를 심고, 소들은 방목지로 나오고, 건초를 벴다. 어느 날 저녁, 구름과 흩어진 안개로 가득한 골짜기가 저주받은 자들의 표정이 되었을 때 나는 혼잣말을 했다. 다음 날 늪에 가서 블루베리를 좀 따야겠다고.

하늘이 맑고, 그 평화로움은 아직 눈 덮여 있는 산꼭대기 너머까지 멀리 뻗어 있었다. 블루베리는 나무들이 자라는 경계면 위로, 보통은 동쪽과 서쪽을 향한 경사지에서 자란다. 남쪽 경사지는 햇빛이 너무 많이 비친다. 어머니는 잎이 달린 블루베리를 가지째 말리곤 했는데, 블루베리 잎은 소들이 설사를 할 때 먹었다.

루시 카브롤의 세번째 삶

블루베리를 따는 경사면에서 오른쪽으로 조금 낮은 곳에 카브롤가의 오두막이 보였다. 그 집도 나보다 오래 버티지는 못할 것 같은 생각이 들었다. 오래전부터 앙리와 에드몽은 오두막을 전혀 손보지 않고 버려둔 것 같았다. 소들을 고지대로 끌고 오는 대신 그들은 아랫마을에서 목초지를 더 빌렸다. 지붕에 구멍이 뚫려서 지붕널을 꽤 많이 교체해야 할 것 같았다. 눈이 새면 들보가 썩을 테고, 언젠가는 목조 뼈대의 한쪽 끝이 허물어질 것이다. 다음 해 겨울이면 그 집은 난파선처럼 보일 것이다. 바람과, 눈과, 경사지와, 나무를 새까맣게 태울 여름의 햇빛이, 마치 바다의 파도처럼, 나무들을 갉아먹을 것이다.

코카드리유는 블루베리를 딸 때 빗을 사용했다. 우리가 젊을 때는 빗이 없었다. 나무와 못으로 곰의 앞발 같은 도구를 만들어 썼는데, 곰의 발톱 같은 못으로 가지를 긁으면 엄지와 검지로 하나씩 블루베리를 딸 때보다 열 배는 빨리 일할 수 있었다. 그 도구는 열매를 가려서 따지 않았다. 못 사이에 걸리는 건 뭐든 나무로 된 발바닥으로 떨어졌다. 잘 익은 블루베리 외에, 아직 덜 익는 것, 나뭇잎, 잔가지, 아주 작고 하얀 달팽이, 그리고 꽃이 든 꼬투리까지 딸려 나왔다. 나중에 그것들을 분류하기 위해 널빤지를 경사진 면에 놓는다. 물을 묻힌 널빤지를 놓고, 양동이에서 그 뭉치를 한 줌 떠서 굴린다. 잘 익은 열매는 널빤지를 굴러서 아래에 놓아 둔 팬에 떨어지지만 잎이나 잔가지, 풀과 달팽이는 널빤지에 들러붙는다.

경사면에 엎드려서 얼굴을 땅 가까이 가져가면 메뚜기를 볼 수 있었다. 두 마리가 짝짓기를 하고 있었다. 메뚜기의 몸통은 밝은 녹색이고 흰색과 노란색의 줄무늬가 있었다. 몸길이는 삼 센티미터 정도 되었고, 녀석들은 짧게 두 번 촛, 촛 소리를 낸 다음에 뱀의 숨소리처럼 길게 한 번 숨을 내쉬었다.

촛 촛 쉬이익.

젖은 널빤지에 블루베리를 굴리면서 그녀는 아래 협곡을 흐르는

끈질긴 땅

잘랑 강의 물소리와 팬에 블루베리가 떨어지는 소리를 들었을 것이다.

블루베리는 젖으면 잉크처럼 짙은 색이 된다. 햇볕을 받아 따뜻하게 마른 블루베리는 포도처럼 과분(果粉)이 생긴다. 빗으로 블루베리를 따다 보면, 좀 더 높은 곳이나 옆에 열린 다른 블루베리들을 보게 되고, 그러다 보면 곰의 앞발 같은 도구로 그것들을 따기 위해 다가간다. 그것들이 또 다시 다른 블루베리들로 이끌고, 다른 블루베리들이 또 다른 블루베리들로 이끈다. 블루베리를 따는 일은 소들에게 풀을 뜯기는 일과 비슷하다.

블루베리를 분류하며 그녀는 가끔씩 협곡 반대편의 과수원과 밭들을 바라보기도 했을 것이다. 자신이 두번째 삶에서 잃어버린 것들을 떠올리게 하는 풍경이었다.

양동이가 절반쯤 찼다. 나는 처음 따기 시작했던 곳이 보이지 않는 곳까지 올라와 있었다.

장!

그녀의 목소리를 들은 건지 확신할 수 없었다.

얼마나 땄어?

양동이 절반쯤.

진짜 느리네! 그녀가 놀렸다.

턱 밑에 굳은살이 박혔어, 내가 소리쳤다. 평생 동안, 쉴 때마다 턱을 삽 손잡이에 걸치고 있었더니 말이야.

그 말에 그녀가 웃었다고 생각했는데, 확신할 수는 없었다. 갈까마귀 한 마리가 머리 위로 날고 있었다. 내가 들었다고 생각하는 웃음소리가 사실은 갈까마귀 울음소리였을지도 모른다. 드루 크리 크리! 드루 크리 크리!

따는 거 도와줄까?

하고 싶으면.

계속 블루베리를 땄지만, 더 이상 그녀의 목소리는 들리지 않았다. 메뚜기 소리, 갈까마귀 소리, 그리고 가끔씩 아주 멀리서, 바람이 불 때면 워낭 소리가 들렸을 뿐이다.

어렸을 때 워낭 소리가 전하는 말을 배웠다.

내 거야! 내 거야! 계속 가도 돼? 계속 가도 돼? 안 돼! 안 돼!

나는 곰 앞발로 빗질을 계속하며, 계속 이어진 블루베리들을 따고, 더 높이 올라갔다. 곰발바닥에 모인 블루베리를 양동이에 부을 때, 블루베리가 쌓이는 속도가 두 배쯤 빨라진 것 같은 느낌이 들었다.

나는 등을 펴고, 그녀가 죽은 후 처음으로, 그녀를 보았다. 그녀는 블루베리를 따고 있었다. 녹색 경사지에 기댄 채 하늘을 향해 고개를 들고 있는 모습이, 파란 하늘을 배경으로 어두운 형체로만 보였다. 머리에는 스카프를 두른 모습이었다. 내가 지켜보는 동안 그녀는 경사면을 올라 산 너머로 건너가 버렸다.

단추만큼 쉽게 잃어버리는 아이였으니까, 멜라니가 말했다.

나는 양동이를 내려둔 채 정상까지 올라갔다. 그녀는 정상 너머에 마치 죽은 듯 누워 있었다. 그녀는 이제 꽃이 다 져 버린 진달래 덤불 사이의 부드러운 풀밭에 누워 있었다. 머리에 스카프를 두르고, 구겨진 검은색 원피스 차림에 양말과 부츠를 신은 모습이었고, 맨살이 드러난 정강이는 여기저기 긁혀 있었다. 눈은 감았고, 양손을 가슴 위로 모은 것이 정말로 죽은 것만 같았다. 그런 생각이 든다는 것이 이상했다. 나는 그녀가 죽었다는 것을 알고 있었다. 그녀의 관이 땅속으로 내려가는 것을 봤다. 다만 그 순간엔 관 뚜껑도 없고, 흙도 없이, 그녀 위에는 파란 하늘뿐이었다.

아무 생각 없이 나는 베레모를 벗고, 양손을 가슴 앞에 모아 쥔 채 가만히 그녀를 내려다보았다. 그녀의 얼굴은 땅 위로 돌출된 석회암처럼 회색이었다. 그녀는 바위처럼 미동도 없었다. 산 위에서는 다른 사람들이 볼 수 없는 것을 쉽게 볼 수 있다는 건 알고 있었다. 그때 그녀의 손가락에서 뭔가를 발견했다. 잉크색 같은 짙은 청색의 얼룩이 묻어 있었다. 앙드레 마손 선생님에게 수업을 들었던 우리 모두 손가락에 그런 얼룩이 묻어 있었다. 그건 그녀가 그날 아침에도 블루베리를 땄다는 증거였다. 그녀가 살해되었던 구월에는 블루베리가 없었다.

이제 내가 보여? 입술이 움직이지 않았지만, 그녀가 그렇게 말하는 것이 들렸다.

나는 대답 없이, 그녀 옆에 누워 하늘을 올려다봤다.

내가 몇 살이지? 그녀가 물었다.

네가 1920년에 입학했으니까. 그럼 예순여덟, 아니 예순일곱이네.

나는 아침에 태어났거든. 아버지는 축사에서 소젖 짜고 계셨대. 연기 같은 하얀 구름이 축사 문 사이로 보였고. 어머니는 이모랑 이웃 아주머니가 봐주고 계셨지. 나는 아주 금방 나왔대. 이웃 아주머니가 내 발을 잡고 제일 먼저 들어 보고는 외쳤다는 거야, 여자아이라고. 이리 줘 보세요, 어머니가 말했지. 그러고는 소리를 지르셨대. '세상에! 용서해 줘!' 그렇게 소리를 지르신 거야. '애한테 욕심 자국이 생겼잖아. 내가 애한테 욕심 자국을 남긴 거야'라고. '멜라니, 침착해요'라고 이웃 아주머니가 말씀하셨어. '욕심 자국 아니에요.'

이제 네 인생에 대해서 다 알게 됐나 보네, 내가 말했다.

내가 아는 걸 다 이야기하려면 육십칠 년이 걸릴 거야.

나는 고개를 돌려 그녀를 바라보았다. 그녀는 미소를 지어 보였다. 파란 눈을 뜨고, 볼에는 먼지가 덕지덕지 묻어 있고, 검은 머리칼 몇 올이 스카프 밑으로 흘러내려 있었다. 스무 살 때 코카드리유의 얼굴이었다. 나는 팔을 몸에서 떼고 그녀의 손을 찾아 더듬었다. 그녀의 손에 닿았을 때, 기억이 났다.

그녀는 내 손을 잡고 산기슭으로 이끌었다. 튀어나온 바위들을 지나자 그녀는 걸음을 멈추고, 부츠 끝으로 뭔가를 가리키며 말했다.

새똥에 체리 씨가 섞여 있어! 그녀가 웃음을 터뜨렸다. 새들이 씨를 이 높은 곳까지 날라 준 거야.

나는 우리가 가고 있는 길을 알아보지 못했다. 처음에는 내 기억력을 탓했다. 사십육 년은 긴 시간이니까. 하지만 잠시 후에는 그게 길이기는 한 건지 의심스러웠다. 발밑은 점점 더 급격한 경사가 되어 갔고, 우리는 너무 빽빽하게 자라서 햇빛이 들지 않을 것 같은 소나무 사이를 헤치며 앞으로 나아갔다. 수세기 동안 쌓였을 것 같은 소나무 바늘잎이 있었고, 내가 신은 부츠는 발목까지 빠졌다. 바늘잎이 양말을 뚫고 살을 찌르는 것이 느껴졌다. 바늘잎은 회색이거나 검은색이었는데, 나무의 아래쪽 가지들만큼이나 칙칙했다. 미끄러지지 않기 위해 우리는 나뭇가지를 구명 밧줄이라도 되는 듯 붙잡았다.

그녀가 앞장서고 내가 뒤를 따랐다. 어느 지점에선가는 경사가 너무 급해서 말 그대로 나무줄기를 타고 내려가는 것만 같았다. 갑자기 그녀의 집 벽난로 위 선반에 놓여 있던 자기로 만든 영양 상이 떠올랐다. 그 상은 아직도 그 자리에 그대로 있는 걸까. 이 산에서 영양 사냥을 하다 죽은 사람이 적어도 세 명 있었다. 우리가 어디로 가고 있는지 그녀가 정확히 알고 있기를 바랐다. 내가 다시 이 길을 따라 올라올 수 있을지 의심스러웠다. 약해진 내 다리는 이미 후들후들 떨리고 있었다. 내가 열두 살 때, 실베스터라는 노인이 산기슭에서 발이 묶인 적이 있었다. 올라가지도 내려가지도 못하는 상황이었다. 해가 지기 직전 경보가 내려졌다. 마을 주민 스무 명이 등을 들고 그를 찾으러 나섰다. 코카드리유가 사라져 버리면, 내가 그때 실베스터 노인 같은 처지가 될 것이다.

악마가 나이가 들면, 그녀가 뒤돌아보며 소리쳤다. 은둔자가 되는 거야!

우리가 실베스터를 발견했을 때 그는 사망한 상태였다.

다행히도 그녀는 길을 알고 있었다. 그녀는 모든 길을 알고 있었다. 그쪽 산기슭에서 그녀가 모르는 경사지나 바위, 개천은 없었다.

숲을 지나 햇빛이 비치는 곳으로 나왔다. 우리는 둑처럼 길게 이어진 풀밭 꼭대기에 있었고, 몇 세대에 걸쳐 소들이 풀을 뜯으며 만들어 놓은 길이 우리가 내려가야 할 계단 같았다. 몬트리올의 라디오 방송국에서 일하던 어떤 사람이 고대 로마의 극장 사진이 들어간 엽서를 보내 준 적이 있었다. 풀밭을 내려가는 계단이 마치 고대 극장의 관람석처럼 보였다. 경사지를 내려가면 숲의 경계면을 따라 넓은 방목지가 있었다. 숲 앞에서 사람들이 일하고 있는 모습이 보였다.

풀밭의 계단을 내려가며, 아직 성인이 되기 전에 그랬던 것처럼 아무 걱정이 없는 기분이 들었다. 낮이 가장 짧을 때에 성 루시가 있다면 그 반대편, 낮이 가장 길 때에는 성 오드리가 있다. 깨끗한 셔츠를 입는다. 어머니가 금방 다려 준 셔츠는 어깨에 닿을 때면, 차갑게 식은 다리미의 철판이 닿는 것 같은 느낌이 든다. 머리를 빗고 거울을 본다. 거울 안에는 열여섯 살 소년이 보이고, 일요일엔 그 소년에게 무슨 일이든 일어날 수 있다. 마을을 향해 걸어가는 친구들 무리에 합류한다. 광장에서 기다린다. 그때 일어나는 일들은 모두 무언가에 대한 준비의 일부가 된다. 카페에서 술을 마신다. 미래의 신호들(이런 신호들 중 많은 것들이 농담에 불과하다)을 읽지만, 아직은 순진한 상태로 남아 있다. 이 순진함 덕분에 시간은 편안하고 여유 있다. 옆 마을까지 걸어간다. 싸움이 벌어진다. 네가 했던 작은 행동이 가지고 온 결과를 알게 되지만, 그런 결과들이 모여서 더 큰 결과를 가지고 오지는 않는다. 달빛을 받으며 돌아온다. 여자아이들이 치마에 주름을 잡고 있다. 그들이 하는 이야기는 거의 모두가 아직 일어나지 않은 일들에 관한 것이다. 아버지는 천장에 달아 둔 소시지 밑에서 자고 있다. 너는 바지를 벗어서 곱게 개어 놓고, 불알을 긁다가, 잠이 든다. 그런 일요일이 이어지고, 계절이 이어지면서 너는 이 나무에서 저 나무로 옮겨 다닌다. 아직 숲은 없다. 그러던 어느 날, 있는 거라곤 숲밖에 없는 시간이 다가오고 영원히 그 안에서 살아야 한다. 그러고 나면 모든 하루가, 여름이든 겨울이든, 짧아진다.

내가 그 숲에서 나올 수 있을 거라고는 한 번도 기대하지 않았는데, 그렇게 나와서는, 마치 내 앞에 삶이 펼쳐지기라도 할 것처럼 풀밭을 내려가고 있었다.

학교에서 처음 네가 눈에 띄었지, 코카드리유가 말했다. 다른 남자애들처럼 시끄럽지도 않고 꼼꼼했으니까. 너는 항상 주머니에 칼을 갖고 다니면서 막대기로 뭔가를 깎곤 했잖아. 한번은 손을 뺐는데, 상처를 소독하겠다고 거기에 대고 오줌 누는 것도 봤어.

풀밭에 핀 꽃들 중에는 동자꽃도 있었다. 꽃잎의 분홍색이 축제 때 온 세상을 뒤덮는 색종이 같았다.

우리가 어디 있는 거지?

내가 세우게 될 곳이야.

주인이 누군데?

나.

너라고!

죽은 사람들은 모든 걸 가지니까, 그녀가 말했다.

그러니까 이제 땅도 있는 거네.

땅은 있지만, 계절은 없어.

씨앗은 어떻게 뿌릴 건데?

안 뿌려, 그럴 이유가 없으니까. 세상 모든 곡창 지대에 다 갈 수 있거든, 가득해.

그것들이 비면?

언제까지나 가득해.

그럼 가난한 사람들한테 감자 좀 나눠 주지 그래?

할 수가 없어.

몰래 좀 건네주면 될 것 같은데.

지난겨울에 너 주려고 훈제 햄을 골랐는데, 무게가 칠 킬로그램이고 아주 잘 말렸더라고. 이틀 동안 훈제하는 걸 지켜봤지. 에밀이 향나무 가지를 칠 때도 있었고, 연기를 내려고 불붙은 가지에 물을 끼

끈질긴 땅

없을 때도 있었고, 그보다 육 주 전에 돼지를 잡을 때 그 돼지를 끌고 간 것도 나야. 생명이 빠져나갈 때 녀석이 차분하게 기다릴 수 있게 손으로 눈을 가려 주고, 처음 태어나던 날 젖을 빨 수 있게 암돼지에게 데리고 간 것도 나야. 그 햄을 가지고 너희 집에 가서 저장실에 달아 두었지. 모슬린에 싸서 뒀는데, 이틀 후에 네가 발견했을 때는 뼈밖에 남지 않았지. 햄을 매달았던 줄까지 썩어서 바닥에 떨어져 있었잖아, 무를 묻어 둔 자리에 말이야. 저장실에서도 계속 하얗게 보관하려고 무를 묻었던 그 자리에.

그 뼈라면! 내가 중얼거렸다.

네가 말했잖아. 어쩌면 내가 어릴 때 죽였던 돼지의 햄일지도 모르겠다고. 네가 그 말을 하는 걸 듣고 나는 너한테 아무것도 줄 수 없다는 걸 알았지.

거짓말.

뼈를 담장 밖으로 던져 버리지 않았다는 이야기야?

던지긴 했지.

그녀는 어깨를 으쓱해 보였다.

멀리서 사람들이 목재로 농가의 골조를 만들고 있는 것이 보였다. 땅 위에 평평하게 놓은 세 개의 커다란 틀이 만나는 자리에 못질을 하고 있었다. 그 틀을 세우면 농가의 벽과 지붕을 받치게 될 것이다. 각각의 틀에는 다섯 개의 기둥이 있고, 각각의 기둥은 육십년 된 나무 굵기에 높이는 십이 미터쯤 된다.

지난 구월에 나무들을 벴어, 코카드리유가 말했다. 내가 도끼에 맞아 죽은 날. 수액이 올라오는 때였지.

땅 위에 눕혀 놓은 골조 틀은 껍질을 벗겨 환한 소나무 색이었다. 못질을 하던 남자들 중 한 명이 허리를 폈다. 마리우스 카브롤이었다. 그를 마지막으로 본 건 임종 때였다. 나는 성수에 담근 회양목 가지로 그의 가슴 앞에 성호를 그어 주었다. 그를 눕히고 수의를 입혀 준 사람은 딸이었다. 지금 그가 우리를 맞이하는 모습이 혼란스러웠던 건, 그가 이 모든 것을 전혀 기억하지 못하고, 우리를 알아보지도 못하는 것처럼 보였기 때문이다. 그는 방금 우리와 함께 술을 한잔 마신 사람처럼 미소를 지어 보였다.

기둥에 가문비나무 열다섯 그루, 중도리에 열두 그루, 서까래에는 사십이 년 된 나무를 벴고, 판재로는 얼마나 많이 벴는지 잊어버렸네. 모두 그 애 머리에 도끼가 박히던 날 벤 거야. 나중에 우리가 톱질하는 소리도 들었다고 하더라고.

내가 제일 먼저 한 일이, 사과술이랑 치즈랑 빵 갖다드린 거잖아요, 맞죠? 어디에들 계신지 정확히 알고 있었으니까.

배가 고프던 참이었지, 마리우스가 미소를 지으며 말했다.

그녀가 내 손을 잡고, 우리는 가장 가까이 있는 틀의 기둥을 넘어갔다. 그녀는 노인을 이끄는 젊은 여인이었다. 남자들은 틀에 비스듬히 앉아 못질을 했다. 못은 컸고, 남자들은 어깨를 휘두르며 그 못을 나무에 박았다.

별일 없지, 루시? 망치질을 하면서, 무례할 정도로 씩씩하게 말은 건 사람은 잘랑 강에 빠져 죽은 아르망이었다. 그의 옆에선 산에서 떨어져 죽은 구스타브가 망치질을 하고 있었다. 구호대상자가 될 거라는 생각에 목을 매 자살을 해 버렸던 조르주는 작은 가문비나무 가지에 종이꽃을 붙이고 있었다. 은색처럼 하얀 꽃과 금색처럼 노란 꽃이었다. 숲에서 쓰러진 나무에 깔려 죽었던 애들린은 밧줄을 묶고 있었다. 벼락에 맞아 죽은 마티유는 노란색 줄자로 치수를 재고 있었다. 말에게 차인 후 내출혈로 죽은 미셸도 알아보았고, 눈사태 때 실종되었던 조제도 보였다.

왜 이 사람들이 여기에 있는 거지? 내가 물었다.

모두 우리를 도와주러 온 거야. 각자 저녁에 먹을 음식이나 술을 들고 왔거든. 좋은 이웃들이야.

왜 하필.

하필 뭐, 장?

끈질긴 땅

험하게 죽은 사람들만.

그런 사람들이 먼저 보이는 거야.

편안하게 죽은 사람들은?

침대에서 곱게 죽은 사람들은 많이 없어. 가난한 동네니까.

왜 먼저? 덫에 걸린 것 같은 두려움이 더 커졌다.

숙여 봐.

그녀가 내 볼에 입을 맞췄고, 나의 두려움은 우스꽝스럽게 돼 버렸다. 그녀의 새하얀 이는 가지런했고 풀 냄새가 났다. 이 여인이 정말 오십 년 전, 정신이 멀쩡한 남자라면 아무도 결혼하지 않으려 했던 그 여인이란 말인가.

사람들이 모두 너는 겁이 너무 없어서 문제라고 하는데.

내가 원하는 게 뭔지 아니까.

그녀가 웃었다. 셔츠의 단추 사이로 아주 조금, 겨우 눈에 띌 정도로 솟아오른 그녀의 가슴을 알아볼 수 있었다. 땅에 떨어진 나뭇잎 두 장 같았다.

있잖아, 이렇게 죽은 사람들 사이를 다니는 법을 익히는 게, B를 돌아다니는 법을 익히는 것보다 오래 걸리지 않더라고….

그 말을 하는 사이에 그녀의 목소리가 나이 들고, 거친 목소리로 바뀌었다. 나는 그녀를 쳐다봤다. 그녀는 등에 자루를 멘 할머니였고, 미친 사람처럼 보였다.

이 집에는 누가 살게 되는 거야?

뒤에서 누군가 내 베레모를 밀었다. 마리우스, 그녀의 아버지였다. 다시 한번 그는 미소를 지었다.

아내와 함께 침대에 누우면 더 따뜻한 법이지. 전쟁 내내 다른 생각은 안 했어. 그저 침대에서 멜라니를 만져 줄 생각만 했다니까. 마리우스는 진짜 애무를 하듯 느끼한 투로 이야기했다. 당나귀하고 그 짓을 하는 놈들도 있었지만, 나는 그 생각은 한 번도 안 했다고. 짐승은 그 정도로 부드럽지 않으니까. 마침내 집으로 돌아왔을 때 아내

를 침대로 데리고 가서 넷째를 만든 거지. 나이가 들고 몸이 차가워
진 후에도, 혼자서 밭일을 하다 보면 침대로 가는 생각을 하곤 했어.
어떨 때는 그 생각만으로도 몸이 데워졌으니까. 나보고 게으르다는
사람들도 있지만, 내가 생각하는 행복은 그런 거야. 자네도 알게 되
겠지, 지금은 모를 수도 있지만. 그게 혼자 잠자리에 드는 것보다 낫
다는 거 말이야.

걸어가는 코카드리유가 점점 멀어졌다. 등 뒤에 파란색 우산을 메
고, 어깨에는 자루를 걸치고 있었다.

아저씨 딸이 평생 독신으로 지냈다는 거 잊어버리셨어요? 내가
물었다.

아, 불쌍한 장 같으니. 불쌍한 나의 장래 사위, 이제 내 딸이 시집
갈 나이가 됐잖아. 그게 아니라면 내가 지금 그 애가 살 집을 지을 이
유가 없지.

아저씨 집 지어 본 적 없잖아요, 내가 지적했다. 그리고 예순여덟
이 시집갈 나이는 아니죠!

우린 뭐든 될 수 있어. 그게 여기서는 부당한 일이 불가능한 이유
지. 누군가 태어나는 일은 있을 수 있지만, 죽는 일은 없는 거야. 과
거 모습 그대로 남아 있어야만 한다는 법도 없어. 코카드리유가 열
일곱 살에, 키도 크고, 엉덩이가 펑퍼짐하고, 눈을 뗄 수 없는 가슴을
가지게 되는 일도 있을 수 있다고. 다만 그렇게 되면 자네는 그 애를
못 알아보겠지, 그렇지?

다시 한번, 나는 아직 숲에 들어가지 못한 것 같은 느낌이, 나의 모
든 인생이 앞에 펼쳐질 것만 같은 느낌이 들었다.

여기서 일하는 남자들은 모두 말이야, 마리우스가 속삭였다. (나
는 코카드리유의 가슴에 흘러내리던 우유를 떠올렸다.) 그 애와 결
혼했어!

조르주는 아니겠죠! 내가 소리쳤다.

조르주가 제일 먼저 했어. 그 애 장례식 바로 다음 날 말이야. 신부

들러리들이 무덤에서 꽃을 가지고 왔지. 험하게 죽은 사람들은 서로의 품을 찾게 마련이니까.

저도 험하게 죽게 되나요? 내가 물었다.

자네도 그 애와 결혼하고 싶나? 그의 미소는 이제 곁눈질로 바뀌었다.

다 준비됐어! 누군가 소리쳤다.

골조 틀은 조립을 마치고 허공 위로 세워지기를 기다리고 있었다. 그 정도 틀을 세우려면 서른다섯 명에서 마흔 명의 사람이 필요했다. 사방에서 사람들이 모여들었다. 내가 알아본 사람들은 모두 죽은 사람들이었다. 몇몇은 사다리를 들고 있고, 몇몇은 서로 이야기를 나누거나 농담을 했지만 나는 그들이 나누는 말을 들을 수 없었다. 모두들 수평으로 놓인 목재 바닥 옆에 선 브린의 마리우스에게 아는 척을 했다. 그 목재 바닥 위에 수직의 골조 틀을 얹어야 한다. 집을 지어 본 적이 없었던 남자는 이제 대장 건축가가 되어 있었다.

틀에서 송진 냄새가 강하게 났다. 밀랍과 섞으면 이 송진은 좌골신경통에 좋은 찜질약이 된다. 무거운 짐을 들고 경사지를 오르내리는 사람들이 좌골신경통으로 많이 힘들어한다. 우리는 틀을 세우기 위해 함께 허리를 굽혔다.

마리우스가 지르는 소리에 맞춰 모두들 함께 힘을 썼다.

으차! 으차! 들어!

다시 한번. 으차! 으차! 웁!

죽은 자들이 팔뚝을 틀 밑으로 집어넣고, 몸을 바닥에 붙였다. 마치 아이를 달래듯이 나무를 달랬다.

지난 이천 년 동안 다른 사람들에게 철이 있었다면, 우리에게는 나무가 있었다. 우리는 심지어 톱니바퀴도 나무로 만든다.

한 번씩 힘을 쓸 때마다 틀은 조금씩 높이 올라갔다. 쉴 때 팔뚝을 내려놓을 자리는 자신의 허벅지뿐이었다. 가운데 기둥, 지붕의 가장 높은 곳을 받치는 목재를 세우는 죽은 이들은 이제 어깨로 틀을 받치고 있다. 마치 함께 모여 관을 옮기는 사람들처럼. 틀이 손으로 들고 있을 수 없을 정도로 올라가고 나서는 장대를 쥐고 밀었다. 각각의 기둥마다 장대를 묶어 두었다. 장대마다 대여섯 명의 남자들이 붙어서 밀어 올렸고, 장대를 쥔 손이 한데 겹쳤다. 열 개의 손, 쉰 개의 손가락은 상처가 있거나, 잘려 나간 손가락을 제외하면 구분할 수 없었다. 톱질하다 잘린 손가락은 얼마나 많은지! 목숨을 잃는 것보다는 손가락 하나 잃는 게 낫다고, 살아 있는 사람들은 습관처럼 말했다.

장대를 한 번씩 밀 때마다 우리는 신음했다. 신음은 배 속 가장 깊은 곳에서부터 올라왔다. 힘을 쓰다가 방귀를 뀌는 죽은 이도 있었다. 코카드리유가 어느새 돌아와 내 옆에 서 있었다. 머리엔 이전과 같은 스카프를 둘렀는데, 그 사이로 흰색 머리칼이 삐져나와 있었다.

건초 창고는 왜 필요한 거야, 땅도 없으면서. 내가 숨을 고르며 말했다.

으차! 으차! 읍!

방 세 개와 축사, 그리고 건초 창고(암말이 끄는 건초 수레 백 대분을 넣어도 다 채울 수 없을 정도의 크기였다)를 생각하고 만든 거대한 골조 틀이 한 번씩 힘을 줄 때마다 흔들렸다. 아니면, 흔들리는 건 우리 쪽이었는지도 모른다.

우리 건초 보관해야 하니까, 그녀가 말했다.

너는 소도 없잖아.

하루에 우유 삼십오 리터 받아서 버터랑 치즈를 만들려면.

으차! 으차! 읍!

죽은 사람은 안 먹어도 되잖아, 내가 말했다.

우리도 먹고살고 자식들한테 물려줄 것도 좀 있어야지! 오십 년 전 내게 버터를 건넬 때처럼 그녀가 미소를 지었다.

장대를 쥐고 밀어 올리느라 죽은 사람들의 얼굴에 피가 쏠렸다.

이를 악물고, 눈이 튀어나올 것 같고, 목의 근육과 핏줄이 튀어나와 마치 피부 아래 밧줄이나 전선이 있는 것만 같았다.

죽은 사람들은 평생 일을 하고 나서 쉬는 거라고 들었는데, 내가 중얼거렸다.

옛날 일을 생각해 보면, 늘 일을 하고 있어서 그래. 그녀가 말했다. 그거 말고 달리 기억날 게 없으니까.

셔츠를 벗어 버린 사람들의 어깨가 땀으로 번들거렸다. 하지만 틀이 세워진 각은 사십오 도가 되지 않았다.

다시! 으차! 으차! 읍!

거대한 골조 틀은 좀처럼 움직이지 않았다. 마치 또 다른 마흔 명의 남자들이 위에서 누르고 있는 것만 같았다.

도움이 필요해, 가서 사람들 좀 데리고 와, 이웃들 좀 모아 오라고!

하느님 맙소사!

가리지 말고 다 데리고 와!

얼른!

코카드리유가 숲을 향해 달렸다. 이제 골조 틀을 다시 내려놓는 건 불가능했다. 그 정도 무게면 내려놓는 것보다 밀어 올리는 게 더 쉬웠고, 내리다 보면 누군가 밑에 깔릴 위험도 있었다. 옆에서 장대를 잡고 있는 피에르가 바로 골조 틀 밑에 깔려서 양쪽 다리가 다 부러졌던 적이 있었는데, 사고 이 년 뒤에 죽었다.

누구든 같은 고통을 두 번 겪어서는 안 된다.

장대 몇 개를 땅에 기대어 둘 수 있었다. 사다리로 지지대를 만들었다. 대부분의 무게를 덜어낼 수 있었지만, 아무도 장대에서 손을 떼지 않았다. 거대한 골조 틀은 하늘을 향해 뻗어 있었는데, 우리 머리 위의 파란색 짙은 하늘이 아니라 멀리 산 너머의 창백한 하늘이었다. 골조 틀 위로 갈까마귀 한 마리가 맴돌고 있었다. 아까 그 녀석인지는 확신할 수 없었다. 순간 까마귀가 틀 위에 내려앉을 것만 같았다. 모든 것이 정지되었고, 죽은 이들은 아무도 움직이지 않았다.

코카드리유가 숲에서 돌아왔을 때, 그녀는 다시 젊은 모습이었다. 남자 몇 명이 함께 왔다. 오래전에 그랬던 것처럼, 나는 그녀가 얼마나 빨리 달리는지 보고 놀랐다.

그래, 저 여자와 결혼하겠어! 나는 소리쳤다. 죽은 사람들은 다들 자기 생각에 빠져 있었다. 아무 반응도 없었다.

새로 온 남자들이 각각 장대 옆에 붙었다.

으차! 으차! 읍!

골조 틀은 오륙 도 더 세워졌다. 모두 함께 그 틀을 정복할 것이다. 일단 중간인 사십오 도만 넘으면 좀 쉬워질 것이다.

만일을 대비해 몇몇은 거의 수직으로 선 틀이 반대쪽으로 넘어가지 않게 밧줄을 쥐고 있었다. 틀이 수직으로 선 후에는 어금니처럼 튀어나온 장부를 목재 바닥의 장붓구멍에 끼워야 했다. 인간의 기하학이 나무들이 지닌 원래의 힘을 대체해야만 하는 것이다. 어금니가 모두, 다섯 개가 거의 동시에, 바닥 목재의 입안에 들어갔다.

너랑 결혼할게, 내가 그녀를 돌아보며 말했다.

그녀 옆에 라프라즈의 밀이 서 있는 걸 보고 깜짝 놀랐다. 얼굴이 벌건 게 마치 술을 마신 것 같았다. 불과 일주일 전에 마을에서 그를 만났었다. 그제서야, 그녀가 나중에 데리고 온 남자들은 모두 살아 있는 사람들임을 깨달았다.

당신이 증인하면 되겠네, 그녀가 밀에게 말했다.

우리가 어디 있는 거야? 내가 중얼거렸다. 마을에서 멀리 떨어진 곳 아니야?

교회 앞이야, 장. 장례식에서 사람들이 줄을 서고, 방금 결혼한 부부가 기념사진을 찍는 거기.

내 얼굴에 분명 놀란 표정이 드러났을 것이다.

이 친구는 아주 신중한 사람이야, 밀이 턱으로 나를 가리키며 웅얼웅얼 말했다. 똥 싸기 전에 엉덩이부터 닦는 친구라니까.

꼭 이야기해야 돼, 코카드리유가 받아쳤다. 평생 혼자 살았잖아,

혼자 취하고. 당신 침대에서는 무슨 양조장 냄새가 난다고. 장은 세상 반대편에도 다녀왔고, 결혼했었고, 자식들도 있어. 이제 돌아왔고, 블루베리를 아주 천천히 따지. 뭐, 그가 못 들은 척하고, 나를 죽이고 싶어 했고, 얼른 답을 하지 않고 뜸을 들인 것도 괜찮아. 하지만 이제 마침내, 마지막 순간에 말이야, 나랑 결혼하기로 한 거야. 당신은 절대 그런 용기를 내지 못했을 거야, 밀.

첫번째 틀이 자리를 잡자 그녀는 남자들 사이를 돌아다니며 술잔을 건넸다.

잠시 쉰 후에 브린의 마리우스는 두번째 틀을 세우자며 다시 사람들을 불러 모았다. 첫번째 기둥이 우뚝 선 모습, 나무만큼 굵은 그 기둥과 파란색 짙은 하늘에 선 새하얀 삼각형 틀을 보며 힘을 얻은 우리는, 구령에 맞춰 두번째 틀을 세웠다.

으차! 으차! 읍!

멈추지 않고 두번째 틀을 세웠고, 기둥의 어금니를 목재 바닥의 장붓구멍에 끼웠다. 세번째 틀은 두번째 틀보다도 빨리 세웠다. 세번째 틀에 쓴 나무가 많이 건조돼서 가볍기 때문이라고 말하는 사람들도 있었다.

쉰 명의 남자들이 농가 전체의 면적을 보여 주는 세 개의 골조 틀을 올려다보았다. 그건 녹색 평원과 짙은 숲, 파란 하늘을 배경으로 그린 새하얀 조감도였다.

이 집에서는 아무도 스스로 목숨을 끊지 않을 거야, 그녀가 말했다.

코카드리유가 나중에 마을에서 데리고 온 남자들은, 할 일이 끝났으면 자기들은 돌아가 보겠다고 했다. 브린의 마리우스가 일이 끝나면 잔치를 벌일 테니 그때까지 기다려 달라고 최선을 다해 설득했지만, 남자들은 가야만 한다고 했다.

다시 와요, 마리우스가 굽히지 않고 말했다. 나중에 아주머니들도 데리고 잔치에 오시라고!

마을 남자들은 답이 없었다.

죽은 이들 몇몇이 와서 고맙다는 인사를 했다. 그럼 술이라도 한 잔 더 받으셔야지, 그들은 말했다.

저희한테 고마워하실 필요 없습니다, 살아 있는 사람들이 말했다. 저희한테도 똑같이 해 주셨을 거잖아요.

그건 말할 것도 없지, 집 짓는 곳은 어디나 우리들 중 몇몇이 함께 있다고 보면 돼.

마을 사람들이 숲속으로 사라지는 모습을 지켜봤다. 천천히 그들은 한 줄로 늘어섰고, 모두들 홀로 걸음을 옮겼다. 그들이 사라지는 모습을 보며 나는 혼란스러웠다. 다시 나 혼자만 죽은 이들 사이에 남았다. 동시에, 나는 그들이 가서 안심이 되기도 했다. 질문에 대답할 필요가 없어졌다. 부에노스아이레스에서는 어느 나라 말을 쓰지? 홀아비로 지낸 지는 얼마나 됐지? 정말 재혼을 할 거야? 그녀가 어떻게 당신을 꼬드긴 거지?

이제 남은 작업은 분담이 가능했고, 덜 부담스러웠다. 지붕 길이에 맞춰 들어가는 중도리를 올려서 제자리에 넣은 다음, 이음매를 맞추고, 못질을 한다. 각각의 중도리에는 고유 번호가, 앙드레 마손 선생님이 학교에서 가르쳐 준 그 필체로 적혀 있고, 이음매는 조각마다 대문자로 두 번씩 표시를 해 놓았다. 죽은 이들 중 일부는 사다리에 올라가서 작업하고, 일부는 땅에서 작업했다. 이전보다 작업에 대한 말이 많아졌고, 농담도 많이 했다. 땅에서 작업하는 사람들은 부벽(扶壁)처럼 임시로 장대를 고정시켰고, 그 장대를 따라 밧줄로 중도리를 올렸다.

가장 먼저 고정해야 할 것은 제일 낮은 중도리, 벽보다 길게 내려오는 지붕 부분의 목재였다. 길게 내려온 이 지붕 아래로 난로에 쓸 장작을 벽을 따라 쌓으면, 눈비에 젖지 않고 안전할 것이다. 남쪽 벽의 지붕 밑에는 그녀가 상추와 파슬리를 심고, 그 가장자리를 따라서 세상에서 가장 귀한 보석을 닮은 각양각색의 팬지를 심을 것이다. 지붕 밑에는 제비들이 첫번째 중도리 뒤에 둥지를 짓고, 아직 말뚝 끝을 뾰족하게 다듬지 않은 담장 기둥에는 까마귀 한 쌍이 앉아서, 닭 모이를 주고 돌아오는 그녀를 기다릴 것이다. 그녀가 닭들을 부르는 소리가 들렸다.

그녀가 내 손을 잡았다. 뻣뻣하고, 굳은살이 박인, 늘 뭔가를 쥐고, 뭔가를 뽑고 있었던 나이 든 여인의 손이었다. 그녀를 젊은 여자로 생각하는 것이 더 이상은 불가능했다.

이제 일 안 해도 돼, 그녀가 말했다. 저 사람들 도와주는 건 충분히 했으니까, 그냥 여기 양지에 앉아 있으면 돼.

음식은? 내가 물었다. 준비 다 됐나?

모두 다.

탁자나 긴 의자가 안 보이는데.

교회에 있어, 가지고 오는 데 몇 분이면 돼.

그녀의 장례식 날 사람들이 아직 묘지에 모여 있을 때, 시장은 마을 수의사에게 이렇게 말했다. 그분한테 도로정비사의 집을 주었습니다, 그게 최선이었어요. 만약 그분이 도시에서 살았더라면 오래전에 정신병원에 보내졌을 거란 사실을 아셔야 해요….

저기 봐! 그녀가 내 어깨를 두드렸다. 이제 곧 완성될 거야.

우리는 거기 나란히 앉아, 멀리 있는 산들과, 일하고 있는 사람들을 지켜보았다. 우리 둘이 가장 나이가 많고, 일을 하고 있는 죽은 이들은 우리보다 젊었다. 코카드리유의 외모나 나 자신의 손등이 우리의 나이를 알려 주고 있었다. 코카드리유는 살해될 당시 예순일곱이었고, 나는 그녀보다 세 살이 더 많았다.

그러니까, 자기는 밀수품 같은 거야, 내가 몰래 이리로 데리고 온 거지, 그녀가 말했다. 불을 붙이지 않은 담배가 그녀의 입에 물려 있었다. 담배는 그녀가 먹은 블루베리 때문에 파랗게 물들었다.

끝없는 약속을 한 것 같은 느낌, 젊은 시절 이후로 느껴 본 적 없는 느낌이 나를 들어 올리고 그대로 흔드는 것 같았다. 아버지가 토끼

　　　　루시 카브롤의 세번째 삶

우리를 만드는 동안 옆에서 못을 건네던 일이 떠올랐다. 어머니가 조심스레 지켜보는 가운데 처음으로 토끼 가죽을 벗겨낸 건 열한 살 때의 일이었을 것이다. 교리문답 시간에 코카드리유는 모든 대답을 외우고 있었다. 나로서는 기억도 못 하는 대답들을.

탐욕이란 뭐지?

탐욕은 인생의 좋은 것들, 특히 돈을 지나치게 갈망하는 것입니다.

인생의 좋은 것들에 대한 사랑이 정당화된 적이 있을까?

네, 인생의 좋은 것들에 대한 사랑이 정당화되는 경우도 있습니다. 그런 사랑은 선견지명과 통찰로 이어집니다.

아르헨티나의 축제일에는 날품팔이 노동자들이 칠면조를 잡아서 먹는다. 이민이 해 준 약속은 새로운 것이 아니었다. 개선문의 약속, 부에노스아이레스의 코리엔테스 대로에서 느꼈던 약속은 단지 고향 마을에서 이미 꿈꾸었던 약속의 재탕들일 뿐이었다. 마을에서 그런 장소들을 상상할 수는 없었지만 그 즐거움은, 그 장소들이 약속만 하고 주지는 않았던 그 즐거움은 상상할 수 있었다.

즐거움은 스스로 느끼는 것이며, 그 역시 더도 덜도 말고 딱 고통만큼 다양하다. 나는 고통에 익숙해져 있었지만, 놀랍게도 지금 즐거움에 대한 희망을, 열한 살 때 알았던 그 희망을 이 나이 든 여인에게서 느끼고 있다. 불붙이지 않은 담배를 문 채 나를 '밀수품'이라고 부르는 여인에게서. 내 인생은 어디로 가 버린 걸까. 나는 스스로에게 물었다.

죽은 이들이 서까래에 못질을 하고 있었다. 마흔 개가 모두 자리를 잡을 때쯤엔, 해가 낮아져 지붕의 목재들이 농가 옆 잔디밭에 새장 같은 그림자를 늘어뜨렸다. 그림자가 새장의 철망이었다.

꽃다발도 하나 걸어 놓을까? 브린의 마리우스가 소리쳤다.

그녀는 내가 대답하기를 기다렸다. 반쯤 감은 그녀의 눈에서 나를 향한 시선을 느꼈다. 나는 스스로 놀랄 정도로 힘차게 대답했다.

주름지고 찌그러진 그녀의 눈가에서 눈물이 마치 주스처럼 흘렀다. 그녀는 양팔을 교차해서 뻣뻣한 손으로 평평한 자신의 가슴을 쥐었다. 미소를 짓자 입술이 삐죽이 나왔다. 눈물이 입가의 깊은 주름을 따라 흘렀고, 그녀는 윗입술을 핥았다.

어서 가, 그녀가 말했다.

마리우스가 내게 망치와 못을 건넸고, 나는 사다리의 첫번째 단에 올랐다. 구호대상자가 되어서, 겨울이면 입소자 절반이 정신이 오락가락하는 노인시설에 보내질 거라는 생각에 스스로 목을 맸던 조르주가 있었다. 그 시설은 다른 먼 곳에서 도로나 다리를 많이 지었던 지역 출신의 부유한 기술자가 기부한 돈으로 지어졌다. 조르주는 기술자가 다리를 지을 때처럼 세심하게 자살을 계획했다. 고리처럼 끝을 구부린 전선을 전봇대에 건 다음 아래로 내렸다. 그 전봇대는 마을 한가운데, 마을 사람들을 아무도 방해하지 않는 곳에 있는 고압선에 이어져 있었다. 그가 죽음을 맞이하는 순간, 마을의 전기가 모두 나가 버렸다. 이제 그 조르주가 노란색과 흰색 종이로 꽃을 만들어 붙인 가문비나무를 건네주었다. 꿩의밥 같은 나무를 어깨에 메고 역시 조르주가 잡아 준 사다리를 올랐다.

사다리 위에는, 모르는 남자가 대들보에 앉아 있다가 내가 사다리에서 내릴 때 손을 뻗어 잡아 주려 했다. 나는 괜찮다고 고개를 저었다. 지붕에 올라 본 건 오랜만이었지만 도움은 필요 없었다. 거기 있는 사람들 모두 그렇듯이 나 역시 태어날 때부터 그곳에 익숙했다. 파리에 간 많은 마을 사람들이 왜 굴뚝 청소부가 되었겠는가. 우리는 지붕 위에서 살았다. 태어나서 처음 내딛는 발걸음이 지붕처럼 기울어진 경사면이었다. 사다리를 오르며 한 발 한 발 옮기는 동안은, 도움은 필요 없었다.

누구시더라? 내가 물었다. 여기 분이 아니신 것 같은데.

루시는 저를 생 쥐스트로 알고 있지요, 그가 대답했다.

지하조직원이었다는!

우리더러 자기 무덤을 파라고 한 다음에 총살하더군요.

당신한테 해 줄 말이 있어요, 내가 말했다. 전쟁이 끝나고 탈출해서 아르헨티나로 간 나치들이 있습니다. 이름을 바꾸고 팜파스에서 아주 잘 먹고 잘 살고 있지.

그저 잠깐 동안 탈출했을 뿐입니다.

확신할 순 없지요, 그렇지 않소?

정의가 이루어질 겁니다.

언제?

살아 있는 이들이 죽은 이들의 고통을 알게 될 때요.

그는 쓸쓸한 감정은 조금도 없이 그렇게 말했다. 세상의 모든 인내심보다 더 큰 인내심을 지니고 있는 것 같았다.

나는 나무를 멘 채 두번째 사다리를 올라가, 지붕에 비스듬히 앉았다. 바람이 가볍게 불었다. 팔뚝에 바람이 느껴졌다. 숲의 나무들이 보였다. 동쪽에 있는 산봉우리의 눈들이 아주 연한 장밋빛으로 변했다. 방금 짐승을 잡은 개천의 물 색깔보다 더 빨갛지는 않았다. 아직 기와를 덮지 않아 비어 있는 지붕 아래로, 내가 하는 일을 구경하려고 몰려든 죽은 이들의 얼굴을 내려다보았다.

그제서야 악단이 와 있다는 것을 알아차렸다. 악단은 건물 끝, 첫번째 틀 옆에 서 있었다. 내가 열네 살 때 드럼 주자로 활동했던 그런 악단과 비슷했다. 마을 청년들이 전쟁에 나갈 때 연주를 했던 악단. 이제 해가 낮아져 악단이 들고 있는 악기들이 금빛과 은빛으로 눈부시게 빛났다. 금속 악기들은 산에 있는 호수의 물처럼 아주 천천히 빛을 발했다.

지붕 용마루를 따라 걸음을 옮겼다. 몇몇 순간은 힘이 들었다. 용마루 끝에서 다시 위를 올려다보는 얼굴들을 보았다. 마치 해골들처럼 미소 짓고 있었다. 나는 어깨에 메고 있던 나무를 내려 똑바로 세웠다. 이제 그 나무를 왕대공에 못으로 고정해야 했다. 갑자기 뒤에서 앙상한 두 팔이 나타나 내 갈비뼈 부위를 잡았다.

나무를 잡아, 내가 말했다.

그녀의 팔이 나무에 닿지 않았다.

내가 어깨 위로 올라갈게, 그녀가 말했다.

밑에서 구경하던 사람들이 환호하기 시작했다. 마을 사람들이 기억하는 죽은 이들이 모두, 남자뿐 아니라 여자와 아이 들까지 모여 있었다. 그녀가 나무를 잡고 나는 네 개의 못을 박았다.

작은 나무가 하늘을 향한 채 섰다. 그녀는 내 옆에 앉았고, 팔을 편안하게 놓았다. 우리는 함께 말을 타고 밭으로 일하러 나가는 부부 같았다. 그녀의 손이 내 무릎에 놓여 있었다.

악단 단원들이 악기를 입에 물고, 드럼 주자는 스틱을 높이 들었다. 그렇게 잠시 멈췄다가, 그들은 연주를 시작했다.

지붕에 나무를 다는 건 작업이 끝난 것을 기념하는 일이었다. 이제 남은 일은 들보에서 깎아낸 나뭇조각으로 지붕을 덮고, 바닥을 깔고, 못으로 벽에 판자를 박고, 문과 창문을 제자리에 맞추고, 굴뚝을 세우고, 선반을 만들고, 침대 놓을 자리를 만드는 작업이었다. 몇 달이 걸릴 일이었다. 하지만 무게를 받치는, 쉴 곳이 마련될 거라는 약속은 이미 거기에 있었다.

악단의 연주는 어떻게 설명하면 좋을까. 내가 그 곡조를 흥얼거린다고 해도 여러분은 들을 수가 없다. 악단의 단원들은 모두 죽은 이들이었고, 그들은 침묵의 음악을 연주했다. 예수 승천일에는 마을 악단이 골짜기 사이사이, 과수원 사이사이를 돌며 연주를 하다가, 두어 채의 농가가 나타나면 연주를 멈추었다. 삼 년 동안, 여름이면 나는 일자리를 찾으러 떠나기 전에 드럼 주자로 악단과 함께 그 길을 나섰다. 음악은 분지에서 올라오는 물소리를 잠재웠고, 개울 소리를 잠재웠고, 수탉의 울음소리를 잠재웠다. 농가에서는 사과술이나 증류주를 내주었다. 새처럼 연주했던 색소폰 주자는 늘 술에 취했다. 뾰족한 모자와 놋쇠 단추가 달린 재킷 밑으로 땀을 흘리면서도, 우리는 각자 능력껏 가장 잘, 그리고 가장 큰 소리로 연주했고,

음악 소리가 크면 클수록 산들과 숲속의 나무들은 고요해졌다. 오직 귀가 먼 나비들만 날개를 접었다 펴며 날아오르기를 멈추지 않았다. 예수 승천일에 우리는 죽은 이들을 위해 연주했고, 죽은 이들은 고요한 산과 숲의 나무들 뒤에서, 우리의 음악에 귀를 기울였다. 이제 모든 것이 거꾸로 되어서, 농가 앞에서 연주를 하는 것은 죽은 이들이고, 나는 지붕에 비스듬히 앉아 귀를 기울였다.

마을은 음악에 맞춰, 지붕 목재 아래의 잔디밭에서 춤을 추기 시작했다. 코카드리유는 박자에 맞춰 내 허벅지 위에 놓인 손가락을 움직였다. 나는 나이가 들면서 몸속의 피가 차가워진 줄 알았는데, 아니었다. 음악이 멈춘 뒤에도 그녀의 손은 그대로 거기 있었다.

악단이 연주를 다시 시작했다.

기다려, 그녀가 속삭였다.

그녀는 자리에서 일어나, 지붕의 용마루를 따라 마치 영양처럼 걸어갔다. 그녀가 내려가는 모습을 보며, 나는 지난번의 경험에서 알게 된 것이 떠올라 뿌듯했다. 다시 돌아온 그녀는 아마도 놀랍고, 예상치 못한 모습일 것이다. 여전히 흥분에 휩싸인 채, 나는 그녀가 어떤 모습으로 돌아올지 그려 보았다. 어쩌면 그녀는 스무 살 때의 모습으로, 그리고 방금 강에서 목욕을 마친 것처럼 발가벗은 모습으로 돌아올지도 몰랐다.

악단의 연주복을 알아보기가 어려웠다. 이따금 단원들이 불어 대는 악기가 붉은빛으로 반짝였다. 단원들은 연주하고 있는 춤곡을 외우고 있는 것 같았다. 너무 어두워서 악기에 클립으로 붙여 놓은 악보를 읽는 것은 불가능했다. 춤을 추는 사람들은, 빛이 서서히 사라지자, 농가 안으로 모여들었다.

나는 아래를 내려다보며 코카드리유를 찾아보았다. 완전히 깜깜하지는 않았기 때문에 그녀의 새하얀 몸도 유난히 빛나지는 않았다. 가문비나무에 묶어 둔 하얀 꽃이랑 비슷했다.

첫번째 사다리를 더듬으며 내려갔다. 춤추는 사람들은 이제 나중

끈질긴 땅

에 축사가 될 자리, 우리가 소젖을 짤 그 자리에 모여 있었다. 소들도 있었다. 소 한 마리가 옆에 있는 다른 소의 머리를 핥았다. 혀의 힘이 너무 세서 눈 주위를 핥을 때 그만 눈꺼풀이 따라 올라가며 눈알이 드러났다. 마치 뭔가가 눈에 들어가 아파서 직접 살펴보는 것만 같았다.

그 눈을 보며, 나는 현실을 깨달았다. 코카드리유는 돌아오지 않을 것이다. 혹시 돌아온다고 해도, 그녀는 아무것도 아닌 존재로 돌아올 것이다.

루시! 루시!

지붕의 목재 너머로 별들이 반짝였다. 고지대 위에서 반짝이듯이 그 별들은 어딘가 바다 위에서도 반짝일 것이다. 아주 밝은 별들이지만 그 둘의 공통점은 밝기가 아니다. 그건 두 곳 다 별까지의 거리가 복잡하지 않다는 단순한 사실이다. 은하수가 하늘 위로 접히듯 펼쳐져 있는 모습이, 마치 개울가의 미나리아재비 덤불이 카브롤가의 버려진 농가 뒤 언덕으로 펼쳐진 모습 같았다.

나는 발을 헛디디고, 급한 경사지를 개처럼 굴렀다. 아무 생각 없이 본능적으로 붙잡은 진달래 덤불 덕분에 목숨을 구할 수 있었다. 한순간도 의식을 잃지는 않았다. 십 미터만 더 굴렀어도 백 미터쯤 되는 급격한 낭떠러지였다. 팔과 어깨가 부러진 것 같았다. 통증이 좀 가벼워졌을 때, 쿠민이 자라는 길을 따라 어찌어찌 걸어서 내려올 수 있었다. 팔이 종의 추처럼 축 늘어진 채 흔들렸다.

열흘 후 마을에서 라프라즈의 밀을 만났다.

밀, 열흘 전에 어디 있었나?

집에.

정확히 어디서, 뭘 했지?

금요일 말이지?

그렇지, 금요일.

잠깐만, 금요일이라. 기억이 나네, 아파서 누워 있었어. 배가 너무 아파서 말이지. 족제비가 갉아 먹는 것처럼 아팠다니까. 진짜로 죽는 줄 알았어. 뭐, 어쨌든 잡아먹히지는 않았고, 그래서 이렇게 있는 거지. 내 술 한잔 살게.

카페 카운터에 서서, 그는 건배를 한 다음 음모를 꾸미는 사람처럼 덧붙였다. 살아남은 우리 둘을 위하여!

나중에, 아직 팔에 깁스를 한 상태로 도로정비사의 집까지 걸어가 보았다. 팔뚝에 두른 깁스는 쇳덩이처럼 무거웠다. 발을 질질 끌며 천천히 올라갔다. 앞뒤로 천천히 흔들리는 요람 같은 그 리듬에 몸이 서서히 적응해 갔다. 한두 시간 그렇게 산길을 오르다 보면 자신에게 한 가지 즐거운 약속을 하게 된다. 그날 밤에는 아주 잘 잘 수 있을 거라는 약속.

병원에서 엑스레이를 찍었을 때는 아무것도 나오지 않았지만 나는 갈비뼈가 적어도 하나 이상 골절됐을 거라고 확신했다. 숨을 쉴 때마다 심장 부근이 찌를 듯이 아팠다. 한번은 걸음을 멈추고 아래 펼쳐진 마을과 멀어지는 길을 돌아다보았다. 코카드리유를 찾아 그 길을 올라왔다가 아파서 누웠다는 신부님 이야기가 기억났다. 그녀가 탁자에 눕힌 다음 옷을 풀어 주었을 때 신부님이 뭐라고 중얼댔더라.

코카드리유가 다락에서 신부용 베일을 쓰고 내려왔던 그 밤 이후로, 처음 그녀의 집을 찾았다. 닭장은 누가 떼어 가 버렸고, 문도 어긋나 있었다. 문을 두드렸다. 들리는 건 잘랑 강의 물소리뿐이었다. 문을 밀어서 열었다. 탁자와 의자는 그대로였다. 벽난로 선반 위에는 아무것도 없었다. 벽난로를 열어 보았다. 누군가 소풍을 다녀간 흔적만 가득했다. 찬장 옆의 벽에는 누군가의 이름 머리글자가 적혀 있었다. 그녀나 나의 이름은 아니었다. 그 옆에 올빼미 얼굴 같은 하트와 그 하트를 꿰는 화살도 그려져 있었다.

축사에서 자루 몇 개와 곰 앞발 빗을 발견했다. 파란 우산이 있었던 흔적은 찾을 수 없었다. 사다리를 타고 위층으로 올라갔다. 그녀

끈질긴 땅

는 그 사다리에 대한 꿈을 꾸었다. 침대에서 자고 있을 때 젊은 남자가 사다리를 타고 올라와 옷을 벗고 그녀와 함께 눕는 꿈. 아름다운 남자임을 알 수 있었다. 담요를 들고 그녀 옆으로 다가오고, 그녀가 남자의 온기를 느끼는 바로 그때, 잠에서 깼다. 침대도 사라지고 없었다.

여섯 살이 되어 소들을 보살피기 전에, 아마도 두세 살밖에 안 됐던 것 같은데, 나는 아직 밤처럼 어두운 겨울 아침에 아버지가 부엌에 있는 모습을 지켜보곤 했다. 아버지는 쇠로 된 짐승 옆에 무릎을 꿇고 앉아서, 녀석에게 먹이를 주었다. 내가 가까이 다가가면 아버지는 소리를 질렀다. 아버지는 짐승 옆에, 그 쇠로 된 다리 사이에 무릎을 꿇고 앉아, 깊은 숨을 내쉬며 속삭였다. 아버지가 교회에서 기도하는 것도 지켜봤었다. 부엌에서 아버지는 깊은 호흡으로, 길고 깊게 숨을 내쉬며 기도했다. 쇠로 된 짐승의 얼굴은 보지 못했다. 그 얼굴은 짐승의 배 속에 있었다. 잠시 후면 부엌에 온기가 채워지는 것이 느껴지고, 아버지는 짐승 옆에 앉아 짐승의 두 다리 사이에서 발을 녹이고는, 부츠를 신고 다른 가축들을 먹이러 나갔다. 이제 아침마다 난로에 불을 지피며 나는 혼잣말을 한다. 이 집에서 살아 있는 건 불꽃과 나 자신밖에 없다고. 아버지, 어머니, 형제들, 말, 소들, 토끼들, 닭들은 모두 떠나고 없다고, 그리고 코카드리유는 죽었다고.

그렇게 말하지만, 나는 그 사실을 온전히 믿지는 않는다. 가끔 숲의 경계로 다가가고 있는 것처럼 생각될 때가 있다. 다시 열여섯 살 시절로 돌아가는 일은 절대로 없을 것이다. 숲을 떠나야 할 때가 된다면 그건 숲 뒤쪽을 통해서일 것이다. 늙고 지쳐서 이런 느낌이 드는 걸까. 아닐 것이다. 기력이 떨어졌다고 느끼는 짐승은 숲의 가장 깊은 곳으로 들어간다. 녀석은 숲을 떠날 생각을 하지 않는다. 나의 마음은, 짐승들은 절대 느끼지 않는 죽음에 대한 갈망일까. 마침내 나를 숲에서 내보내 주는 건 죽음밖에 없는 걸까. 다른 무언가가 보이는 순간들도 있다. 파란 하늘을 보며 루시 카브롤을 떠올리는 순간 같은 것들. 그런 순간이면 나는 다시 우리가 올린 지붕, 나무로 지어 올린 그 지붕을 보고, 그럴 때면 코카드리유의 사랑을 지닌 채 숲을 떠날 수 있을 거라고 확신하는 것이다.

끈질긴 땅

감자

수탉이
　　검은 날개를 펼쳐 흙을 날리고
　　발톱으로 돌을 헤집고
　　　　알을 낳는다

너무 일찍 줍지는 말기를
　　달의 표면 같은 거친 피부로
　　죽은 이들에게
　　　　빛을 주고 있으니

눈이 내리면
　　창고에 쌓인 그것들은
　　묵묵히
　　　　수프의 내용물이 되어 준다

흉작이면
　　쟁기는 할 일을 잃고
　　사람들은 굶주린다
　　　　겨울밤의 덩치 큰 곰처럼

존 버거(John Berger, 1926-2017)는 미술비평가, 사진이론가, 소설가, 다큐멘터리 작가, 사회비평가로 널리 알려져 있다. 처음 미술평론으로 시작해 점차 관심과 활동 영역을 넓혀 예술과 인문, 사회 전반에 걸쳐 깊고 명쾌한 관점을 제시했다. 중년 이후 프랑스 동부의 알프스 산록에 위치한 시골 농촌 마을로 옮겨 가 살면서 생을 마감할 때까지 농사일과 글쓰기를 함께했다. 저서로 『피카소의 성공과 실패』 『예술과 혁명』 『다른 방식으로 보기』 『본다는 것의 의미』 『말하기의 다른 방법』 『센스 오브 사이트』 『그리고 사진처럼 덧없는 우리들의 얼굴, 내 가슴』 『모든것을 소중히하라』 『백내장』 『벤투의 스케치북』 『아내의 빈 방』 『사진의 이해』 『스모크』 『우리가 아는 모든 언어』 『초상들』 『풍경들』 등이 있고, 소설로 『우리 시대의 화가』 『여기, 우리가 만나는 곳』 『G』 『A가 X에게』 『킹』, 삼부작 '그들의 노동에' 『끈질긴 땅』 『한때 유로파에서』 『라일락과 깃발』이 있다.

김현우(金玄佑)는 1974년생으로, 연세대학교 영어영문학과를 졸업하고 동대학원 비교문학과 석사과정을 수료했다. 역서로 『스티븐 킹 단편집』 『행운아』 『고딕의 영상시인 팀 버튼』 『G』 『로라, 시티』 『알링턴파크 여자들의 어느 완벽한 하루』 『A가 X에게』 『벤투의 스케치북』 『돈 혹은 한 남자의 자살 노트』 『브래드쇼 가족 변주곡』 『그레이트 하우스』 『우리의 낯선 시간들에 대한 진실』 『킹』 『아내의 빈 방』 『사진의 이해』 『스모크』 『우리가 아는 모든 언어』 『초상들』, 삼부작 '그들의 노동에' 『끈질긴 땅』 『한때 유로파에서』 『라일락과 깃발』 등이 있다.

끈질긴 땅

그들의 노동에 1

존 버거 | 김현우 옮김

초판1쇄 발행일 2019년 12월 25일
초판2쇄 발행일 2024년 4월 20일
발행인 李起雄 발행처 悦話堂
경기도 파주시 광인사길 25 파주출판도시
전화 031-955-7000 팩스 031-955-7010
www.youlhwadang.co.kr yhdp@youlhwadang.co.kr
등록번호 제10-74호 등록일자 1971년 7월 2일
편집 이수정 박미 김성호 디자인 박소영
인쇄 제책 ㈜상지사피앤비

ISBN 978-89-301-0660-3   03840